DEMAIN LES CHATS

Bernard Werber

DEMAIN LES CHATS

ROMAN

Albin Michel

À mon amie, la romancière Stéphanie Janicot, qui m'a offert Domino, la chatte qui piétine systématiquement mon clavier d'ordinateur dès qu'elle perçoit que je tape vite (et que par conséquent j'ose m'intéresser à un autre sujet qu'elle).

Le chien pense : « Les hommes me nourrissent, me protègent, m'aiment, ils doivent être des dieux. »

Le chat pense : « Les hommes me nourrissent, me protègent, m'aiment, je dois être leur dieu. »

Anonyme

« Il n'y a que les cochons qui nous considèrent comme leurs égaux. »

Winston Churchill (humain politicien)

« Un chien est capable d'apprendre et de retenir le sens de cent vingt mots et comportements humains. Un chien sait compter jusqu'à dix et peut effectuer des opérations de mathématiques simples comme l'addition et la soustraction. Donc un chien a une pensée équivalente à celle d'un enfant humain de cinq ans.

Un chat auquel on propose d'apprendre à compter, à réagir sur des paroles précises ou à reproduire des gestes humains vous signifie rapidement qu'il n'a pas de temps à perdre avec ce genre de niaiseries. Donc un chat a une pensée équivalente à celle d'un… adulte humain de cinquante ans. »

Professeur Edmond Wells
(humain scientifique et possesseur de chat)

1

Ma quête

Comment ai-je fini par comprendre les humains ?

Depuis ma plus tendre enfance, ils m'ont toujours paru à la fois mystérieux et passionnants.

À force de les observer en train de s'agiter dans tous les sens ou d'effectuer des gestes incompréhensibles, voire ridicules, la curiosité a commencé à me gagner. Je me posais sans cesse des questions :

Pourquoi agissent-ils aussi bizarrement ?

Est-il possible d'établir un dialogue avec eux ?

Et puis j'ai eu la chance de « le » rencontrer.

« Lui », il m'a vraiment aidée à saisir leur fonctionnement, leurs mœurs, les raisons profondes qui expliquent leur comportement étrange.

Ce sont toujours des rencontres qui nous changent.

Sans « lui », peut-être que je ne serais qu'une chatte comme les autres. Peut-être que, sans « lui », toutes ces aventures fantastiques qui me sont advenues ne seraient jamais arrivées. Peut-être même que, sans « lui », je serais passée à côté de ces découvertes incroyables.

Maintenant, si je devais essayer de me remémorer le moment où tout a débuté, il faudrait sans doute que je commence par me souvenir de mes états d'âme de l'époque. Je crois que je m'ennuyais beaucoup, seule dans ma maison, et j'ai eu l'intuition qu'il serait judicieux que je discute avec ceux qui m'entourent.

Déjà à l'époque j'étais intimement persuadée que :

Tout ce qui vit possède un esprit.

Tout ce qui possède un esprit communique.

Tout ce qui communique peut dialoguer directement avec moi.

La communication m'apparaissait donc comme la solution à tous les problèmes et il ne tenait plus qu'à moi d'entamer un échange fructueux avec les autres. Heureusement que j'avais cet objectif, sinon de quoi aurait été faite mon existence ? Manger ? Dormir ? Voir se succéder les journées et les nuits à ne faire encore que manger et dormir alors que le monde continue de palpiter autour de moi ?

Cependant, avoir une quête ne suffit pas, il faut aussi avoir une stratégie qui mène à son accomplissement.

Comment aller vers les autres ?

Voilà comment tout a commencé…

2

Première tentative

Je laisse lentement retomber mes paupières, j'inspire profondément, je sens mon corps et, dans ma tête, je sens mon esprit.

C'est comme un petit nuage sphérique, cotonneux et argenté, flottant au centre de mon crâne. Il est doté de la capacité de s'agrandir. Élastique, il s'élargit, s'étale, devient un disque. Et plus il s'étend, plus ma conscience perçoit l'espace qui m'entoure. Tout mon esprit n'est qu'un large napperon vaporeux si fin qu'il en forme comme une membrane réceptive.

Je détecte les ondes qui viennent de loin et convergent jusqu'à moi. Des dizaines d'êtres vivants de toutes tailles, de toutes formes frémissent, respirent, pensent, émettent dans leur langage propre, et me font vibrer comme le bourdonnement des mouches fait osciller à distance la surface d'une toile d'araignée.

Je garde les yeux clos, j'écoute avec tous mes sens physiques et psychiques.

Là par exemple, je sens une onde.

Pas de doute, il y a un être qui réfléchit dans ma zone de sensibilité.

Je perçois une pensée inquiète.

J'ouvre les yeux, je cherche la source d'émission, je m'avance dans la direction d'où provient le signal.

Après mon esprit, ce sont mes yeux qui achèvent l'identification de cette source d'intelligence.

Je la vois. Elle est très belle.

Je continue d'avancer, à petits pas.

Mon système olfactif et mon système auditif complètent mon analyse.

Son parfum naturel est subtil.

Ses grands yeux bruns anxieux scrutent les alentours.

Elle déguste du bout des lèvres un gâteau crémeux. Visage fin, dents blanches étincelantes. Ses doigts aux longs ongles noirs sont fébriles, crispés sur la friandise.

Elle est vraiment ravissante.

Jadis j'aurais pu croire, dans une situation similaire, qu'elle faisait exprès de ne pas me regarder et qu'elle me narguait pour tester ma réaction. Mais grâce à mon nouvel état de conscience élargie, je la perçois comme une simple forme de vie remplie d'énergies, avec laquelle je dois pouvoir communiquer.

Il suffit de trouver la bonne longueur d'onde.

Approchons encore.

Je me concentre et j'envoie une pensée bien distincte dans sa direction :

Bonjour, mademoiselle.

Comme elle ne réagit pas, j'accompagne ma pensée d'un pas en avant. Le bois du parquet craque. Elle tourne la tête et sursaute en me voyant. Inquiète, elle s'enfuit, abandonnant son gâteau.

Elle détale de toute la puissance de ses jolies cuisses musclées.

Je la poursuis.

C'est une sportive. Elle file à grandes enjambées.

J'essaye de ne pas me faire distancer. J'arrive même à gagner du terrain. Je vois maintenant un détail qui m'avait échappé jusque-là et qui participe à son indéniable charme : elle a une longue queue fine et rose.

J'envoie une nouvelle pensée en me concentrant :

Bonjour, souris.

Elle accélère.

Hé, attendez ! Je ne veux pas vous faire de mal, je me fiche que vous voliez des gâteaux, je souhaite seulement vous parler.

Elle accélère encore.

Non, ne partez pas !

Sa queue rose virevolte derrière elle. Cette souris est vraiment très gracieuse. J'aime les êtres qui bougent harmonieusement leur corps.

Bon, il va falloir que je la rattrape si je veux arriver à un dialogue satisfaisant. J'accélère moi aussi, bousculant le tabouret dans la cuisine, effleurant un vase dans le salon, égratignant le tapis pour freiner.

Dans mon élan, je parviens de justesse à prendre le virage à gauche, puis à droite, je glisse en dérapage plus ou moins contrôlé sur le parquet ciré, je me récupère en griffant le sol. Déjà elle est loin, mais je la distingue encore, forme furtive disparaissant par la porte entrebâillée de la cave.

Elle dévale l'escalier menant au sous-sol. Je la suis.

Nous voilà au milieu des machines à laver, des poussettes, des valises, des vieux tableaux et des bouteilles de vin. Il n'y a que peu de lumière – un simple rayon issu du soupirail –, j'élargis donc au maximum mes pupilles (de fines fentes elles deviennent larges cercles) et arrive ainsi à me mouvoir dans la quasi-obscurité.

Nous, les chats, nous savons accomplir ce genre de prouesse.

Je peux même distinguer ses empreintes sur le sol poussiéreux. Je les suis un temps, puis elles disparaissent.

Je ferme les yeux, mes oreilles aux aguets pour localiser la souris grâce à mon ouïe ultrafine. Ce sont ensuite les extrémités de mes moustaches qui vibrent et permettent d'affiner l'information.

Elle est par là.

Plus loin, je retrouve en effet des empreintes qui mènent à une fissure dans le mur, tout près du sac de bûches.

J'avance à pas feutrés.

Êtes-vous là, petite souris ?

J'entends son cœur qui bat fort. De l'inquiétude, elle est passée directement au stade de la panique totale.

Je me penche et la vois cachée dans un trou pas plus large que ma patte.

Elle tremble de tout son corps, yeux exorbités, mâchoires entrouvertes, queue enroulée devant ses pattes.

Est-il possible que ce soit moi qui l'effraye à ce point ? Pourtant je ne suis qu'une jeune chatte.

Je pense que des années d'incompréhension entre nos deux espèces ne participent guère à surmonter notre méfiance mutuelle. Je me concentre et envoie un message télépathique suivi par un ronronnement en ondes à fréquences basses.

Je ne souhaite pas vous tuer mais simplement dialoguer d'esprit conscient à esprit conscient.

Elle recule encore pour se plaquer au fond de son trou. Elle tremble si fort que j'entends ses dents qui s'entrechoquent.

Je passe en mode ronronnement, sur une fréquence médiane.

N'ayez pas peur.

Sa respiration devient plus profonde et ses battements de cœur plus rapides, comme si cette pensée, ayant été perçue, produisait l'effet contraire à celui recherché. Mais pourtant je sens que j'y suis presque.

Ne croyez surtout pas que…

C'est à ce moment qu'une détonation me fait sursauter. Cela provient de l'extérieur de ma maison, de la rue. Elle est immédiatement suivie de plusieurs autres claquements secs, puis de cris aigus.

Je remonte jusqu'au premier étage, je sors sur le balcon de la chambre et, depuis ce point de vue élevé, j'essaye de voir ce qui provoque ce trouble.

Je distingue un humain habillé en noir qui brandit une sorte de bâton dont l'extrémité crépite de petites lueurs en direction de jeunes humains qui sortent d'un grand bâtiment dont la porte est surmontée d'un drapeau bleu, blanc, rouge.

Certains d'entre eux tombent et ne bougent plus. Les autres courent dans tous les sens et poussent des hurlements tandis que l'humain vêtu de noir continue de produire des détonations avec son bâton. Lorsque ce dernier semble ne plus fonctionner, il le jette au milieu des jeunes humains qui crient et s'effondrent sur le trottoir, puis il se met à courir.

D'autres humains le poursuivent dans la rue et parviennent à l'attraper, pratiquement devant la porte de ma maison. Ils se battent avec leurs poings et leurs pieds.

Des voitures surgissent maintenant de partout, alors que les cris et les gémissements résonnent de toutes parts.

Puis l'homme habillé en noir est emporté par une voiture très bruyante qui fait tournoyer une lumière bleue sur son toit. Pendant ce temps, la foule s'accumule autour de ma maison et de l'immeuble avec le drapeau. Les cris cessent enfin, mais les humains parlent vite et fort et je perçois une émotion, comme un nuage palpable : la douleur. Certains se disposent deux par deux, l'un parlant avec une boule à la main et l'autre l'éclairant à l'aide d'un objet surmonté d'une lampe. Les hommes à la boule s'expriment dans leur langue, seuls face à l'objet, puis la lampe s'éteint.

Un camion blanc surmonté lui aussi d'une lumière bleue arrive en produisant à son tour un terrible vacarme. Les jeunes humains à terre sont ramassés, puis déposés à l'intérieur de ce véhicule. Instinctivement j'aspire ce que je peux de la noirceur et des mauvaises ondes émises par cet incident. Tout mon corps absorbe l'agressivité, la douleur, le sentiment d'injustice des humains présents. Je ronronne pour nettoyer l'espace face à moi. Je sens toutes les vibrations alentour, et je ne peux m'empêcher d'être profondément perturbée.

Quels étranges comportements. Je ne les ai jamais vus accomplir cela auparavant. Qu'est-ce qui a bien pu se passer pour qu'ils se comportent ainsi ?

J'aime bien les humains, mais je ne les comprends pas toujours.

3

Ma servante

Les humains ne sont pas comme nous.

Physiquement, déjà, ils sont différents. Ils avancent sur leurs pattes postérieures dans une position verticale assez instable qui m'a toujours intriguée. Ils sont plus grands, plus hauts. Leurs bras sont prolongés par des mains elles-mêmes terminées par des doigts articulés, avec des griffes plates non rétractables. Leur peau est recouverte de tissus. Leurs oreilles plates et rondes sont placées sur les côtés, leurs moustaches sont très courtes, ils n'ont pas de queue visible. Au lieu de miauler ils produisent des sons de gorge accompagnés de clappements de langue. Une odeur de champignon émane d'eux. Ils sont, de manière générale, bruyants, maladroits, avec un sens de l'équilibre très restreint.

Ma mère m'a toujours dit : « Méfie-toi des humains, ils sont imprévisibles. »

Justement, fendant la foule qui s'est massée devant ma maison, voilà qu'arrive mon « humaine personnelle ».

Ma servante est un beau spécimen de femelle. Elle a une longue crinière de poils bruns luisants, réunis par un très joli élastique rouge.

Elle se nomme Nathalie. Elle franchit la porte, tenant tant bien que mal un grand carton dans ses bras. Pour lui montrer que si je pouvais, je l'aiderais, je cours vers ses jambes et zigzague entre ses pieds, en claquant gentiment des dents.

Étonnée, déséquilibrée et sur le point de tomber, elle se rattrape de justesse et émet plusieurs sons parmi lesquels je perçois mon propre nom « Bastet » (j'ai déduit que je me nommais ainsi à sa façon de s'adresser à moi). Son intonation me laisse penser qu'elle souhaite jouer. Je fais alors brusquement un pas sur le côté et la prends par surprise. Cette fois-ci elle s'étale de tout son long avec son carton. Franchement, quelle idée de marcher uniquement sur les pattes postérieures.

Je m'approche et me frotte à elle tout en ronronnant, espérant qu'elle consente à me caresser pour me remercier de cette facétie qui montre notre haut niveau de complicité. Nathalie prononce quelques mots dans sa langue incompréhensible. À son intonation, j'ai l'impression qu'elle est elle aussi bouleversée par ce qui s'est passé dehors. Je suggère aussitôt un moment de détente en jouant avec une chaussette qui traîne et que j'ai déjà bien mordillée – j'y avais trouvé une odeur de sueur humaine un peu aigre mais fort sympathique. Au lieu de cela, elle se relève et secoue le carton, comme pour vérifier l'état de son contenu.

Rassurée, elle poursuit son avancée vers le salon.

Quel est ce nouveau jouet, lourd et encombrant ? Déjà j'imagine : une très grande peluche, une poupée avec une clochette ou même une boule de fils électriques. J'adore les boules de fils électriques.

Alors qu'elle déballe le carton, je m'aperçois avec déception que c'est une grosse plaque noire aux bords anguleux. Elle passe la demi-heure suivante à la fixer au mur. Quand c'est fait, je monte sur la table, l'examine de plus près. Je la touche.

C'est un monolithe triste et froid. Cela n'émet aucune onde.

Je bâille pour faire comprendre que ce cadeau ne m'intéresse pas.

En revanche, Nathalie, toujours fébrile, a l'air très absorbée par sa nouvelle acquisition.

Lorsqu'elle l'allume, des taches de couleurs apparaissent et des sons étranges résonnent. Elle s'assoit dans le fauteuil et utilise un boîtier noir pour changer les couleurs et les bruits émis.

Je bâille plus ostensiblement et m'aperçois que j'ai faim. Je n'aime pas avoir faim.

Cependant, au lieu de s'occuper de moi, ma servante est installée devant son étrange lampe murale et semble aussi fascinée qu'un papillon par une flamme.

Je me concentre sur son esprit et essaye de percevoir ses sentiments. Elle a l'air traumatisée. Je regarde alors les taches colorées sur la plaque noire et m'aperçois que les ronds beiges sont des visages humains qui alternent avec des images de voiture ou d'humains qui marchent. En scrutant mieux encore, j'arrive à reconnaître la scène à laquelle j'ai assisté plus tôt dans la journée. Il y a le bâtiment avec le drapeau bleu, blanc, rouge. On voit même l'humain en noir au moment où il a été capturé et installé dans la voiture qui faisait du bruit et de la lumière bleue. Le son qui provient de cette plaque noire est une succession de voix humaines qui parlent vite.

Une scène, un peu plus longue que les autres, montre de jeunes humains étendus au milieu de flaques rouges. La voix est de plus en plus rapide, avec des intonations de colère.

À force de me focaliser sur l'esprit de ma servante, d'écouter et de regarder, je comprends soudain que ce que voit Nathalie dans cette fenêtre lumineuse, ce sont des humains qui ne sont pas seulement couchés mais sont complètement morts.

J'en déduis que les humains ne sont pas immortels.

C'est une information intéressante que j'ignorais.

Nathalie a-t-elle fait l'acquisition de ce monolithe lumineux pour voir ses congénères mourir ?

Je m'installe sur ses genoux tièdes pour mieux percevoir ses émotions et sens, en effet, qu'elle est bouleversée. Ma servante est exactement dans le même état vibratoire que la petite souris que j'ai suivie tout à l'heure dans la cave. Elle est paniquée. Son émotion ne fait que s'amplifier. Ses courants énergétiques deviennent chaotiques. Alors, comme lorsque j'ai tenté de communiquer avec la souris, je ronronne et envoie un message : *N'aie pas peur.*

Mais là encore, j'obtiens l'effet inverse. Elle monte le son et commet le pire : elle allume une cigarette.

Je déteste les cigarettes. Elles produisent une fumée collante qui imprègne ma fourrure et lui donne un goût amer.

Pour manifester mon désaccord, je quitte ses genoux et vais dans la cuisine où je bouscule ma gamelle et miaule pour lui rappeler que, plus important que ses histoires d'humains, elle a des devoirs comme, par exemple, celui de me nourrir.

Elle ne réagit pas. Je miaule de plus en plus fort.

Nathalie se lève enfin, mais au lieu de s'occuper de moi elle m'enferme dans la cuisine où je m'étais réfugiée dans l'attente de ma pitance, puis je l'entends qui retourne s'asseoir et augmente le son de la plaque lumineuse.

Autant d'égoïsme de la part d'un individu censé me servir est atterrant ! Je déteste quand mon humaine se comporte ainsi.

Je saute sur la porte, plante mes griffes dans le bois. En vain. La nécessité d'améliorer la communication avec ma servante humaine m'apparaît plus que jamais comme un objectif prioritaire.

Ne sachant pas combien de temps elle va rester ainsi, le regard happé par son monolithe lumineux, je me rabats sur le placard, me glisse jusqu'au sac de croquettes et tente de le déchirer avec les dents. Malheureusement le sac est solide et je dois m'y prendre à plusieurs reprises avant de trouver l'angle de pénétration satisfaisant.

Bien entendu, c'est juste au moment où je réussis enfin à crever le sac que la porte s'ouvre et que Nathalie réapparaît, hagarde, pour verser des croquettes dans ma gamelle.

Je les déguste en les faisant délicieusement craquer entre mes molaires.

Quand je suis enfin rassasiée, je retourne au salon.

Mon humaine s'est rassise face à la plaque lumineuse qui continue de diffuser en boucle les mêmes images. Je remarque qu'un liquide transparent coule de ses yeux. Ses vibrations sont de plus en plus mauvaises. Je ne l'ai jamais vue ainsi.

Je monte sur ses genoux et lui lèche les joues avec ma langue râpeuse. Cela a un goût salé dans lequel je perçois son émotion.

L'écoulement finit par s'arrêter : sur la plaque murale, la scène a changé. Maintenant apparaît, vu de haut, un groupe d'humains qui jouent avec un ballon. Ils se poursuivent en donnant des coups de pied dans leur jouet au lieu de le saisir avec leurs mains. Et on entend en arrière-fond des centaines de voix humaines qui insultent probablement ces maladroits.

Ce spectacle semble tout d'abord navrer Nathalie, puis peu à peu la détendre, et enfin la ravir. Au bout de quelque temps, elle finit par éteindre la plaque lumineuse, ce qui coupe automatiquement les voix humaines et tous les autres sons qui en sortaient.

Nathalie se lève, rejoint la cuisine, mange une soupe verte, d'autres aliments jaunes, roses et blancs, boit du liquide rouge, met son assiette dans le lave-vaisselle, parle au téléphone, prend une douche, s'épile les poils de la moustache avec une pince (ça c'est un comportement que je ne comprendrai jamais. Déjà qu'elle n'a pas un très bon équilibre, si elle s'enlève les poils du museau elle va chuter encore plus souvent et sera incapable de percevoir les ondes extérieures), se met une crème verte sur le visage et va se coucher en poussant un énorme soupir.

C'est là que j'interviens. J'approche doucement, bondis sur le lit et me place sur son poitrail. Je sens son cœur qui bat vite. J'adore sentir directement le cœur des autres. Je me love et me mets à ronronner en me concentrant pour lui envoyer un message télépathique.

Calme-toi.

Nathalie a l'air d'apprécier ma présence et mon ronronnement. En retour elle me caresse et prononce des phrases. Je reconnais mon nom, « Bastet », murmuré avec différentes intonations. Elle effectue alors un geste que j'adore : elle remonte la fourrure qui se trouve sous mon cou avec son doigt. Je redresse le menton pour lui offrir une plus large surface à caresser.

Elle s'arrête, me contemple, bat des paupières et me sourit à travers la crème verte qui recouvre son visage.

J'ai fini par comprendre que quand un humain a la bouche qui s'incline vers le haut cela signifie qu'il est content. Et quand il parle fort en répétant mon nom et en agitant le doigt, c'est que ça ne va pas.

Je me retourne et présente mon ventre, mais elle ne comprend pas tout de suite le message et continue de me caresser le cou. Je secoue donc la tête sans cesser de ronronner et écarte les pattes. Le problème de Nathalie est que c'est une « tripoteuse compulsive de ma fourrure », et elle fait ça n'importe comment sans tenir compte de mes envies du moment.

Ma servante consent enfin à agir avec sa main sur mon ventre, me procurant des sensations très agréables. Je lèche sa main puis les endroits qu'elle a caressés pour m'imprégner de son goût et de son odeur. Lorsqu'elle s'est endormie, je me dégage et vais m'installer sur son oreiller, contre ses poils crâniens, pour tenter de lui envoyer mes pensées.

À l'avenir, Nathalie, je souhaiterais :

1. Dialoguer avec toi pour que tu m'expliques ce qui s'est passé dans l'immeuble en face avec cet homme en noir qui faisait du bruit.

2. Que tu m'expliques ce qu'est ce monolithe lumineux où l'on voit des humains morts et où l'on entend des voix.

3. Que tu m'apportes à manger dès que je te sollicite, sans me faire attendre.

4. Que tu cesses d'allumer des cigarettes dont la fumée puante colle à ma fourrure.

5. Que tu me caresses le ventre dès que je te le présente.

6. Et surtout que tu ne fermes jamais les portes. Ça me coince dans une zone de l'appartement et je déteste ça.

Je répète le message plusieurs fois pour augmenter mes chances d'être comprise.

Dehors le ciel est devenu sombre, c'est la nuit. Et comme je suis un être nocturne, je ne compte pas rester immobile dans le lit comme ma servante. Je rejoins donc mon point d'observation stratégique, en équilibre sur la rambarde du balcon du deuxième étage (cela rend en général Nathalie très nerveuse, mais moi j'aime bien l'inquiéter pour vérifier son attachement).

La rue est désormais fermée par des voitures qui émettent des lumières bleues. Les ondes négatives se sont dispersées. Des rubans jaunes sont tendus pour empêcher d'approcher les groupes d'humains qui se sont agglutinés des deux côtés de la rue. Cinq humains en combinaison blanche examinent le sol et recueillent différents petits objets qui traînent par terre. L'un d'entre eux trace des dessins blancs sur le bitume alors qu'un autre y recouvre les taches de sang avec de la poudre beige.

Je lève la tête. J'observe, je renifle, je hume, j'écoute.

Le vent souffle fort et fait vibrer les feuilles des arbres. Dans mon champ visuel, je distingue quelque chose de nouveau et d'intéressant. La maison voisine, qui était inhabitée depuis quelques mois, est maintenant éclairée. Je vois une ombre se mouvoir derrière les rideaux du deuxième étage. La silhouette franchit la porte-fenêtre entrebâillée et vient se positionner sur le bord de la rambarde de son balcon, juste en face de moi.

Œil bleu. Tête à fourrure noire. Reste du corps à poils gris clair. Oreilles pointues. C'est un congénère siamois qui observe lui aussi la rue et les hommes en blanc. Il se tourne vers moi et me fixe ostensiblement.

McFLURRY®, FORM
CLASSIQUE, PO
2,50 $*
VOIR LES CONDITI
McFLURRY
TOURBILLON DE BONHEUR!
MAINTENANT AUSSI ÉCHANGEABLE AUX BORNES DE COMMANDE!

un McFlurry
...sique, à 2,50 $ (plus taxes).
La disponibilité des produits varie d'un restaurant à l'autre.
AVANT DE COMMANDER, VEUILLEZ INFORMER LE/LA PRÉPOSÉ/E QUE VOUS DÉTENEZ UN BON. LIMITE D'UN BON PAR CLIENT/E PAR VISITE. NE PEUT ÊTRE JUMELÉ À AUCUNE AUTRE OFFRE. NON MONNAYABLE.
Il est interdit de copier ou de reproduire ce bon de quelque façon que ce soit. Valable uniquement dans les restaurants McDonald's du Québec participants, du 28 novembre 2016 au 5 février 2017. © 2016, McDonald's. Imprimé au Canada.

4

Mon mystérieux voisin

J'aime les nouvelles rencontres.

Un mâle qui me regarde de cette façon, c'est évident qu'il désire attirer mon attention. Ce n'est pas le premier, ce ne sera pas le dernier. Mon charme, une fois de plus, agit malgré moi.

Je consens à miauler dans sa direction, mais à ma grande surprise l'impudent ne miaule pas en retour. J'affectionne les siamois, bien qu'il faille reconnaître qu'ils sont quand même très prétentieux.

Je prends ma posture amicale : oreilles légèrement pointées en avant, moustaches largement déployées sur les côtés, queue verticale.

Il ne change rien à la sienne.

Normalement, quand on me manque de respect à ce point je déguerpis. Cependant, je n'ai rien à faire d'autre de la nuit et je suis d'un naturel curieux, alors je ravale ma fierté et prépare mes appuis pour sauter jusqu'au balcon d'à côté.

Je me tasse, je vise, propulsion, extension, je me déploie audessus du vide entre nos deux maisons, j'écarte les doigts et mes griffes. Je vole une demi-seconde. La distance est importante et j'ai mal calculé ma détente. Je rate de quelques centimètres à peine la rambarde où je comptais atterrir. Je brasse l'air.

Mes griffes frôlent le métal mais ne trouvent pas de prise.

Le siamois m'observe toujours sans bouger.

L'humiliation est totale.

Je me rattrape heureusement au lierre et, à coups de griffes ravageurs, je remonte jusqu'au balcon.

Le siamois ne bronche toujours pas.

Enfin j'atteins mon objectif, me hisse et marche sur la rambarde, m'avance vers lui en miaulant.

Il reste parfaitement stoïque.

De près, je le vois mieux. C'est un siamois qui, au vu de son allure générale, doit être âgé d'environ dix ans (pour moi qui n'en ai que trois, c'est un vieux). Détail étonnant : il a une plaque de plastique de couleur mauve fixée au sommet du crâne.

Surmontant ma susceptibilité, j'entame la conversation comme si de rien n'était.

– Vous êtes le nouveau voisin ?

Pas de réponse. Pourtant je perçois ses ondes très chaleureuses.

– Pouvons-nous discuter ensemble ? J'habite à côté et je suis contente qu'il y ait un chat dans la maison la plus proche.

Il se lèche la patte puis la passe sur son oreille droite, signe de réflexion légère. Je prends cela pour un oui. J'ai eu assez de difficultés à communiquer avec autrui aujourd'hui pour échouer avec un être qui parle le même langage que moi.

– C'est quoi cette plaque mauve au sommet de votre crâne ?

Il me fixe puis consent enfin à me répondre.

– C'est mon Troisième Œil.

– Et c'est quoi un « Troisième Œil » ?

– C'est une prise USB qui me permet de me connecter aux ordinateurs pour communiquer avec les humains.

Ai-je bien entendu ?

– Une… quoi ?

Je ne veux surtout pas avouer que je suis dépassée par ses références, mais il ne se donne même pas la peine de répéter.

De la patte, il arrache le capuchon de plastique mauve, baisse la tête et m'invite à venir me rendre compte par moi-même.

Je me penche et distingue un orifice parfaitement rectangulaire cerné d'un liseré de métal s'enfonçant directement à l'intérieur de son crâne.

– C'est une blessure suite à un accident ? Cela doit faire mal.

– Non. C'est volontaire et très pratique.

– Et vous leur dites quoi aux humains avec ce Troisième Œil ?

Il continue de se lécher et de passer sa patte derrière l'oreille.

– Rien.

– Alors quel avantage y a-t-il à posséder cela ?

– Je ne leur dis rien, mais eux m'apprennent beaucoup. Ainsi je peux comprendre comment fonctionne l'humanité et, à travers elle, tout l'Univers.

Il a prononcé cette phrase sur un ton si détaché que je suis estomaquée par son assurance et sa suffisance. Mais ce n'est pas tant ce qu'il raconte que la manière dont il s'exprime qui m'impose le respect. Est-il possible qu'il puisse vraiment comprendre les humains ?

– Moi, j'ai essayé de leur parler, aux humains, ils ne comprennent que peu d'éléments. Ce soir, ma servante a oublié de me nourrir à l'heure et elle m'a enfermée dans une pièce dont je ne pouvais sortir seule. Tout ça pour observer une grande plaque noire fixée au mur, qui fait de la lumière et du bruit.

J'ai bien regardé moi aussi, et j'ai fini par comprendre que, dans cette plaque noire, on voyait d'autres êtres humains... morts !

Le siamois inspire comme s'il cherchait l'intonation la plus adaptée pour s'adresser à moi. Il sort sa longue langue rose et l'étire pour s'humecter les babines.

– Votre plaque noire murale s'appelle, dans leur langage, une « télévision ».

– Admettons. Dans cette « télévision » il y avait des images d'événements qui se sont passés ici même, dans la rue. J'y ai assisté. Dans l'après-midi, un homme en tenue noire est venu et a utilisé un bâton pour faire du bruit.

– Cela se nomme « fusil », et si les détonations étaient saccadées, il s'agissait probablement d'un « fusil-mitrailleur ».

– De jeunes humains sortant de l'immeuble avec le drapeau sont tombés par terre.

– L'immeuble avec le drapeau est une « école maternelle » et les jeunes humains sont des enfants, élèves de cette école.

– Puis l'homme en noir a jeté l'objet et s'est enfui, et les jeunes humains qui sont tombés ne se sont pas relevés.

– Normal. Il les a blessés ou tués. Il est venu précisément pour cela.

– Ensuite d'autres humains ont attrapé l'homme en noir et il a été emporté par une voiture avec une lumière bleue.

– La police.

– Un autre camion a surgi, il était blanc avec une lumière bleue lui aussi. Des hommes en sont sortis pour installer les jeunes humains sur des lits roulants et ils les ont emportés.

– Une ambulance.

– Puis d'autres humains sont arrivés et se sont mis par deux pour s'éclairer le visage.

– Cela devait être des journalistes. Ce sont eux qui fournissent les images que ta servante a observées ensuite à la télévision.

– Que signifie cette scène ?

– Les humains traversent une crise. Ils sont pris dans une sorte de spirale de violences de plus en plus spectaculaires qui, à mon avis, ne va pas s'arrêter de sitôt. Des individus comme cet homme en noir viennent pour tuer au hasard d'autres humains. Cela s'appelle du « terrorisme ».

– Quel intérêt pour eux de s'entretuer ?

– Cela permet de provoquer un choc émotionnel très fort et donc d'attirer l'attention des autres sur leur cause, notamment à travers les images que la télévision va diffuser. C'est une forme de communication… Quand les humains ont peur, ils sont plus attentifs et plus facilement manipulables.

– Je ne comprends pas.

– À mon avis, ce qui se prépare est encore pire : la guerre. Le terrorisme, ce n'est qu'un avant-goût, cela ne concerne que quelques dizaines de personnes, la guerre c'est pour en éliminer des centaines de milliers, voire des millions. Et je pense qu'elle va bientôt être déclarée.

Il se gratte l'oreille avec la patte, par petits à-coups.

Je ne suis pas sûre de comprendre tous les mots qu'il utilise car il ne fait aucun effort pour avoir un vocabulaire accessible, mais je saisis l'idée générale, alors je poursuis pour ne pas lui montrer que sa conversation me dépasse.

– Ce que je sais, c'est que le terrorisme et la guerre font couler de l'eau des yeux de ma servante.

– Cela s'appelle « pleurer ». Les humains pleurent quand ils sont tristes. Ce qui coule ce n'est pas de l'eau, ce sont des « larmes ». Vous y avez goûté et c'était salé, n'est-ce pas ?

Je dois l'avouer, son assurance et ses connaissances étonnantes m'impressionnent.

– Dans sa télévision, il n'y avait pas que des humains morts, il y avait aussi des humains qui jouaient à la balle et d'autres autour qui criaient. Vous comprenez aussi ce genre de situation ?

– C'est le « football », c'est un sport collectif.

– Mais pourquoi n'ont-ils pas chacun une balle ?

– C'est fait exprès pour créer un enjeu.

– Le fait qu'il n'y ait qu'un ballon pour autant de personnes doit les frustrer, les énerver, leur donner envie de courir dans tous les sens, non ?

– En fait, s'il n'y a qu'un ballon c'est pour qu'ils essayent de le mettre dans les filets du camp adverse. Cela leur fait gagner des points et, en général, cela plaît à ceux qui regardent. Quand elle a vu cela, votre servante a arrêté de pleurer, n'est-ce pas ?

– En effet, elle avait l'air soulagée au moment où la balle est arrivée dans le filet.

– Les humains disent qu'ils détestent la guerre et qu'ils aiment le football, mais à mon avis ils apprécient les deux. Sinon cela ne serait pas présenté aussi souvent aux actualités télévisées. Et cela ne serait pas entrecoupé de publicités.

Le siamois s'exprime d'une voix neutre comme si tout ça était évident. Je l'observe. Ses poils de moustache sont longs et distingués. Sa vibration générale est toujours chaleureuse.

– Vous dites que vous savez cela parce que vous avez un Troisième Œil sur la tête ?

– En effet, cette prise USB de dernière génération me permet d'être branché sur un ordinateur et de recevoir des renseignements. Je vous l'ai déjà signalé, il me semble.

Ce ton supérieur m'exaspère. Je déglutis. Mais la curiosité est plus forte que ma fierté.

– Un quoi ?

– Un ordinateur, enfin, une machine électronique compliquée grâce à laquelle j'ai accès à la connaissance détaillée de leur monde et aussi du nôtre. Avant j'étais comme vous, ignorant. Nous, les chats, nous manquons de perspective, aussi bien dans le temps que dans l'espace. Nous n'avons accès, pour la plupart, qu'à une source limitée d'informations : ce que nous voyons, ce que nous entendons, ce que nous sentons avec nos propres sens physiques et psychiques. C'est un tout petit champ de connaissances qui se limite en général à un appartement, quelques toits, un jardin, une rue. Les humains, eux, peuvent percevoir des événements au-delà de leurs propres sens physiques grâce à plusieurs outils modernes : la télévision, la radio, l'ordinateur, les journaux, les livres.

Le siamois recommence à se lécher la patte et à se gratter derrière l'oreille avec nonchalance. Je crois qu'il se moque de moi, peut-être parce que je me suis ridiculisée avec mon saut raté qui m'a fait atterrir dans les lierres. Je m'ébroue nerveusement et essaye de reprendre contenance.

– Moi, je veux créer un dialogue direct avec eux. De pensée chat à pensée humaine. Pas seulement recevoir, mais émettre en retour.

– Impossible.

Il m'énerve avec ses grands airs. J'essaye de ne pas perdre mon sang-froid.

– J'ai déjà établi un début de dialogue.

– Vous n'avez pas de Troisième Œil. Et même si vous en aviez un, je vous garantis, chère voisine, que cela ne marche qu'en réception, pas en émission. La connaissance va des humains aux chats et non l'inverse.

J'inspire profondément, tâche de garder ma contenance et insiste :

– En ronronnant, j'envoie des pensées apaisantes. Alors ma servante humaine cesse de pleurer et sa bouche monte sur les côtés.

Il continue de se lécher la patte droite pour se la passer derrière l'oreille comme si ma présence lui était complètement indifférente.

Soudain une voix humaine l'appelle depuis l'étage inférieur : « Pythagore ! Pythagore ! »

Après avoir négligemment tourné la tête dans la direction d'où provient la voix, mon voisin descend de la rambarde, passe la fenêtre et s'en va probablement retrouver sa propre servante.

Même pas un signe d'au revoir. Je suis outrée.

Je décide, pour rentrer chez moi, de tenter le bond en sens inverse. Après m'être bien tassée, je vise, je mets un maximum de puissance dans la détente, m'élance. Extension. Survol de l'espace entre les deux maisons. Je vole à peine plus longtemps que lors de mon saut précédent. Réception parfaitement réussie. Dommage que personne n'ait été là pour m'admirer. C'est le drame de toute ma vie. Quand je réussis, personne n'est là pour le voir, quand j'échoue il y a toujours des témoins.

Je franchis la porte-fenêtre qui n'est pas fermée et vais retrouver Nathalie qui ronfle bruyamment. Je l'observe en me lissant les moustaches.

Il faut que j'arrive à créer un vrai dialogue avec elle, qui soit en émission et non seulement en réception. Ainsi, ce prétentieux voisin (comment s'appelle-t-il déjà ? Ah oui… Pythagore… Quel nom étrange) verra bien qu'on peut communiquer dans les deux sens avec d'autres espèces animales.

Afin d'amadouer ma future partenaire de conversation inter-espèces, je me dis qu'il serait judicieux de retrouver la souris à la cave et de la lui apporter. Je suis sûre que cela lui fera plaisir de la découvrir à ses pieds, au réveil. Une souris encore frémissante c'est quand même le plus beau cadeau qu'un chat puisse faire à un être humain.

5

De la difficulté de partager son territoire

Le jour se lève et je commence donc à m'assoupir lorsqu'un hurlement vrille les longs poils de mes oreilles.

Nathalie vient de découvrir mon cadeau.

Cependant, ce cri ne ressemble pas à un cri d'allégresse. J'entends mon nom répété plusieurs fois sur un ton de reproche. Elle ne semble pas apprécier mon cadeau. Je la rejoins avec nonchalance et constate, alors que la souris a encore de délicieux spasmes d'agonie qui inviteraient n'importe qui à vouloir jouer un peu avec elle, qu'elle a pris une pelle et un balai pour la mettre dans un sac-poubelle, m'interdisant ainsi de la manger pour l'achever. Devant autant d'ingratitude, je manifeste mon mécontentement par des grognements.

Ma servante ne se laisse pas décontenancer et verse nerveusement des croquettes dans ma gamelle. J'ose espérer que c'est ma récompense pour la souris.

Je pense que son comportement équivoque est peut-être lié à la mauvaise influence de cette télévision qui la fait pleurer en lui montrant le terrorisme et la guerre. Quant à moi, je suis ravie de connaître désormais le sens précis de ces informations grâce à mon voisin Pythagore.

Lorsqu'elle s'est habillée, Nathalie quitte la maison. Je reste à nouveau seule chez moi et j'en profite pour, repue, m'endormir enfin. Le sommeil est quand même ma première passion.

Je rêve que je mange.

Je me réveille comme à mon habitude dans l'après-midi, alors qu'un rayon de soleil me lèche la paupière droite. Je m'étire jusqu'à l'extrême, mes vertèbres craquent, je bâille.

Il faut que je travaille mes extensions pour être sûre de ne plus jamais, au grand jamais, reproduire le saut catastrophique d'hier. Sortie et rétractation des griffes pour améliorer la rapidité du dégainé.

Je me lèche. J'adore me lécher (ma mère m'a toujours dit que « l'avenir appartient à ceux qui se lèchent tôt »). J'en profite pour réfléchir à ce que je vais faire aujourd'hui. Nous, les chats, nous improvisons en permanence. Évidemment, j'aimerais bien continuer la conversation avec mon voisin siamois, mais lui ne semble guère intéressé par ma personne et je suis trop fière pour quémander quoi que ce soit (à un mâle qui plus est…). Je décide donc de continuer seule mes recherches sur la communication inter-espèces en m'attaquant à un spécimen plus primitif : le poisson rouge dans le bocal de la cuisine.

Je le rejoins, le scrute à travers le verre qui nous sépare. Probablement intimidé, il recule pour se placer le plus loin possible de moi.

Bonjour, poisson.

Je pose mes coussinets sur le verre et ferme les yeux pour envoyer mon message télépathique. Je me mets à ronronner.

Nathalie l'appelle « Poséidon ». Je me dis qu'il a donc entendu ce nom plusieurs fois et qu'il comprendra mieux que je m'adresse à lui si je le nomme correctement dans mon esprit.

Bonjour, Poséidon.

La petite carpe orange aux larges voilures souples s'enfonce précipitamment dans son décor de fausses pierres où il me devient presque impossible de la discerner. Qui osera évoquer les ravages de la timidité ?

À nouveau j'envoie un message porté par mon ronronnement. Que lui dire ? « N'ayez pas peur » ? Cela sous-entendrait qu'il y a effectivement un danger. Il faut trouver autre chose. Ça y est, je sais ce qu'il faut émettre :

Je suis prête à dialoguer d'égal à égal avec vous, même si vous n'êtes qu'un poisson.

Voilà le message adéquat, mais il n'entraîne pas la bonne réaction.

Cette fois-ci Poséidon s'est enfoncé tellement profondément dans le décor qu'on ne voit plus rien de sa personne. Comme c'est frustrant de constater que mes efforts sont aussi mal récompensés.

Ne voulant pas renoncer, mais consciente de la difficulté de mon projet, je pose mes pattes sur le bord de l'aquarium et pèse de tout mon poids jusqu'à le faire légèrement pencher, ce qui permet d'évacuer un peu de cette eau qui nous sépare. Dans mon esprit le dialogue fonctionnera forcément mieux si le contact est direct.

Seulement, j'avais mal évalué le poids du bocal qui, tout à coup, se met à basculer. J'ai à peine le temps de bondir sur le côté pour éviter d'être mouillée. Emporté par le liquide, Poséidon finit par sortir de sa cachette et du bocal.

Le voilà enfin posé sur la nappe. Il remue dans tous les sens, on dirait qu'il danse. Là, je me dis que j'ai probablement fait un grand pas et que je viens de découvrir le mode d'expression des poissons. Il accomplit en effet, non sans grâce, une succession de petits sauts tout en ouvrant et fermant la bouche mais sans émettre aucun son. Ses ouïes battent vite, dévoilant des zones rouges luisantes.

Enfin nous allons pouvoir parler, Poséidon. Je sens ses ondes mais je n'arrive pas à les interpréter.

En frétillant, il parvient jusqu'au bord de la table. Comme je ne comprends rien à ce qu'il veut me signifier, je pose directement ma patte sur lui, ce qui l'empêche de tressauter et augmente la cadence de ses mouvements de bouche.

Je me mets en mode réception maximale.

Vous avez faim, c'est ça ?

Satisfaite de ma découverte, je renverse le pot rempli de vers séchés que Nathalie lui sert comme nourriture.

Il ne les mange même pas.

J'attends, je teste, je le touche avec mes coussinets, puis avec la pointe d'une griffe déployée, je ronronne.

Calmez-vous.

Au bout d'un moment, il cesse de se démener. J'espère qu'il a écouté mon injonction, mais non, ses ouïes s'ouvrent et se ferment de plus en plus vite. Il n'a pas l'air en forme du tout. Une fois de plus la communication est un échec. Je garde cependant l'espoir de trouver une autre espèce vivante apte à entretenir un dialogue satisfaisant avec moi. Pour l'instant, il faut reconnaître que la plus réceptive reste ma servante humaine, qui réagit positivement à mes ronronnements en basse fréquence.

Justement, la porte d'entrée s'ouvre, la voici qui revient. Cette fois, elle tient une sorte de sacoche grillagée d'où sortent des sons aigus. Je me demande bien quel cadeau elle va m'offrir.

Elle l'ouvre rapidement pour en sortir… un chat !

Je lui ai insufflé tellement de bien-être hier soir en ronronnant pour la relaxer et l'aider à s'endormir qu'elle croit que ce sont les chats en général qui l'aident à se détendre.

Sur le tapis je découvre un angora pure race – moche. Nathalie me fait un sourire et semble ravie d'exhiber cette boule de poils en répétant un mot qui doit être son nom : « Félix. »

Encore un cadeau raté.

L'individu semble un peu stupide. Quand il me voit, au lieu d'avancer tête baissée pour montrer qu'il est conscient d'être sur mon territoire, il me fixe de ses yeux jaunes.

Ah, ce que je déteste les pures races ! En plus, la couleur de sa fourrure est sans intérêt. Il est tout blanc. Moi par exemple, je suis blanche avec plusieurs très jolies taches noires dispersées un peu partout sur mon corps.

Lui, il est terne. Son poil est long, épais, gras. Comment Nathalie peut-elle avoir assez mauvais goût pour me choisir un mâle angora blanc aux yeux jaunes ?

Je manifeste aussitôt mon désintérêt en soulevant la queue et en lui montrant mon fondement. Mais cet imbécile se méprend. Au lieu de comprendre mon message de rejet, il croit que je souhaite une saillie.

Voilà bien la stupidité des mâles pure race !

Je suis obligée de lui donner un coup de patte, griffes déployées au tiers, pour lui faire comprendre que c'est moi qui décide de tout ce qui se passe ici.

Pendant ce temps-là, Nathalie parle avec une intonation chaleureuse qui me laisse à penser qu'elle me croit ravie de devoir tout partager avec cet étranger surgi de nulle part. En guise de réponse, je gratifie le chat d'un second coup de griffes et lui signale clairement :

« Toi, tu ne me plais pas. Fiche le camp. »

Aussitôt, il se met en position de soumission. De toute façon, il est hors de question qu'on m'impose mon compagnon.

Pendant ce temps, mon humaine a découvert le sort de Poséidon et, avant qu'elle n'ose émettre le moindre reproche (je déteste qu'on tente de me culpabiliser), je décide de quitter la pièce pour circuler à l'étage. Ce qui est arrivé est autant la faute de ce poisson obtus que la mienne. Il aurait dialogué, on n'en serait pas là.

Félix, croyant que je veux lui faire visiter la maison, me suit en trottant joyeusement, queue dressée.

Lorsqu'il tente une nouvelle approche affectueuse, je fais le dos rond et lui crache au visage. Je pense qu'il a saisi à quel genre de femelle il a affaire. Il trouve une posture de soumission encore plus prononcée que la précédente, évitant mon regard, oreilles aplaties en arrière, pelage lisse, queue cette fois rabattue proche du corps, accroupi, tête baissée et miaulant imperceptiblement.

Ah ! les mâles, ils fanfaronnent toujours, mais au final ce sont tous des individus faibles, faciles à impressionner dès qu'on est une femelle qui sait ce qu'elle veut et, surtout, ce qu'elle ne veut pas.

Je profite de sa position pour lui uriner sur la tête, afin qu'il saisisse bien qui établit les règles ici (et puis comme ça, ses poils seront assortis à ses yeux).

Il me parle et je l'écoute à peine, mais je consens à engager un début de dialogue avec cet étranger stupide pour lui faire savoir qu'il n'a pas le droit d'approcher de ma gamelle et qu'il doit manger après moi.

De même, il n'a pas le droit de pisser ou de déféquer dans *ma* litière. Si Nathalie ne pense pas à lui en offrir une, il devra se retenir ou sortir pour faire ses besoins.

Je lui indique que la fenêtre de la chambre du premier étage permet de scruter la rue. Je m'aperçois alors que l'école est toujours fermée. Il n'y a plus de ruban jaune qui ferme la rue, plus d'hommes en combinaison blanche qui ramassent des bouts de métal, mais une accumulation de bouquets de fleurs, de bougies et de photos de jeunes humains devant la porte. Ils ont dû poser ces décorations durant mon sommeil.

Félix jette un regard rapide sur la scène et me demande de quoi il s'agit, mais je ne me donne pas la peine de lui expliquer un phénomène aussi complexe que le terrorisme. Je n'ai pas le talent de Pythagore.

Je change de sujet et lui signale qu'il y a au deuxième étage un balcon qui permet d'accéder aux toits des maisons voisines, mais qu'il faut faire attention car la gouttière est mal fixée.

Nous arrivons ensuite devant la chambre de Nathalie, et je lui fais comprendre, grâce à un nouveau coup de griffes appuyé qui lui laboure la peau du menton, qu'il ne doit jamais non plus entrer dans cette pièce, ni espérer dormir avec *ma* servante. Pour que tout soit vraiment clair, je dépose dans toutes les zones où je lui interdis de pénétrer quelques gouttes d'urine odorante. À lui de conclure, si tant est qu'un angora pure race puisse avoir le moindre sens de la déduction, qu'il ne peut circuler que dans les zones que je n'ai pas marquées.

Nous redescendons et je montre à Félix où se trouve ma place sur le fauteuil avec le coussin de velours rouge qui porte mon odeur. Je lui montre mon panier, qui a aussi mon odeur, posé sur un support au-dessus du radiateur. Il ne doit évidemment jamais approcher aucun de ces endroits.

Finalement, il va se pelotonner dans un coin du couloir, dont il ne bouge plus.

Le soir, je détecte une activité près de la porte d'entrée de la maison. Je cours aussitôt surveiller ce qui se passe. Je m'aperçois alors qu'un mâle est venu rendre visite à ma servante. Elle répète ce qui est probablement son nom, « Thomas ».

Il est plus grand qu'elle, poils blonds, yeux verts, odeur de sueur musquée. Il a de grandes mains, de grands pieds, et un bouquet de fleurs. Déjà de loin il me déplaît.

Cependant, au lieu d'avoir le même frisson de répulsion que moi face à cet individu, Nathalie approche ses lèvres des siennes et leurs bouches finissent par se plaquer l'une contre l'autre. Je ne comprendrai jamais les coutumes des humains. Ensuite, il lui masse les seins et les fesses.

Au lieu de le repousser, elle glousse de satisfaction, comme si elle l'encourageait à continuer.

Enfin, ils se calment, et vont s'installer dans le salon. Plus tard, ils mangent sur un plateau en regardant le monolithe mural de la télévision. Ils ont les yeux fixes, la respiration rapide. Nathalie et Thomas semblent émus par des images qui montrent des humains décapités et d'autres humains autour qui crient et répètent ensemble les mêmes phrases en montrant le poing. Maintenant que j'arrive de mieux en mieux à décrypter ces images, je constate que la foule hurle toujours avec les mêmes intonations, qu'il s'agisse de la guerre ou du football, probablement pour encourager leurs meilleurs participants.

Nathalie tremble, puis finit par pleurer. Avant que j'aie eu le temps de venir la lécher, son mâle colle à nouveau sa bouche contre la sienne, avant de lui prendre la main et de l'emmener vers la chambre. Dont il ferme la porte derrière eux.

Aux bruits et aux odeurs produits, je comprends qu'ils se livrent à un acte reproductif. Cela doit être un réflexe d'espèce : quand des humains meurent en quantité, ils essayent de compenser la perte d'individus en en fabriquant des nouveaux.

Je regrette un instant ma dureté avec Félix et le convoque dans la cave. Dans la pénombre de ce lieu, qui sent la crotte de souris et la poussière, je lui révèle que j'ai un grand projet de vie qui consiste à établir une communication inter-espèces, et que, dans le cadre de ce projet, je souhaite parvenir un jour à donner des ordres directs aux humains, en miaulant des phrases, afin qu'il n'y ait plus jamais de confusion.

Son regard jaune est vide. Il ne voit pas l'intérêt de comprendre les humains, ni de leur parler, me dit-il. Quel être limité !

Le pire, c'est qu'il a l'air d'être heureux comme ça : sans ambition, sans curiosité, dans son petit univers minable de chat angora blanc, sans la moindre perspective sur le monde qui l'entoure.

Pythagore avait raison, beaucoup d'entre nous se contentent du petit monde étriqué de la maison qu'ils habitent. Leur ignorance les rassure, la curiosité des autres les inquiète. Ils veulent des journées qui se ressemblent, que demain soit un autre hier, et que tout ce qui s'est passé se reproduise.

Je renonce donc à éduquer Félix et à lui faire partager mes projets.

Comme je me sens un peu nerveuse, je lui propose qu'il se rende utile et s'adonne à l'acte d'amour avec mon corps. Il ne se fait pas prier. Je le sens entrer en moi. Je sens les spicules pointus de son pénis se rigidifier à l'intérieur de mon vagin, ce qui est assez douloureux, mais je serre les mâchoires. Félix s'agite, tremble : il s'avère un partenaire sexuel médiocre. Aucune fougue, aucune imagination, il ne me mord même pas dans le cou alors que j'adore sentir deux bonnes canines me labourer la nuque.

Durant la montée du plaisir je pense à Pythagore pour m'inspirer.

C'est peut-être cela la principale différence entre la sexualité des humains et celle des chats. Nous, nous avons besoin de sentiments pour faire l'amour, alors que pour eux ça n'est qu'un acte reproductif servant à se soulager quand ils sont trop nerveux ou inquiets pour la survie de l'espèce.

Félix s'excite rapidement, avec une énergie mal contenue. Il ne sait pas encore canaliser ses sentiments à mon égard. Le frottement m'irrite. Je libère un miaulement que l'angora doit prendre pour un cri d'orgasme. Il se dégage. Ce fut bref. Tout au plus quelques dizaines de secondes. Normalement, après l'amour j'aime bien parler, mais cette fois-ci je préfère être seule, alors je lui fais signe de déguerpir. Heureusement, il n'insiste pas.

Je repense au siamois, il me plaît vraiment et la question me hante toute la soirée : comment peut-il savoir autant de choses que j'ignore ? Je monte m'installer sur la rambarde du deuxième étage pour observer le balcon d'à côté. Comme il n'apparaît pas, je miaule pour l'appeler. J'ai l'impression de distinguer une silhouette derrière les rideaux de la chambre. Serait-ce « lui » ?

Cependant, même si la fenêtre est entrouverte, il ne se montre toujours pas. Je suis sûre qu'il m'a entendue, et s'il reste calfeutré derrière les rideaux c'est qu'il ne souhaite pas reprendre la conversation avec moi.

Il regrette peut-être de m'avoir livré autant de connaissances sur les humains.

À moins que je ne l'intimide.

J'aimerais tellement qu'il continue à m'expliquer ce qu'est le terrorisme, et aussi cette guerre qui va progressivement arriver ici mais qu'on ne surveille pour l'instant qu'à la télévision.

Je cesse de miauler et fais revenir Félix pour qu'il m'honore encore, pour me détendre. Quant à toi, Pythagore, un jour, je le sais, je te posséderai, parce que rien n'arrête une chatte déterminée.

Je n'aime pas qu'on me snobe.

6

Chez « lui »

Chaque jour, il se passe quelque chose dans le monde. Et chaque jour j'ai l'impression que je dois être attentive à ce que cela peut m'apporter de positif ou de négatif.

Après l'attaque de l'école, l'arrivée de la télévision, la dégustation des larmes de Nathalie, la rencontre avec Pythagore et l'arrivée de Félix, je pensais que j'avais eu mon lot d'événements extraordinaires pour la semaine. L'histoire, pourtant, a continué de s'accélérer. Peut-être l'Univers, suite à la décision que j'ai prise de communiquer avec lui, me répond-il en m'envoyant des signes ?

Aujourd'hui, je me lève dans l'après-midi et rejoins le balcon. Un oiseau, du genre moineau, vient gazouiller près de moi. C'est un chant assez mélodieux avec des trémolos aux vibrations subtiles.

Je me dis que ce volatile souhaite peut-être communiquer et qu'ensemble, représentants les plus audacieux de nos espèces respectives, nous allons enfin réussir là où j'ai échoué avec les souris, les humains et les poissons.

Je marche dans sa direction, en équilibre sur la rambarde. Le moineau me laisse approcher en me regardant alternativement de son œil droit et de son œil gauche (il a les yeux sur les côtés et ne peut donc rien fixer de face).

Je ronronne un *Bonjour, moineau.*

Il ne bouge pas et répond en gazouillant une mélodie encore plus harmonieuse.

Est-ce possible qu'il ait compris et me réponde ? Je continue d'approcher.

À ma grande surprise, il recule en sautillant sur ses petites pattes. J'avance donc un peu plus.

Pouvons-nous dialoguer ensemble ?

Il ne répond pas et se place à l'extrémité de l'angle du balcon. Je sais que je vais bientôt arriver dans une zone où je risque de tomber. Normalement je sais me rattraper, mais à cette hauteur ce n'est pas garanti et nous, les chats, avons les os fins donc fragiles.

Il recule encore un peu et émet un long gazouillis complexe bien modulé : on dirait une invitation.

Une question pointe tout à coup dans mon crâne : ce moineau ne serait-il pas en train de profiter de ma volonté de dialogue inter-espèces pour me tendre un traquenard ? Plus je l'écoute gazouiller plus j'en viens à la conclusion qu'il se fiche ouvertement de moi.

Alors que j'approche de la zone dangereuse, il s'envole d'un coup, me laissant en équilibre instable sur le bord du balcon. Pas de doute, cette sale bestiole a voulu profiter de mon goût pour la communication pour essayer de me faire choir. Je me récupère de justesse (même pas peur, même pas mal) et, de là, je me force à penser à autre chose pour ne pas laisser la colère monter.

Je scrute le balcon de la maison de Pythagore. Comme cet endroit me semble intrigant !

Soudain, en contrebas, la porte d'entrée s'ouvre et une femelle humaine à poils blancs en sort, effectue quelques pas dans la rue et vient sonner chez moi.

J'entends ma servante accourir dans le hall et l'accueillir. Les deux femelles humaines se parlent dans leur langage incompréhensible. J'ai à peine le temps de descendre de mon promontoire et de foncer au rez-de-chaussée pour venir trotter dans leurs jambes que, déjà, Nathalie a enfilé son manteau et qu'elles sortent. Les deux femelles franchissent la petite distance qui sépare leurs deux maisons. Je les suis dans la rue. Il y a encore plus de fleurs, de bougies et de photos qu'hier devant l'école maternelle.

Je me faufile entre leurs pattes et nous entrons dans « sa » maison. Je perçois des odeurs exotiques au milieu d'un décor singulier.

Les deux humaines s'assoient dans des fauteuils et celle aux poils blancs propose à ma servante de l'eau chaude tintée de jaune (j'ai humé, ce n'est pas de l'urine) dans des petits récipients. Pendant ce temps, j'analyse notre hôtesse – ma servante l'appelle « Sophie ». C'est une vieille humaine toute ridée, mais ses yeux marron sont vifs et mobiles. Il émane d'elle un parfum de rose. Elle appelle : « Pythagore ! » Et comme il ne se montre pas, elle part le chercher, puis une fois revenue au salon le dépose face à moi.

L'espoir renaît. Peut-être que nos servantes souhaitent que nous ayons une relation sentimentale approfondie entre chats voisins ?

Nous nous reniflons mutuellement, faisons semblant de nous rencontrer pour la première fois et, alors que je m'apprête à entamer la conversation, il déguerpit. Je le suis dans sa cuisine et le provoque en mangeant dans sa gamelle (moi, il ne faut pas me chercher, je suis comme ça), mais il ne daigne pas m'empêcher de le faire, ni même me regarder.

Même si ses croquettes sont moins bonnes que les miennes, je fais semblant de m'en délecter, puis je vais pisser dans sa litière. Cette fois encore, il ne fait rien pour m'empêcher d'agir. Au contraire, il disparaît comme s'il n'avait même pas vu que j'étais là. Je pars à sa recherche et, dans une des pièces à l'étage, je tombe sur une congénère cachée derrière la porte vitrée d'un meuble. C'est une chatte avec une fourrure similaire à la mienne.

Une femelle de mon âge qui plus est.

Je comprends tout à coup pourquoi Pythagore ne s'intéresse pas à moi : il a déjà sa propre femelle à la maison.

Je m'approche. De près, je distingue clairement qu'elle a un petit cœur noir posé sur le museau et des yeux verts. Même si elle a la même couleur de fourrure que moi, tout dans sa dégaine me repousse. Elle est vulgaire et arrogante. Je la fixe et m'avance vers elle : elle fait de même. Je me place en mode intimidation, dos courbé et pelage dressé pour avoir l'air plus grosse : elle m'imite.

Il va falloir passer à l'étape suivante. Je lance ma patte en avant de manière agressive. Elle aussi.

Je m'approche et je crache. Elle crache.

Nous nous donnons des coups de patte, mais la vitre nous empêche de nous blesser vraiment. Heureusement qu'elle est là, d'ailleurs, sinon je lui aurais arraché les moustaches, à celle-là.

Je me retourne et lève la queue pour lui montrer ce que je pense d'elle. Évidemment elle me copie.

Je renonce à l'humilier davantage et retourne dans le salon où les deux servantes continuent de palabrer. Pythagore est toujours absent et je commence à me sentir humiliée par cette situation. Pourquoi me traite-t-il ainsi ? À cause de sa femelle là-haut ? Parce qu'il a un capuchon de plastique mauve sur le crâne qui lui permet de savoir des choses sur les humains ?

De dépit, je m'installe sur les cuisses de ma servante et la laisse caresser mon joli crâne exempt de Troisième Œil, puis me retourne pour exhiber mon ventre qu'elle caresse aussi. Ainsi je montre bien à tous que j'ai dressé mon humaine pour me satisfaire.

À notre retour à la maison, je demande à Félix de me faire l'amour à nouveau. J'en profite pour hurler de toutes mes cordes vocales afin que Pythagore entende comme je jouis bien et comprenne ce qu'il rate en me prenant de haut (je suis sûre que sa femelle ne fait pas aussi bien l'amour que moi). Je hurle peut-être un peu trop fort, car le lendemain Félix est emporté dans la sacoche grillagée et, lorsqu'il revient quelques heures plus tard, il a un bandage autour du bassin. Dans un bocal flotte ce que je prends au début pour deux noyaux de cerise…

Bon, je dois reconnaître que c'est un peu injuste pour Félix, mais je préfère que ce soit lui qui soit puni.

Et puis je n'ai aucun sentiment pour Félix. Seul Pythagore me fascine. Il m'obnubile, même. Comment fait-il pour avoir une connaissance aussi précise des mœurs humaines ?

Un frisson désagréable me parcourt. Se pourrait-il que je sois pour lui ce que Félix est pour moi ? Une ignare ? Un stade de conscience au-dessous ?

Cette idée me rend encore plus jalouse de l'autre femelle là-haut.

Celle-là, la prochaine fois que je la vois, je ne la raterai pas.

7

Vue de haut

Les testicules de Félix flottant dans le bocal semblent l'hypnotiser.

D'où vient cette fascination des mâles pour ces deux petites boules beiges ? Il les observe comme si c'étaient des poissons, à cette différence près qu'elles ne nagent pas, mais tournoient lentement sur elles-mêmes sous l'effet de la chaleur du radiateur proche.

Depuis son opération, Félix n'arrête pas de manger. Il grossit. Son regard est vide et j'ai l'impression qu'il a atteint un degré supplémentaire de désintérêt pour le monde qui l'entoure.

Moi, au contraire, je suis de plus en plus intriguée par les événements récents et je guette depuis l'extrémité de la rambarde ce qui se passe dans la maison voisine et dans le bâtiment avec drapeau d'en face. Je ne discerne rien de spécial, si ce n'est une toile d'araignée dans un coin de la balustrade qui me donne envie de tenter une nouvelle fois d'établir un dialogue inter-espèces.

Je m'approche de l'individu arachnide de couleur brune et de taille moyenne équipé de huit pattes et de huit yeux. Je tente une approche douce, je me concentre puis ronronne : *Bonjour, araignée.* Comme l'individu se replie dans un coin, je sors les griffes et déchire la toile où se débattait un moucheron qui ne me dit même pas merci.

Je crois que tous les actes que nous effectuons entraînent forcément la satisfaction des uns et la contrariété des autres. Vivre et agir c'est forcément déranger les ordres établis. L'araignée a des spasmes de colère qui la font danser sur le dernier débris flottant au vent de sa toile. Je la sens encore moins motivée par un possible dialogue, mais je ne veux pas renoncer. Je m'approche plus près d'elle, m'apprêtant à la toucher, lorsque soudain un miaulement agressif attire mon attention.

Je reconnais cette voix.

Je me penche un peu plus sur la droite, au risque de chuter, et repère au loin Pythagore juché dans les branches hautes d'un marronnier. Il y est coincé : un gros chien aboie furieusement au pied de l'arbre.

Le siamois crache et fait le dos rond, mais que peut un vieux chat maigre contre un molosse qui fait quatre fois sa taille ?

Je perçois chez mon congénère une onde de panique.

Pas de doute, il n'y a que moi qui puisse le sauver.

Mon premier contact avec les chiens a eu lieu dans l'animalerie où j'ai passé mon enfance. En entendant les chiots aboyer, j'avais demandé à ma mère pourquoi ces animaux produisaient autant de nuisances sonores. « Parce qu'ils ont peur de ne pas être adoptés par les humains », m'avait-elle expliqué. Cela m'avait semblé saugrenu. Peur de ne pas être pris par les humains ! Ils avaient donc si peu de dignité ? Ils étaient si peu capables d'apprécier la solitude et la liberté qu'ils avaient à ce point besoin d'humains pour s'occuper d'eux ?

Ma mère m'avait ainsi expliqué que nous étions les maîtres des humains, et que les humains étaient les maîtres des chiens.

Mais de qui les chiens étaient-ils les maîtres ? Elle m'avait répondu : « Des puces qu'ils ont sur le dos car ils oublient de se lécher pour se nettoyer. »

Par la suite, j'avais découvert en me promenant aux alentours de la maison que les chiens sont tellement primitifs qu'ils déposent leurs déjections dans la rue, directement au milieu du trottoir, sans même les enterrer ! Ils n'ont pas le moindre rudiment de pudeur ou d'hygiène.

Mais pour l'instant, l'urgence est de faire fuir ce spécimen canin qui terrorise mon voisin. Il faut que j'improvise rapidement une stratégie qui compensera mon infériorité de carrure.

Je descends au rez-de-chaussée et sors dans la rue par la chatière. Je trotte pour rejoindre le lieu du drame. Dans un premier temps, pour faire diversion, je miaule et crache en faisant le dos rond.

Le chien se retourne et j'adopte aussitôt une posture de combat. Regard fixe, pupilles contractées, moustaches en avant, babines retroussées, poils des épaules hérissés, arrière-train relevé pour être prête à bondir, queue en position basse pour gagner en aérodynamisme.

Je lis l'hésitation dans le regard du chien. Pour l'aider à faire son choix, je saute sur le toit de la voiture la plus proche pour le dominer. Je le fixe de manière encore plus provocante en miaulant.

Même pas peur.

Puis je mime des coups de griffes dans l'air et ajoute :

Viens te battre, chien.

Le molosse se décide enfin à me poursuivre.

Même si je suis svelte, souple et rapide, je galope rarement dans la rue et je dois reconnaître que mon poursuivant est naturellement doté d'une puissance musculaire supérieure. Je cavale sur les pavés mais le chien gagne du terrain.

Quels sont ces humains inconscients qui le laissent dans la rue comme ça, sans laisse ni surveillance ?

J'analyse très vite la situation et en conclus qu'il faut que je mise sur mes spécificités. Je maîtrise mieux les changements brusques de direction car j'ai la possibilité de rétracter mes griffes, contrairement aux chiens. J'ai forcément plus d'adhérence dans les virages. Je bifurque donc vers une rue recouverte d'asphalte et je zigzague entre les roues des voitures à l'arrêt.

Le chien est toujours derrière moi à aboyer, me signalant ainsi sa position sans que j'aie besoin de me retourner.

Je m'applique dans le dessin de ma trajectoire. Parfois je sors un peu plus d'entre les roues pour faire quelques pas dans la zone où les voitures roulent vite. Mon poursuivant ne sait plus où galoper pour m'attraper sans se faire lui-même accrocher. Plusieurs fois des véhicules le frôlent de près, et il finit par être bousculé par un scooter. Il s'arrête, grogne puis renonce.

Je me retourne et lui miaule de loin :

Hé, le chien ! Tu es déjà fatigué ?

Et puis je rentre tranquillement en trottant tout en essayant de voir si d'autres chats m'ont admirée pendant cette course. Au cas où, je dodeline fièrement de la tête. Même si j'ai toujours eu le triomphe modeste, j'espère bien que l'incident sera relayé par des témoins quelconques.

Je ne pense pas que les rapports entre chats et chiens puissent être modifiés en profondeur par cette brève rencontre, mais je me dis que j'ai quand même rappelé à ce chien que ce n'est pas un hasard si les humains nous obéissent.

À mon retour Pythagore a disparu, sans le moindre signe de reconnaissance à mon égard. Je rejoins ma maison, frustrée. Je ne me donne même pas la peine de répondre à Félix quand il me demande où j'étais passée.

Ce n'est qu'à la nuit tombée, alors que nos servantes sont endormies, que j'entends un appel provenant de la maison voisine. Je me fais un peu attendre, évidemment, avant de consentir à sortir le bout du museau.

Pythagore est là, à l'extrémité de la rambarde du balcon voisin.

Je me place en face de lui sur mon balcon et nous nous toisons.

Je le trouve très distingué avec ses grands yeux bleus et son port de tête.

Il miaule :

– Viens.

Je ne me le fais pas dire deux fois. Comme je ne veux pas risquer de rater mon saut jusqu'à sa maison, je descends, sors par la chatière puis le rejoins chez lui en passant par sa propre chatière.

Il m'accueille sur le seuil et, comme sa servante dort, me propose de m'installer face au feu de cheminée dont les braises sont encore rougeoyantes. Les lueurs orange se reflètent dans ses yeux.

– Merci de m'avoir secouru. Je regrette de t'avoir mal accueillie la dernière fois, mais je m'en voulais de t'avoir donné trop d'informations d'un coup. C'est mon défaut, j'ai tendance parfois à étaler mes découvertes pour impressionner mon interlocuteur, a fortiori si c'est une femelle, même si je ne le connais pas bien. Ensuite je m'en veux de ne pas avoir su être plus circonspect.

– Tu m'as appris beaucoup de choses et je t'en remercie.

– J'aurais dû avoir plus d'égards envers toi.

– Tu es en couple. Je comprends que tu te méfies d'une femelle étrangère, fût-elle ta voisine.

– Non, je n'ai pas de femelle.

– J'ai vu celle qui vit dans ta chambre.

– Mais il n'y a pas d'autre chat que moi dans cette maison !

– Et elle, là-haut, c'est qui ?

Pour en avoir le cœur net, je file à l'étage. Il me suit. La chatte noir et blanc est toujours là. Elle est même accompagnée d'un autre chat, un siamois assez semblable à Pythagore.

– Ceci est un « miroir », m'explique-t-il. C'est un objet humain qui permet de refléter ce qu'il y a en face. Cette chatte que tu vois, c'est toi, et le chat à côté, c'est moi.

Je m'approche. C'est la première fois que je me vois car chez moi il n'y a pas de « miroir ».

Je m'examine dans les moindres détails. L'autre moi, en face, reproduit exactement les mêmes gestes que les miens.

– Alors ce serait cela… « moi » ?

Je trouve cette chatte soudain moins vulgaire. Je l'avais peut-être jugée un peu vite. Elle a beaucoup de distinction. Elle est même charmante. Je la scrute en détail.

Je suis encore plus ravissante que je ne le pensais.

Je suis fascinée par ma propre image. Dire que si je n'étais pas venue ici j'aurais pu vivre une existence entière sans savoir à quoi je ressemble, ni comment les autres me voient vraiment. Quelle révélation.

Pythagore, qui semble très à l'aise avec son reflet, pose une patte sur le miroir. Je l'imite.

– Pour quelqu'un qui a l'ambition de communiquer avec tous les êtres qui l'entourent, tu devrais commencer par te connaître toi-même

– Comment sais-tu ce qu'est un miroir ?

– Mon Troisième Œil me l'a dit.

– Et comment se fait-il que tu sois doté de ce Troisième Œil ? Pourquoi moi je n'en ai pas ?

– J'ai un secret. Viens, sortons !

Nous trottons côte à côte dans les rues avoisinantes. Elles sont encore un peu fréquentées à cette heure de la nuit. Bien qu'il ait emménagé récemment, Pythagore semble parfaitement connaître le quartier et il me guide dans plusieurs ruelles éclairées par des réverbères jusqu'à une place où beaucoup d'humains sont assis. Au centre, une immense bâtisse blanche dont les murs sont plus hauts que les arbres, surmontée par ce qui ressemble à des poires. Pythagore me désigne un passage sous une grille qui permet d'accéder à un soupirail. Nous rejoignons ainsi une salle haute et large avec de magnifiques vitraux, des peintures et des sculptures.

– Es-tu déjà venue ici ? questionne-t-il.

– Non, dis-je, impressionnée.

Il me guide vers un escalier en colimaçon dans lequel nous nous engageons. C'est long et fatigant, mais nous finissons par aboutir à un point très élevé d'où l'on bénéficie d'un panorama extraordinaire sur la ville.

J'ose un regard vers le bas et constate qu'une chute me serait fatale. Cette tour est plus haute que plusieurs arbres mis les uns sur les autres.

Le vent, à cette hauteur, ébouriffe ma fourrure et fait des vagues dans le poil gris de mon congénère. Même mes moustaches ploient sous les bourrasques, ce qui est une sensation très désagréable.

– J'aime les points de vue élevés.

– C'est pour cela que tu étais en haut de l'arbre quand le chien t'a menacé ?

– Je me place toujours en hauteur. Or nous avons les griffes faites pour monter et non pour descendre, ce qui nous oblige à sauter… Mais comment le faire quand un berger allemand vous attend, grognant, en bas ?

J'observe le paysage autour de nous. Partout ça scintille de petites lumières jaunes immobiles, et d'autres blanches ou rouges, qui bougent, celles-là.

– Ça, c'est « leur » ville, dit-il. La ville des humains.

– Je me suis rarement éloignée de ma maison. Je ne connais que ma cour, la rue en face et quelques toits avoisinants.

– Les humains construisent ces maisons par milliers. Les unes près des autres. À perte de vue. Cette ville-ci se nomme « Paris ».

– Paris, je répète.

– Cette colline, c'est le quartier Montmartre, et là où nous sommes maintenant c'est un de leurs monuments religieux : la basilique du Sacré-Cœur.

– Tu sais tout cela grâce à ton Troisième Œil ?

Il ne répond pas à ma question. Je regarde l'immense panorama qui s'offre à nous. Je ne comprends pas tout ce que me dit Pythagore mais peut-être qu'à force de l'écouter, je vais naturellement finir par faire des recoupements qui me permettront de mieux saisir le sens de ses phrases.

Le vent redouble et nous déstabilise, je change d'appui.

– Je veux apprendre tout ce que tu sais.

– Les humains ont d'autres villes comme celle-ci, dispersées sur un grand territoire de plaines, de champs et de forêts qui forment un pays qu'ils appellent la France, lui-même situé sur une sorte d'énorme ballon, une planète, qui se nomme la Terre.

– Ce que je veux savoir c'est pourquoi j'existe, pourquoi je suis comme ça, et ce que je dois faire sur la Terre.

– Je viens de te parler de géographie, mais peut-être t'intéresses-tu davantage à l'histoire.

Il inspire profondément, se lèche la patte droite, la passe derrière son oreille, puis relève la tête.

– Eh bien cela sera ma leçon d'histoire numéro 1. Tout a commencé il y a 4,5 milliards d'années, lorsque la Terre est née.

Je n'ose demander ce qu'est un milliard, mais je pense que cela doit être un nombre plus grand que tout ce que je connais.

Alors que nous regardons le ciel parsemé de lueurs, une étoile filante passe, fendant le ciel de gauche à droite.

– Au début il n'y avait que de l'eau.

– Je n'aurais pas aimé vivre à cette époque. Je déteste l'eau.

– Pourtant c'est de l'eau que tout est venu. La vie est apparue sous forme de petites algues qui se sont transformées en poissons. Un jour, l'un d'entre eux en est sorti pour ramper sur le sol ferme.

Je ne pose pas de questions pour ne pas le couper dans le fil de son récit. Mais quand il parle de poisson, est-ce qu'il veut dire un animal comme… Poséidon ?

– Ce premier poisson est parvenu à survivre et à se reproduire. Ses descendants se sont transformés en lézards, qui se sont mis à grossir et à devenir de plus en plus grands. On les a appelés « dinosaures ».

– Les dinosaures étaient grands comment ?

– Certains étaient aussi hauts que cette tour où nous nous trouvons actuellement. Et ils étaient féroces. Leurs dents et leurs griffes étaient énormes. Tous les autres animaux avaient peur d'eux. Ils sont devenus de plus en plus intelligents et sociaux.

Pythagore fait une pause, inspire, se lèche les babines.

– Et puis il y a eu ce rocher venu du ciel qui a changé l'atmosphère et la température. Les dinosaures sont tous morts. N'ont survécu que les petits lézards et les mammifères.

– C'est quoi, des mammifères ?

– Ce sont les premiers animaux avec du sang chaud, des poils, et des pis capables de fournir du lait. Nous, en somme. Il y a 7 millions d'années sont apparus les premiers ancêtres des hommes et les premiers ancêtres des chats. Il y a 3 millions d'années, les ancêtres des hommes se sont divisés en petits et grands. Et les ancêtres des chats se sont eux aussi divisés en petits et grands.

– Tu veux dire qu'avant il y avait des grands chats ?

– Oui, ils existent toujours d'ailleurs. Les humains les nomment des lions. Mais ils ne sont plus très nombreux.

– Ils sont grands comment ?

– Au moins dix fois plus grands que toi, Bastet.

J'essaye d'imaginer un chat d'une taille aussi phénoménale.

– Mais l'évolution a avantagé les plus petits, plus intelligents. La branche des petits hommes et celle des petits chats ont ensuite évolué en parallèle jusqu'à il y a dix mille ans. À cette époque, les humains découvrent l'agriculture : l'art de réunir des plantes pour les récolter. Ils se mettent à stocker des réserves de céréales mais cela attire les souris qui à leur tour font venir…

– Nos ancêtres ?

– Quand les humains se sont aperçus que les chats leur permettaient de garder la nourriture intacte, ils les ont considérés avec plus d'égard.

– Nous leur sommes donc devenus indispensables… Et ils ont alors accepté de nous obéir, n'est-ce pas ?

– Par la force des choses, humains et chats, à cette époque, s'entendaient bien.

– Donc les chats se sont volontairement rapprochés des hommes, si je comprends bien ?

– Nous les avons choisis, nous les avons aidés à mieux vivre, et ensuite ce sont eux qui ont décidé de nous loger et de nous nourrir. On a retrouvé sur l'île de Chypre une tombe vieille de sept mille cinq cents ans, dans laquelle un squelette d'homme reposait à côté de celui d'un chat.

– C'est quoi une tombe ?

– Une fois qu'ils sont morts, au lieu de laisser les autres animaux les manger, voire de les manger eux-mêmes, les humains mettent les cadavres de leurs congénères sous terre.

– Et ce sont les vers qui les mangent ?

– C'est ainsi qu'ils se traitent entre eux. Et la présence de ce chat dans cette tombe signifie…

– … qu'ils nous considéraient comme importants.

– Tu en sais assez pour aujourd'hui, Bastet. La prochaine fois je te raconterai la suite de l'histoire commune des chats et des humains.

– Quand ?

– Si tu veux, Bastet, nous pourrons nous retrouver de temps en temps et je t'apprendrai ce que je sais du monde des humains. Tu comprendras peut-être qu'avant d'essayer de dialoguer avec eux en mode réception/émission, nous pouvons commencer par assimiler leurs connaissances en simple mode réception. Car celles-ci sont vraiment très surprenantes pour une chatte (il a pensé « ignorante »)… qui n'a pas de Troisième Œil.

Et, alors que la lune commence à se dévoiler lentement derrière les nuages, il propose que nous miaulions ensemble à gorge déployée. Cela me plaît. Dans cette vibration sonore qui sort de ma bouche et résonne dans tous mes os, je sens une émotion intense et inconnue, comme si l'union de nos deux voix m'apportait la plénitude.

Le vent souffle dans ma fourrure et dans mes moustaches. Mon poil ondule par vagues.

Je me sens bien et nous restons longtemps à miauler jusqu'à ce que, épuisée, je me contente de ronronner de plaisir en observant Paris dont, doucement, s'éteignent les petites lueurs.

Évidemment, j'aimerais que Pythagore m'explique quel est le secret de ce Troisième Œil qui lui permet d'avoir autant d'informations précises, mais je sais qu'il ne sert à rien d'insister. Je me remémore tout ce qu'il m'a enseigné aujourd'hui. Grâce à lui, je suis une chatte qui comprend mieux ce qui se passe autour d'elle, une chatte qui connaît l'histoire de ses ancêtres. Je m'aperçois que plus j'apprends, plus je peux intégrer facilement des informations nouvelles. Et j'aime ça.

Nous redescendons la tour de la basilique et avançons dans les rues de la colline de Montmartre.

Je trouve mon compagnon gracieux.

– Et la guerre que se font les hommes, où en est-elle selon tes sources ? je demande, pour rompre le silence qui s'est installé.

– C'est de pire en pire. Ce qui est arrivé à l'école maternelle n'est pas un phénomène isolé. Loin de là. Chaque jour, le terrorisme se manifeste sous d'autres formes. Il est important pour toi et moi de nous tenir tout le temps au courant de l'évolution de cette fièvre d'autodestruction de nos voisins humains.

Je me lèche distraitement une épaule.

– Ce ne sont que des hommes qui se tuent entre eux, cela ne nous concerne pas.

Il secoue la tête :

– Détrompe-toi. Nos destins sont toujours liés. Nous dépendons d'eux et il y a réellement un risque que les humains disparaissent, comme jadis les dinosaures.

– Je me sens parfaitement prête à vivre sans eux.

– Cela va nous obliger à accomplir des actes que nous n'avons jamais accomplis jusque-là.

– Eh bien, nous évoluerons.

Il me touche avec sa patte pour me forcer à m'arrêter et me fixe.

– Ce n'est pas si simple, Bastet. La guerre qui se répand progressivement est préoccupante même pour les chats.

Je remarque que Pythagore a prononcé plusieurs fois mon nom. Peut-être que, désormais, je suis importante pour lui. Je suis persuadée qu'il commence à comprendre que moi aussi je suis spéciale.

Je marche fièrement à côté de lui, la queue dressée. Loin de m'inquiéter, toute cette connaissance nouvelle, d'une certaine manière, me rassure. Maintenant je sais beaucoup mieux qui je suis, de quoi j'ai l'air, où je vis, et ce qui se passe autour de nous.

Être instruite me semble le plus grand des privilèges et je plains ceux qui vivent dans l'ignorance.

8

Drogue lumineuse

Nathalie ronfle la bouche ouverte, les cheveux ébouriffés, les paupières légèrement frémissantes.

Je me mets à ronronner près de ses oreilles.

Dors, servante humaine, pendant que ton monde est en train de s'effondrer sous le coup du terrorisme et de la guerre. Ne t'inquiète pas, Pythagore et moi, nous sommes là, instruits et prêts à agir.

Alors que l'aube se lève, je décide d'entamer moi-même un petit somme afin de réunir mes idées et mes forces. Je m'installe dans mon panier et plonge lentement dans le sommeil en pensant à Pythagore. Je n'arrive pas à croire qu'il suffit d'avoir un trou dans la tête pour comprendre les hommes.

Non, il y a forcément autre chose. Il a parlé d'un secret. Je veux le découvrir.

Pythagore connaît les noms et les usages des objets humains, les noms des animaux, la signification du comportement des hommes. Moi je ne connais que le nom des personnes qui m'entourent, à force de les entendre répétés.

Je finis par m'endormir complètement.

Dans mon rêve je vois des poissons comme Poséidon sortir de l'eau pour ramper sur le sol dur. Je les touche avec ma patte. Puis je vois ces poissons se transformer en lézards. Je les attrape et je leur coupe la queue, mais celle-ci repousse. Ensuite je vois les lézards grandir pour devenir géants. Je m'enfuis. Puis une étoile filante vient frapper la Terre. Le ciel devient noir et tous les grands lézards meurent. Apparaissent alors, sortant des herbes, des petits et des grands humains et des petits et des grands chats. Les grands humains sont évacués par les petits humains. Les grands chats sont repoussés par les petits chats. Les petits humains nourrissent les petits chats qui les aident en tuant des souris qu'ils offrent aux humains, et ceux-ci les remercient en retour en s'endormant dans des trous sous terre à leur côté.

Puis dans mon rêve apparaît Pythagore poursuivi par un chien, je le sauve et nous faisons l'amour.

Pythagore me mord le cou.

Je suis réveillée par la sonnerie de la porte d'entrée.

Je bâille, m'étire, me sens parfaitement bien.

C'est encore Thomas, le mâle de ma servante. Celui-là je ne l'aime décidément pas. Ils parlent dans leur langage d'humains, puis vont dans la cuisine pour manger des aliments marron qui sentent la viande chaude accompagnés de rubans blancs et mous qui ne sentent rien. Ensuite, ils plongent leurs cuillères dans des pots de crème jaune qu'ils mangent goulûment. Ma servante pense à me nourrir, ainsi que Félix, mais je sens qu'elle vibre différemment du fait de la présence de son mâle. Pour ma part, j'attends la nuit pour retrouver le mien.

Je décide de tourner autour de leurs jambes pour me frotter contre eux et les imprégner de mon odeur. Comme ils continuent de manger sans me prêter attention, je sors mes griffes et racle le bois de la chaise. Thomas consent enfin à s'intéresser à moi. Il prononce mon nom et sort de la poche de sa veste un tube argenté. Il répète mon nom puis soudain fait jaillir de son tube… un rond de lumière rouge qui vient illuminer le sol. Non seulement c'est très beau, mais en plus cela bouge dans tous les sens d'une manière qui est loin de me laisser indifférente. Je bondis, mais à peine l'ai-je approché que le rond rouge est parti sur le mur. Je saute bien haut, le rond rouge est sur le rideau. Je tente d'attraper le rond sur le rideau, sur la chaise, puis sur le divan, puis devant moi, puis loin de moi, puis au plafond, puis... sur ma propre queue. Cette fois-ci je ne veux plus le laisser filer alors je mords très fort ma queue, ce qui me fait hurler de douleur. Le rond rouge a disparu...

Les deux humains me montrent du doigt et font des clappements de bouche très bruyants.

Je suis vexée et en même temps j'ai honte d'avoir eu la faiblesse de m'être prêtée à ce jeu stupide.

Personne n'a le droit de m'humilier ainsi. A fortiori pas des humains qui sont uniquement censés me servir.

Je rumine dans mon coin ma vengeance pendant qu'à nouveau, ayant fini de manger, les deux humains vont s'installer dans le salon pour scruter une fois de plus leur abominable télévision.

J'observe moi aussi la succession d'images. Maintenant, grâce à Pythagore, je sais que ce sont des humains qui s'entretuent très loin, dans d'autres villes. Les scènes de guerre sont entrecoupées par l'intervention d'un présentateur assis, qui parle sur un ton monocorde, épaules carrées, poils laqués sur la tête, comme s'il n'était pas vraiment concerné par les images choquantes qui défilent. Il sourit en permanence.

Cette fois-ci Nathalie se domine et aucun liquide ne coule de ses yeux. En fait je crois qu'elle commence à s'habituer à la violence.

Puis apparaissent à nouveau des images de football et je les sens complètement excités. Thomas parle en direction de la télévision. Il se lève, soupire, semble vivre quelque chose d'émotionnellement bien plus fort que la guerre.

Je profite de cette diversion pour opérer sans plus attendre mes représailles et uriner dans ses chaussures qu'il a déposées dans l'entrée, comme à son habitude, pour ne pas salir.

Ensuite je m'installe dans un endroit hors de portée : le sommet du réfrigérateur, et j'attends. Lorsque Thomas découvre mon petit cadeau, arrive ce que je subodorais : il crie, court, tape du pied, s'énerve, montre les chaussures, prononce mon nom sur un ton franchement hostile. Nathalie lui répond par des phrases où mon nom est à nouveau répété, mais de manière beaucoup plus sympathique. Cela ne le convainc pas. Il me cherche partout et je me recroqueville un peu plus pour qu'il ne me voie pas.

Le ton monte entre les deux humains. Thomas est de plus en plus agressif.

Finalement, il sort de la maison en chaussettes, ses chaussures à la main, et claque la porte.

Après un instant d'hébétude, ma servante tombe dans le fauteuil et se met à pleurer. Je descends du réfrigérateur et, à petits pas, m'approche. Je monte sur ses genoux et frotte mon nez contre le sien, mais elle ne veut pas m'embrasser. Je me mets à ronronner en mode basse fréquence quelque chose qui signifie : *Ce mâle est indigne de toi.*

Nathalie continue d'émettre une émotion triste alors je lèche ses larmes sur ses joues et ronronne une autre idée : *Par contre tu pourras toujours compter sur moi.*

Comme elle ne semble toujours pas apaisée, je me dis que le mieux est de lui faire comprendre qu'il faut chercher d'autres mâles. Je pense que dans sa catégorie d'humains elle doit plaire (personnellement, je trouve tous les humains très laids, mais s'ils se livrent à des actes de reproduction, j'en conclus qu'ils doivent bien se trouver mutuellement un charme quelconque).

Je lui explique que pour ramener des mâles, ce n'est pas compliqué. Il suffit de se promener hors de la maison et de marcher en montrant bien son fondement. S'il est rose et un peu boursouflé, cela participe à l'effet attractif. L'émission d'odeurs sexuelles et le message parviennent aux mâles humains en manque, qui accourent pour des saillies. Non seulement elle ne me comprend pas et se refuse à exhiber son fondement en hurlant sur les toits comme je le lui conseille, mais elle continue de dissimuler sa chair sous plusieurs épaisseurs de tissu.

Il y a encore beaucoup de travail pour améliorer notre communication. Et comme si cela ne suffisait pas, Nathalie accomplit à nouveau le pire : elle allume une cigarette.

Je ne la comprendrai jamais. Pourquoi se mettre volontairement de l'air sale dans les poumons ?

Écœurée et refusant que mon poil s'imprègne de cette odeur ignoble, je monte au deuxième étage et profite que la porte-fenêtre du balcon soit ouverte pour me placer à l'endroit où j'ai vu Pythagore hier.

Je miaule pour l'appeler. Je module plusieurs notes.

Enfin sa silhouette apparaît.

D'un signe, nous convenons d'aller au Sacré-Cœur discuter en hauteur.

Lorsque nous nous retrouvons dans la rue, nous nous touchons le front, nous frottons la truffe, puis nous mettons en route.

Arrivés sur place, nous grimpons au sommet de la plus haute tour. Il fait froid et le vent, ce soir, est encore plus fort que la première fois. Je suis tout ébouriffée, mais il est hors de question que nous allions ailleurs.

– Aujourd'hui j'ai été humiliée par une lumière rouge, lui dis-je.

– Un laser ? Moi-même, je me suis déjà fait avoir. Il faut beaucoup de volonté pour y résister, mais avec un peu d'entraînement certains y parviennent.

– Et en plus ils produisaient des clappements avec leur bouche.

– Ça s'appelle « rire ».

Je change de sujet.

– Qu'est-ce qui pousse les humains à s'entretuer avec une telle frénésie ?

– Il y a plusieurs raisons : acquérir des territoires plus larges, voler les richesses de leurs voisins et leurs jeunes femelles fécondes, les convertir à la religion de leur Dieu.

– C'est quoi un « dieu » ?

– Il s'agit d'un personnage imaginaire. Il est représenté le plus souvent sous la forme d'un géant qui vit dans le ciel. Il a une robe blanche et une barbe. C'est lui qui édicte ce qui est bien et ce qui est mal. C'est lui qui juge. C'est lui qui décide de tout ce qui va arriver aux humains.

– Et tu dis que c'est un personnage qu'ils ont inventé ?

– Ils ont suffisamment de goût pour les personnages imaginaires pour être prêts à tuer ou à mourir pour lui. En fait, pour être juste, Dieu est depuis quelque temps la raison principale du terrorisme et des guerres.

– Mais tu m'as dit qu'aucun humain ne l'avait rencontré.

– Pour nous, les chats, cela peut évidemment paraître illogique, mais il semblerait qu'ils aient créé Dieu parce qu'ils ne supportaient pas d'être libres et responsables de leurs propres actes. Grâce à cette notion, les humains peuvent se percevoir eux-mêmes comme des êtres qui ne font qu'obéir à un maître. Tout ce qui arrive est « Sa » volonté. C'est également un moyen pour les religieux qui prétendent parler en son nom d'assujettir les esprits les plus faibles. Nous, les chats, nous sommes capables de nous sentir responsables de nos actes et nous sommes capables de supporter d'être libres. Nous n'avons pas besoin d'imaginer qu'un chat géant dans le ciel nous surveille.

Je réfléchis à ses propos en me léchant. Je ne tiens personne d'autre pour responsable de ce qui m'arrive, je tente toujours seule d'améliorer ma vie. Pythagore semble avoir perçu ma pensée car il enchaîne :

– Pourtant, il reste quand même des raisons de craindre le ciel… Dans le passé, la mort a frappé d'un coup, partout, tout le monde. Il y a eu cinq grandes extinctions. Ce sont des moments où presque tout ce qui vivait a péri. La dernière a frappé il y a soixante-six millions d'années et a vu disparaître soixante-dix pour cent des animaux, dont les dinosaures.

– Et une sixième grande extinction d'espèces pourrait avoir lieu, selon toi ?

– Le terrorisme. La guerre… Les humains ont désormais le pouvoir de détruire massivement et rapidement. Ce qui se passe actuellement révèle qu'ils sont comme toi face à ta première rencontre dans le miroir : ils veulent anéantir ce qui est similaire. N'ayant plus d'adversaires, ils ont retourné leur agressivité contre eux-mêmes.

Je secoue la tête et il développe son idée :

– Je me suis même demandé si le fait d'être trop nombreux sur cette planète ne les poussait pas inconsciemment à réduire leur nombre afin de préserver les autres espèces.

Pythagore se lèche les pattes et les passe l'une après l'autre derrière ses oreilles. Je suis impatiente d'avoir la suite du récit.

– Es-tu prête pour ta deuxième leçon d'histoire, Bastet ?

Je me tasse sur mes pattes et replie ma queue sous mon ventre dans une position confortable.

– Après Chypre, l'Égypte. C'est un pays lointain et chaud,

en grande partie désertique. Un pays où, en 2500 avant Jésus-Christ (c'est le nom d'un homme dont la naissance est un repère dans le temps. Il est né il y a deux mille ans. Donc, en 2500 avant Jésus-Christ, c'est il y a quatre mille cinq cents ans), cette civilisation égyptienne a créé une religion fondée sur le culte de Sekhmet, la déesse à tête de lion. Mais les lions avaient tendance à... dévorer les prêtres qui les nourrissaient. Il y eut tellement de morts que les Égyptiens inventèrent une sœur à Sekhmet, une déesse à tête de chat qu'ils nommèrent... Bastet.

– Mais c'est moi ! Je porte le nom d'une déesse égyptienne jadis vénérée par les humains !

– Les Égyptiens s'étaient aperçus que les chats étaient plus intéressants que les lions. D'abord parce qu'ils étaient moins encombrants, moins compliqués à nourrir, et se laissaient plus facilement caresser. Ensuite parce qu'ils chassaient une plus grande quantité de souris et de rats, donc ils protégeaient mieux les réserves de céréales. Enfin parce qu'ils protégeaient aussi les maisons des scorpions, des serpents et des grosses araignées venimeuses.

J'essaye d'imaginer ce monde où les hommes créent des temples pour nous vénérer.

– À l'époque, ils nous appelaient « miou ». D'ailleurs, il est intéressant de noter que, dans la plupart des pays, nous avons été nommés avec des mots à sonorité proche de notre cri.

– Continue sur Bastet, je veux savoir ce qu'elle représente.

– Elle était la déesse de la beauté...

Normal.

– ... et de la fécondité.

Évidemment.

– Le culte de Bastet était pratiqué en particulier dans le temple en granit rouge de la ville égyptienne de Bubastis. Ce temple était peuplé de centaines de chats et une fois par an se déroulait une grande fête où des dizaines de milliers d'humains venaient de partout pour glorifier la déesse et lui offrir des cadeaux.

Ça me convient.

– Les humains dansaient, chantaient en psalmodiant sur tous les tons le nom de Bastet. Ils mangeaient, buvaient et étaient heureux dans la vénération de la déesse à tête de chat.

– Finalement, ça ne me déplaît pas tant que ça, la religion.

– Bastet était aussi censée soigner les maladies des enfants et veiller sur le cheminement de l'âme des morts. Les femmes égyptiennes voulaient d'ailleurs ressembler physiquement à des chattes. Elles se faisaient des scarifications sur les joues pour imiter nos moustaches, des incisions sur les bras dans lesquelles elles versaient quelques gouttes de sang de chat dans l'espoir de prendre notre beauté et notre intelligence.

– Quelle époque intéressante !

– Les Égyptiens habillaient aussi nos ancêtres comme eux. Ils leur mettaient des bijoux, des colliers, des boucles d'oreilles. Quand ils mouraient, les chats égyptiens de l'époque avaient droit à leurs propres funérailles.

– Même si leurs serviteurs étaient encore vivants ?

– Les humains, en signe de deuil, se rasaient les poils des sourcils. Les chats morts étaient momifiés, leur corps entouré de bandelettes et leur visage recouvert d'un masque les représentant.

Incidemment, je déduis de ce que me dit Pythagore que nous aussi nous pouvons mourir.

– Si un humain faisait du mal à un chat, il était fouetté. S'il tuait un chat, il était égorgé.

– J'adore ce pays. Existe-t-il toujours ?

– L'Égypte figure bien sur la carte du monde aujourd'hui mais la civilisation qui a porté ces valeurs a disparu précisément à cause de la guerre. En 525 avant Jésus-Christ, le roi des Perses,

Cambyse II, assiégea la grande ville de Péluse sans parvenir à la prendre. Quand il apprit que les Égyptiens vénéraient les chats, il ordonna à ses soldats d'attacher sur leurs boucliers des chats vivants.

– Ce n'est pas possible.

– Ainsi, les Égyptiens n'osèrent plus tirer des flèches qui risquaient de blesser leur animal sacré et préférèrent se rendre sans combattre. Cambyse II s'autoproclama nouveau pharaon, fit supplicier l'ancien et mit à mort tous les prêtres et les aristocrates égyptiens. Il détruisit tous les temples, y compris celui de Bubastis dédié à Bastet, et ordonna qu'on sacrifie aux dieux perses les chats honnis qui peuplaient les lieux. Ainsi s'éteignit le culte des chats et de Bastet en Égypte.

Quelle horreur ! Je me lèche et j'ai l'impression d'arracher à ma fourrure la saleté de cette triste histoire.

– Pourquoi les hommes s'autorisent-ils à décider de notre sort ?

– Parce qu'ils sont plus forts que nous.

– Je suis pourtant la maîtresse de ma servante humaine.

– Tu te trompes. Ce sont eux qui ont le pouvoir. Et ce pour plusieurs raisons : la première est qu'ils sont plus grands, la deuxième est qu'ils sont dotés de mains avec des pouces opposables qui leur permettent de fabriquer des objets très compliqués et très puissants, la troisième est qu'ils vivent en moyenne quatre-vingts ans alors que nous mourons au bout de quinze. Cela leur donne plus d'expérience. Enfin la quatrième est qu'ils dorment environ huit heures par jour alors que nous en dormons douze en moyenne.

– C'est-à-dire qu'ils passent un tiers de leur temps à rêver alors que nous y consacrons la moitié du nôtre…

– Encore faudrait-il être sûr que rêver soit un avantage évolutif.

– Nous savons monter aux arbres et courir mieux qu'eux. Ils ont une colonne vertébrale rigide alors que la nôtre est souple. Nous avons une queue pour nous équilibrer. Nous voyons dans l'obscurité. Nous percevons les ondes par nos moustaches. Ils ne savent même pas ronronner !

– Ce sont des avantages mineurs. Tu ne te rends pas compte de l'avantage phénoménal que procurent des mains ! Avec leurs mains ils peuvent…

– Quoi ?

– Ils peuvent, ils peuvent… « travailler » !

– C'est quoi, ça, encore ?

– C'est l'activité à laquelle s'adonne ta servante quand elle quitte la maison le matin. Elle doit directement ou indirectement, par son travail personnel, contribuer à la production, à la création ou à l'entretien de quelque chose.

Dans ma tête toutes ces informations se bousculent et, une fois de plus, je me demande comment ce chat peut avoir une telle connaissance du monde humain.

– Alors je serais moins intelligente que ma servante ?

– Tu as surtout beaucoup à apprendre…

Mais c'est assez pour aujourd'hui. J'ai envie de rentrer à la maison et de réfléchir seule à toutes ces choses étonnantes et merveilleuses. Je retiens surtout que je porte le nom d'une ancienne déesse égyptienne représentée par une femme à tête de chat que tous les humains vénéraient.

9

L'horreur du travail

Je rêve.

Je rêve que je suis Bastet la déesse à corps humain et à tête de chat. Je suis dressée sur mes deux jambes. Je suis vêtue d'une robe bleu et orange, mon cou et mes poignets sont ornés de larges bijoux. J'ai de jolies mains roses, dépourvues de griffes et de coussinets mais dotées de doigts articulés qui évoquent des pattes d'araignée. Autour de moi, dans le temple de Bubastis, se tassent des milliers d'humains qui scandent mon nom.

« Bas-tet ! Bas-tet ! »

Au lieu d'avoir une servante, j'en ai des centaines. Toutes m'apportent de la nourriture, des bacs remplis de souris encore frémissantes, des soucoupes de lait, des assiettes de croquettes.

Parmi les humains qui viennent me faire des offrandes, il y en a un qui attire particulièrement mon attention. Il a le corps d'un humain et la tête de Pythagore. Je le prends par la main puis m'approche jusqu'à ce que nos bouches se touchent pour que nous puissions mêler nos langues. Je trouve cela moins désagréable que je ne l'aurais pensé au premier abord.

Pythagore me chuchote à l'oreille : « Ta servante part tous les matins au travail » ; « La longévité des humains est de quatre-vingts ans alors que nous mourons au bout de quinze » ;

« Ainsi va le sens de l'évolution : les poissons, les dinosaures, les humains ».

Puis il me montre la foule de nos adorateurs et miaule : « Et après eux, à qui le tour ? »

Les offrandes de nos adorateurs égyptiens affluent encore mais soudain surgit un homme vêtu d'un costume bizarre. Il a le visage de Thomas et est entouré d'hommes armés qui ont des boucliers sur lesquels sont attachés des chats qui se débattent et miaulent. Ces chats sont tués dans la bataille inégale qui oppose nos adorateurs et ces hommes en armes. Puis les assaillants tuent nos servantes, détruisent nos statues géantes, assassinent Pythagore.

Alors je me sens très triste et, comme une humaine, j'ai de l'eau salée qui sort de mes yeux.

Je suis réveillée par Félix qui me lèche les paupières. Pour le punir d'avoir bravé l'interdit et de s'être approché de ma couche, je le gratifie d'un coup de griffes sur la joue. Il n'insiste pas et adopte une position de soumission.

Je me redresse, saute au sol, m'étire, bâille, me lèche pour enlever sa salive.

Je me suis levée assez tôt pour voir ma servante qui s'apprête à sortir. Je suis très intriguée, alors je décide de la suivre à l'extérieur pour voir en quoi consiste précisément son « travail ».

Quand elle claque la porte, je passe par la chatière. Me voici dans la rue.

La seule fois où je me suis éloignée de ma maison, c'est lorsque j'ai fait en sorte que le chien qui menaçait Pythagore me poursuive, mais je n'avais alors pas tellement eu le temps d'en profiter.

Le trottoir du matin est rempli d'odeurs d'urine et d'excréments de chiens. Aucune odeur de chats. Tout autour de moi, il y a des humains qui marchent vite. À un moment, ma servante descend dans un tunnel où je continue de la suivre discrètement.

Il y a là des centaines d'humains qui grouillent en faisant claquer leurs semelles. Je me faufile entre les bas et les pantalons. Personne ne prête attention à moi.

La foule s'arrête devant une fosse et attend là, immobile. Tout à coup un grand bruit résonne dans le fond du tunnel sombre. Je me demande quel monstre va surgir de l'obscurité quand voilà qu'apparaissent deux lumières qui doivent être ses yeux. L'animal est énorme et rugissant. Il y a peut-être des dinosaures qui ont survécu à la cinquième extinction ? Les yeux lumineux approchent encore et puis je vois le visage de la bête. Elle a un museau plat et pas de pattes. Elle est très longue. Soudain ses flancs s'ouvrent. Les humains, dont ma servante, s'engouffrent dedans et se tassent. Je les suis. Je perçois une multitude de petites odeurs piquantes. Nathalie a toujours le regard fixe. Les mains ballantes, elle ne bouge pas. On dirait presque qu'elle dort debout.

Impossible de mon côté de m'assoupir tant il y a de bruits désagréables, les portes qui se ferment et les grincements du métal. De temps en temps, la bête s'arrête, ses flancs s'ouvrent encore et d'autres humains en sortent ou entrent, parfois les deux en même temps, en se bousculant.

Enfin Nathalie descend du monstre et chemine dans un tunnel qui se termine par un escalier remontant à la surface. Elle avance vite, s'arrête pour laisser passer des voitures, change de trottoir, évite des déjections de chiens, marche d'un pas de plus en plus vif. Je trotte toujours discrètement derrière elle.

Elle rejoint un lieu étrange plein de sable et de boue au sol. Sur une vaste étendue sont disposés des véhicules parfois très gros qui lâchent des fumées noires et de fines tours métalliques qui soulèvent des tringles. Au milieu circulent des humains portant tous un casque jaune. Nathalie rejoint un groupe et leur secoue la main en prononçant son nom.

Elle enfile à son tour un casque jaune et donne des indications à d'autres humains qui transportent des cubes gris, des morceaux de bois, ou de longues tiges noires. Plus loin des engins creusent la terre. À un moment, tous se réunissent et se bouchent les oreilles avec leurs doigts en fixant un vieux bâtiment. Nathalie presse un bouton rouge et le bâtiment explose en quatre endroits simultanément avant de s'effondrer sur lui-même et de s'effacer derrière un nuage de poussière. Ma servante travaille à faire exploser des maisons. Une fois que le nuage s'est dissipé, les véhicules commencent à pousser les gravats.

Comme je regrette que Pythagore ne soit pas avec moi pour m'expliquer en détail ce que signifie toute cette agitation humaine.

C'est donc cela, le travail ? Cette activité qu'accomplit tous les jours ma servante quand elle ne s'occupe pas de moi ? Pour mieux comprendre, je me balade sur le site. Je suis tellement absorbée dans ma contemplation que je ne remarque pas un véhicule qui recule et manque de m'écraser. Je n'ai que le temps de faire un bond sur le côté. J'atterris alors dans une flaque noire, une sorte d'huile collante dont la consistance est si visqueuse qu'elle ralentit mes mouvements. Je suis complètement recouverte de cette substance gluante qui m'empêche de me relever. Je me débats, je miaule et finis par attirer l'attention de quelques humains.

Des mains me saisissent et me sortent de cette mélasse noire pour m'enrouler dans une serviette. Je me laisse faire. Les deux hommes qui m'ont sauvée poussent des petits jappements (ce que Pythagore appelle « rire ») et un attroupement se forme peu à peu autour de nous. Lorsqu'elle me reconnaît, Nathalie, surprise puis énervée, m'attrape par la peau du cou. Je ne me débats toujours pas, ça me rappelle mon enfance quand ma mère me transportait en me tenant ainsi.

J'anticipe le pire et, évidemment, le pire se produit.

Nathalie m'amène dans un local pourvu d'un lavabo, et là, sans me lâcher, elle ouvre le robinet de sa main libre. Je miaule à m'en rompre les cordes vocales, et une fois de plus je peux mesurer les inconvénients de n'avoir pas encore réussi à établir un dialogue qui fonctionne. Elle continue imperturbablement ses gestes qui ne laissent rien présager de bon pour les instants qui vont suivre. Elle sait pourtant que je ne supporte pas la moindre humidité, a fortiori le contact direct avec l'eau. Cette fois-ci je m'agite, mais elle me tient fermement et ne desserre pas sa prise.

Elle verse ensuite dans le lavabo une poudre blanche qui mousse puis, même si dans ma panique je parviens à lui griffer les mains, elle commet l'irréparable et me… trempe dans ce petit bain ! Quelle sensation ignoble !

Elle m'enfonce dans l'eau, m'en recouvre. Mes longs poils noirs et blancs sont alourdis et pour ajouter à mon supplice, elle se met à me frotter avec la mousse blanche qui surnage. L'huile noire se dilue progressivement. Je pensais pouvoir traverser une existence entière sans avoir à prendre un bain, et voilà que ma curiosité, ma volonté de découvrir ce qu'est le travail humain se soldent par cette punition.

Enfin Nathalie me soulève, me prend en photo toute mouillée et me sèche en répétant mon nom de manière moqueuse tandis que les autres humains venus assister au spectacle continuent de rire. Puis elle me met dans une caisse fermée. Vu qu'il fait jour, et pour oublier cette humiliation, je m'endors dans cette prison molle. (Une question me taraude : serai-je un jour complètement sèche ou vais-je rester toute ma vie légèrement humide ?)

Quand je me réveille, je suis encore dans la caisse mais elle a fait des trous et je peux voir, à l'extérieur, son lieu de travail.

La lumière a baissé et la journée touche donc à sa fin. Je la vois à travers l'un des orifices enlever son casque jaune. Je vais enfin retrouver ma maison, le divan près du feu de cheminée, et me débarrasser de cette substance ignoble qu'est cette eau. Même me nourrir semble secondaire.

Qu'est-ce qui m'a pris de vouloir découvrir ce que font les humains durant la journée ? Dans ma caisse, je me rends compte que nous remontons dans le ventre du monstre souterrain.

Tout en me léchant je sens le goût irritant du savon, l'arrière-goût de l'huile noire dans laquelle je suis tombée, le goût de l'eau et, pour ne rien arranger, à peine sommes-nous arrivées à la maison que Nathalie allume une cigarette !

Puis elle déclenche la télévision et des images d'humains en train de parler apparaissent, des humains gisant morts au milieu de flaques de sang, des humains qui courent, des humains très en colère qui crient et brandissent des drapeaux noirs…

Nathalie a l'air plus nerveuse que d'habitude mais en représailles de ce qu'elle a osé me faire subir (l'humiliation de ma vie !) je ne viens pas ronronner sur sa poitrine pour la rassurer.

Ma servante perçoit probablement mon reproche car pour essayer de se faire pardonner, elle saisit son sèche-cheveux et commence à me propulser de l'air chaud dans la fourrure. Je préfère m'enfuir en haut du réfrigérateur. Par la fenêtre de la cuisine, je repère que le soleil a décliné et qu'il va bientôt faire nuit, mais j'ai trop honte, avec mon poil mouillé, pour retrouver Pythagore.

Tant pis. Je décide de descendre de mon promontoire pour me gaver de nourriture.

Félix me salue et me demande où j'étais partie. J'ai envie de lui raconter l'histoire mais aussitôt je réalise qu'un angora pure race ne comprendra rien à des notions aussi subtiles que le travail, la guerre, les dinosaures, les Égyptiens, le rire ou Dieu.

J'ai presque pitié de lui. Son monde se limite à sa gamelle, la cuisine, le salon, notre servante. Un monde étriqué pour un esprit sans envergure.

Il ne se doute même pas que Bastet était le nom d'une déesse égyptienne au corps de femelle humaine et à tête de chat.

Dois-je l'instruire ? Pour l'instant la priorité est de poursuivre mon propre enseignement, et je ne vois pas pourquoi je devrais l'inquiéter avec des notions qui le dépassent.

Que pourrais-je lui dire ?

Finalement Félix est heureux car il est ignorant.

Je le plains et l'envie en même temps.

Il me voit l'observer et secouer la tête. Son interprétation erronée du monde l'amène à penser que je lui reproche de ne plus me faire l'amour, alors il saute d'un bond sur l'étagère où se trouve le bocal avec ses testicules perdus et me les montre avec nostalgie.

Ah, les mâles, il faut toujours qu'ils ramènent tout à ça.

Je lui tourne le dos en dressant ma queue pour lui signifier mon désintérêt et je repars observer Nathalie. Elle téléphone dans le salon, va vers la cuisine, mange de la nourriture jaune qui fume. Elle se rend dans sa chambre, se déshabille, se dirige vers sa salle de bain. Je la suis à distance. Elle se lave (avec de l'eau et du savon, mais elle, elle a l'air de prendre un plaisir pervers à être mouillée), puis elle se plante devant le lavabo, se démaquille, applique sur son visage sa crème qui sent les herbes, va se coucher.

Elle m'appelle mais je fais semblant de ne pas entendre. Je ne viendrai pas ronronner à ses pieds, ni même me coucher près d'elle pour l'aider à s'endormir.

Au lieu de ça, je m'avance vers le balcon de la chambre et aperçois mon collègue siamois. J'émets un petit miaulement triste qui attire son attention.

– Je voudrais bien te voir, Pythagore, mais je ne suis pas présentable. J'ai dû subir un… bain.

– Je ne suis pas là pour te juger, Bastet. Viens, allons trotter ensemble dans les rues de Montmartre, cela t'aidera à sécher.

Quand nous nous retrouvons en bas, il a un geste affectueux et nous nous touchons le museau plusieurs fois. Je sens sa truffe rose humide contre la mienne et cela me provoque de petites décharges électriques dans le museau. Décidément, je crois que j'éprouve un sentiment très fort pour lui. Et plus il me résiste plus ce sentiment croît.

C'est une rencontre entre nos deux esprits. Le sien me fascine.

Je déglutis et me retiens de lui exprimer mon attirance.

Tandis que nous marchons, le vent dans mon poil humide me donne une insupportable sensation de fraîcheur. Je frissonne.

Nous rejoignons le sommet de la tour du Sacré-Cœur et je lui raconte alors mon enquête sur le travail humain et son si terrible dénouement.

– … Et ils ont ri !

– Moi j'aimerais bien savoir rire, commente Pythagore.

– Nous avons le ronronnement.

– On dirait que parfois le rire leur procure un plaisir extrême, quasi sexuel. Ma servante glousse exactement de la même manière quand elle rit et quand elle s'accouple.

Soudain, au loin, nous voyons une explosion.

– J'ai vu cela aujourd'hui sur le chantier, mais je ne savais pas qu'ils travaillaient aussi la nuit.

– Non, si cela arrive la nuit, c'est que ce n'est pas une explosion de « travail ». Ça, c'est un attentat terroriste. Vu l'emplacement, il me semble que c'est la grande bibliothèque qui est touchée. Depuis que la guerre s'amplifie dans le monde, les terroristes tentent de déstabiliser notre ville par des carnages. Il y en a déjà eu plusieurs ces temps-ci. Parfois, comme tu l'as vu, ils tirent sur les écoliers, parfois ils se font eux-mêmes exploser au milieu de la foule, en général dans des lieux culturels.

– Pourquoi agissent-ils ainsi ?

– Ils obéissent à des ordres.

Au loin, l'explosion se transforme en incendie.

– Qui leur ordonne de se comporter ainsi ?

Pythagore ne me répond pas. Je m'étire dans plusieurs positions pour garder contenance, puis je change de sujet.

– Ce qui m'ennuie, c'est que nos serviteurs humains prennent des décisions sans tenir compte de notre avis. Je me souviens de la manière dont s'est passée ma rencontre avec Nathalie. J'étais alors une très jeune chatonne et je vivais à la campagne. Je courais dans les herbes. Je grimpais aux arbres. Je côtoyais des escargots, des hérissons, des lézards. Et puis un jour nous avons été conduites, ma mère et moi, dans un lieu rempli de cages et d'animaux de toutes sortes, des oiseaux qui parlaient, des poissons multicolores, des chiens, des chats, des écureuils, des lapins.

– Probablement une « animalerie »...

– Plusieurs jours ont passé et puis j'ai été séparée de ma mère et installée au milieu d'autres chatons derrière une vitre transparente qui donnait sur la rue.

– Ils mettent les plus mignons en avant pour attirer les clients.

– Et un matin Nathalie est apparue. Elle a observé tous les chatons qui m'entouraient puis, finalement, elle a pointé son doigt vers moi et prononcé une phrase.

– Elle a dû dire : « Je veux celui-là. »

– Alors une main m'a attrapée et j'ai été... déposée dans ses bras.

– Un destin normal de chat.

– Ensuite elle m'a regardée et s'est mise à répéter ce mot, « Bastet ».

– Beaucoup envieraient ta place. Les chatons qui n'ont pas été pris ont probablement été… éliminés. On appelle cela les « invendus ».

Pythagore continue d'observer le point lumineux où a eu lieu l'explosion et qui continue de flamber.

– Je ne sais pas si tu l'as senti, Bastet, en regardant les actualités à la télévision de ta servante, mais c'est de pire en pire. Il y a de plus en plus de morts, et aussi de plus en plus d'humains qui veulent tuer leurs congénères.

– À mon avis la religion pourrait les sauver, dis-je.

– La religion ? Pour l'instant c'est plutôt cela qui les ronge et les pousse à l'autodestruction.

– Parce qu'ils se sont trompés de divinité à vénérer. Je suis pour le retour au culte de Bastet.

Il secoue la tête et je perçois à quel point l'explosion de la grande bibliothèque l'a troublé.

– Veux-tu ta troisième leçon sur l'histoire des hommes et des chats ? questionne-t-il.

Je m'installe le plus confortablement possible sur mon support de pierre et tends mes oreilles bien en avant. C'est le moment que je préfère.

– Les Égyptiens formaient donc une civilisation ayant connu un développement fulgurant avant d'être détruite par la guerre.

– Avec le terrible Cambyse II tueur de chats.

– Les Hébreux, jadis esclaves en Égypte, s'étaient libérés et avaient fui vers le nord-est jusqu'au territoire de Judée où ils s'étaient installés, fondant des villes et développant le commerce depuis leurs ports.

– C'est quoi le commerce ?

– C'est une des formes les plus anciennes du travail, qui consiste à échanger de la nourriture ou des objets venant d'un endroit contre des denrées d'un autre endroit. Les Hébreux, il y a trois mille ans, sous l'égide de leurs rois David et Salomon, constituèrent une flotte de bateaux de commerce, mais ils s'aperçurent que les réserves de nourriture qu'ils emportaient étaient souvent détruites par les rats et les souris. Les rois ordonnèrent donc que des chats les accompagnent systématiquement.

– C'est ainsi que les chats commencèrent à voyager sur de plus grandes distances ?

– D'abord en Méditerranée, puis sur la terre ferme dans les caravanes de chameaux.

– Nous n'étions utilisés que pour protéger la nourriture humaine contre les rongeurs ? C'est quand même un peu décevant.

– Partout où les commerçants débarquaient, ils abandonnaient les chatons nés sur les bateaux. Ceux-ci avaient beaucoup de succès auprès des populations humaines qui ne les connaissaient pas encore. Cependant, au fur et à mesure que les chats se répandaient, apparut un clivage entre les humains qui aimaient la compagnie des chats et ceux qui aimaient la compagnie des chiens.

Au loin l'incendie de la grande bibliothèque perd progressivement de son ampleur.

– Les amateurs de chats aimaient en général leur intelligence, quand les amateurs de chiens aimaient la force. Les premiers aimaient la liberté, les seconds l'obéissance. Les uns aimaient la nuit, les autres le jour.

– Les deux camps sont donc complémentaires.

– Ce n'est pas ainsi qu'ils voyaient les choses. Déjà à l'époque il n'était pas rare que ceux qui aimaient les chiens leur demandent de traquer les chats. Dans certains villages, il y avait des battues pour en capturer et en tuer un maximum.

– Tu disais que nos ancêtres étaient embarqués sur des bateaux, mais ils ne savaient pas nager, si ?

– Justement, les humains sur les bateaux savaient que les chats allaient tout faire pour que le bateau ne coule pas. Et les chats devenaient de plus en plus intelligents : il fallait aider les hommes à anticiper les problèmes qui auraient pu les forcer à affronter l'eau. Ils sentaient les tempêtes à l'avance.

– D'ailleurs, puisque tu sais tout, j'aimerais bien savoir pourquoi les chiens savent nager et pas nous.

– De ce que j'en sais, c'est parce que notre peau et notre poil sont différents. Mais il paraît que certains chats aiment l'eau. Personnellement je suis comme toi, je déteste l'idée même d'être mouillé.

Je frissonne au souvenir de mon bain de tout à l'heure. Nous avons l'un comme l'autre connu des moments difficiles ces jours derniers.

– Les chats ont donc été dispersés à partir de la Judée. Des textes datant de 1020 avant Jésus-Christ évoquent l'arrivée des premiers chats en Inde.

– L'Inde ? C'est quoi, c'est où ?

– C'est un grand pays à l'est. Les commerçants se mirent à nous échanger contre des épices. Dès qu'ils nous découvrirent, les Indiens nous adorèrent. Ils reprirent le culte d'une déesse à corps humain et tête de chat mais lui donnèrent un autre nom : Sati. Elle était elle aussi considérée comme la déesse de la fécondité.

– Ces humains hindous devaient être très subtils pour avoir ainsi restauré « mon » culte.

– Les statues de Sati étaient creuses et leurs yeux illuminés par une lampe à huile disposée à l'intérieur afin de faire peur aux rongeurs et d'éloigner les mauvais esprits.

– Ça devait être très beau.

– Les Hindous pensent que ce sont les chats qui ont appris aux humains le yoga (gymnastique basée sur des étirements comme les nôtres) et la méditation (dérivée de nos siestes profondes).

Cette dernière phrase me donne envie de procéder à de nouveaux étirements, alors je passe ma patte droite au-dessus de ma tête pour me lécher le ventre.

– En l'an 1000 avant Jésus-Christ, les chats arrivèrent en Chine : un pays encore plus à l'est, et encore plus grand. Les commerçants échangèrent nos ancêtres contre de fins tissus de soie, des épices, de l'huile, du vin et du thé. La dynastie des Zhou, qui régnait à cette époque, fit des chats un symbole de paix, de sérénité, et un porte-bonheur. Ils créèrent eux aussi une divinité à notre gloire, la déesse Li-Shou, qui avait l'apparence d'un chat.

– Le culte de Bastet a donc perduré.

– Les chats ne conquirent pas seulement les territoires de l'est, mais aussi ceux du nord. En 900 avant Jésus-Christ, on évoque l'arrivée de nos ancêtres au Danemark. Ils donnent naissance au culte de la déesse de la fertilité Freyja, dont le char est tiré par deux chats sacrés. Le premier est nommé « Amour », le deuxième « Tendresse ».

Je ne sais pas ce que sont le Danemark, ni la Chine ou l'Inde, et encore moins la Judée, mais ce que je perçois du récit de Pythagore c'est que les chats, qui se trouvaient seulement en Égypte à une certaine époque, ont utilisé des hommes voyageurs pour étendre leur influence sur des territoires de plus en plus vastes.

Pour la première fois, je demande à Pythagore qu'il revienne sur son récit pour m'expliquer chaque mot que je n'ai pas compris. Je lui demande de me décrire les décors, les vêtements, l'apparence et la nourriture des peuples humains évoqués. Il ne rechigne pas à satisfaire ma curiosité. Désormais je ne veux plus qu'un mot soit prononcé par lui sans que je le comprenne.

Pythagore ne semble pas étonné par ma requête. Il est patient, revient sur chaque expression et m'explique la mentalité humaine qui la sous-tend afin que mon champ de compréhension s'élargisse.

Je lui demande une fois de plus comment il sait tout ça.

Il dodeline de la tête comme s'il hésitait, semble prêt à me révéler ce qu'il me cache depuis notre première rencontre.

À ce moment, une détonation toute proche retentit.

Il me fait signe de le suivre. Une fois les marches de la tour dévalées, il fonce dans la direction d'où semblait provenir ce son inquiétant. Nous galopons et parvenons à une large avenue très éclairée. Il y a là des milliers d'humains rassemblés en deux groupes qui se font face. Pythagore m'indique que nous verrons mieux en hauteur depuis les branches d'un arbre. Nous grimpons donc sur un platane.

– C'est cela la guerre ?

Pythagore ne daigne pas me répondre et me fait signe d'observer comment se comportent ces individus.

Ceux du groupe de droite brandissent des drapeaux noirs et scandent la même phrase.

Face à eux, le groupe de gauche est composé d'humains tous vêtus de bleu marine avec des casques surmontés de bandes jaunes. Ils ont des boucliers et des bâtons. Eux n'ont pas de drapeaux et sont silencieux. Les deux groupes semblent attendre quelque chose. Cela sent très fort les hormones mâles et je perçois dans mes moustaches une onde de pure exaltation.

Une bouteille enflammée est lancée en direction du groupe des bleu marine, qui s'écarte à temps. Le projectile explose sur le sol et s'étend en une flaque lumineuse.

Aussitôt les autres ripostent en lançant des objets qui déploient de longs panaches de fumée.

– Non, ce n'est pas la guerre, pas encore. Ce que tu vois, ce sont juste les prémices de la confrontation. Ceux en uniforme sont les défenseurs du système en place. Les autres sont ceux qui veulent le détruire.

– Lesquels ont raison ?

– Est-ce que cela a vraiment une importance ?

Soudain les porteurs de drapeaux noirs chargent les uniformes bleus. Choc des deux groupes, qui se battent désormais au corps à corps.

Les poubelles brûlent. La fumée des projectiles devient irritante. Les humains crient, hurlent, courent, se frappent à coups de poing, à coups de pied, certains se mordent. Ils grimacent, éructent, déchirent leurs vêtements.

L'air commence à devenir piquant et j'ai mal au ventre. Je vomis.

– Et tu dis que « ça » ce n'est pas encore vraiment la guerre ?

– Ce n'est plus du terrorisme mais ce n'est pas encore la guerre civile. C'est seulement une « manifestation qui dégénère ». Ils n'utilisent pour l'instant que des cocktails Molotov (les bouteilles qui flambent) et des grenades lacrymogènes (les projectiles qui font de la fumée). Tu sauras que c'est la guerre quand au lieu d'avoir des uniformes bleus ou des vêtements normaux ils seront tous vêtus, dans les deux camps, d'uniformes verts.

Je suis étonnée de l'acharnement que mettent ces humains à se détruire mutuellement.

– J'ai du mal à respirer. Cette fumée est encore pire que celle des cigarettes de ma servante, je miaule. Pourquoi m'as-tu amenée ici ?

– Je voulais que tu constates ça de près. Il faut aussi que tu saches que ce qui se produit ici se passe également dans d'autres grandes villes de France, d'Europe, du monde. C'est comme une fièvre hystérique d'agressivité qui les touche tous. Certains humains pensent que cela pourrait être lié à des taches solaires qui perturbent leurs sens et les poussent à s'entretuer. Il paraît que cela se produit tous les onze ans. En tout cas, ce que tu as vu en est la preuve : ils sont dans une phase d'autodestruction. Et cette fois-ci cela a pris une ampleur étrange. J'ai l'impression qu'ils sont arrivés au dernier épisode de leur évolution.

Je reste à les observer, hypnotisée par le spectacle, malgré mes yeux et mes poumons brûlants. Au bout d'un moment, je secoue mes oreilles : il est temps de rentrer.

Alors nous abandonnons ces humains à leurs « manifestations » et rentrons à l'abri dans nos maisons respectives.

Je passe par la chatière et m'étends dans mon panier. J'ai enfin un objectif ambitieux dans la vie : rétablir ici et maintenant, dans ce pays et dans tous les autres, le culte de la déesse à tête de chat.

Et ainsi les humains seront à nouveau en paix, unis dans ma dévotion.

10

Incidents à Paris

Je dors beaucoup et longtemps.

Peut-être une journée entière, ou deux. Il m'est déjà arrivé de dormir trois jours d'affilée sans m'en apercevoir.

Toujours est-il que je me réveille alors qu'il fait encore jour, complètement épuisée.

Je me renifle. Il y a encore dans mon poil des relents des gaz de la manifestation. Je lèche ma fourrure là où les odeurs sont les plus significatives. Puis je régurgite des boules de poils qui roulent devant moi.

Je repense à ce que m'a dit Pythagore la dernière fois que nous nous sommes vus. Il va falloir que je trouve le moyen de bien mémoriser les informations pour pouvoir un jour instruire à mon tour tous mes congénères.

À bien y réfléchir, si Pythagore révélait ses connaissances à d'autres chats moins intelligents, non seulement ces derniers le prendraient pour un fou, mais ils risqueraient de surcroît de vouloir l'éliminer.

Moi je suis évoluée, je peux comprendre, mais pour les autres ces connaissances paraîtraient forcément… bizarres… abstraites… voire pure folie.

Quand on s'est habitué aux mensonges, la vérité a l'air suspecte.

Félix est en train de manger dans sa propre gamelle : qu'est-ce que quelqu'un comme lui pourrait comprendre aux révélations extraordinaires dont j'ai bénéficié ?

La connaissance oblige à changer d'état d'esprit et personne ne veut remettre en question sa vision limitée du monde.

Je vomis à nouveau quelque chose d'âcre au fond de ma gorge (bon sang, la guerre ce n'est vraiment pas bon pour la santé car on en sent même les effets néfastes le lendemain. Je crois que je ne la digère pas).

Félix me rejoint, il n'a pas osé me réveiller et semble tout joyeux de pouvoir enfin me saluer.

Cela fait maintenant plusieurs semaines que je vis avec lui et je constate qu'il a beaucoup grossi. Voilà ce que notre espèce a perdu en s'alliant avec les hommes : l'oubli de la nécessité de l'effort. Nous ne courons pas assez, nous n'avons pas assez peur, nous ne nous lançons plus de défis, nous ne faisons que gérer un quotidien terriblement confortable et répétitif.

Si rien ne bouge, peut-être que moi aussi je finirai comme lui : obèse, immobile, sans aucun projet de vie, et en plus… satisfaite d'être ainsi.

Je monte dans la chambre de ma servante, pénètre dans sa salle de bain et grimpe sur le lavabo où il me semble avoir vu un miroir. Maintenant que je sais à quoi cela sert, je n'ai pas peur de me placer bien en face en me tenant en équilibre sur le rebord en porcelaine. Je m'observe.

Ça alors ! Je m'aperçois que moi aussi j'ai pris du volume ! Suis-je malade ? J'ai vomi, ce matin, et en plus je me suis enrobée.

Je ferme les yeux et analyse mes sensations intérieures : soudain c'est l'évidence.

Je suis… enceinte.

Je réfléchis, se pourrait-il que cela soit les œuvres de Félix ?

Probable.

Du coup, je n'ai qu'une envie : donner la primeur de cette information à mon voisin siamois.

Comme je suis trop lourde pour tenter le saut de balcon à balcon, je descends et sors par la chatière. Je pénètre ensuite dans sa maison.

– Pythagore ! Pythagore ! Je vais être mère !

Aucune réponse. Pas de signe de sa servante Sophie non plus.

Serait-il possible qu'ils ne soient plus là ? Comment vais-je pouvoir connaître la suite de l'histoire des hommes et des chats ?

J'inspecte la maison. Quelque chose ne va pas.

Son distributeur automatique de croquettes est vide, son abreuvoir est sec, sa litière intacte. Je monte dans la chambre, le lit de sa servante est fait, et je ne vois aucune trace indiquant une présence récente.

Je me regarde dans le miroir de sa chambre en espérant que celui-ci me donne des informations différentes. Mais non, pas de doute, j'ai pris du volume. En plus je commence à sentir des « trucs » qui bougent à l'intérieur de mon ventre. Mes tétons me démangent. Je les lèche pour les apaiser.

Pauvre de toi, sans Pythagore ta vie va devenir plus ennuyeuse, me dis-je.

« Bastet ! »

Le cri vient de ma maison.

Nathalie est rentrée. Je repasse par les chatières, trotte jusqu'au salon et y retrouve ma servante.

Elle porte un petit sac et, à la manière dont elle me caresse la tête, je présume que c'est encore une surprise pour moi.

Vu la qualité relative de ses derniers cadeaux, je tempère mon enthousiasme.

Elle ouvre un étui en plastique et en sort un collier avec un pendentif doré en forme de boule.

Je ne sais pas comment je dois le prendre. Aurait-elle fini par comprendre qui je suis vraiment ? Est-ce une offrande ?

Nathalie me parle et prononce plusieurs phrases en articulant bien mon nom, mais comme je ne suis pas dotée d'un Troisième Œil, je ne comprends rien à son charabia.

Puis elle s'installe face à la télévision et je déduis qu'on y parle des événements d'hier soir. Les dégâts provoqués par l'explosion sont montrés de plus près. Ensuite je revois des scènes filmées de la confrontation entre les hommes en uniforme bleu marine et les autres qui leur lançaient des… comment déjà ? Ah oui ! Des « cocktails Molotov ».

Le niveau de stress de Nathalie est à son paroxysme. Elle accomplit un geste que je ne l'avais jamais vue pratiquer jusque-là, quelque chose de complètement dément : elle se mord l'extrémité des ongles avec les dents et en arrache de petits morceaux qu'elle recrache par terre.

Sur l'écran de télévision on voit maintenant des humains qui parlent avec des intonations très dures.

J'ai l'impression qu'ils s'adressent directement à nous. Certains ont de longues barbes, d'autres des cravates, ils montrent le poing, crient, froncent les sourcils. Je regrette que Pythagore ne puisse m'informer des dernières évolutions de la situation.

Quand Nathalie a fini d'abîmer ses ongles, elle allume une cigarette et se sert une boisson qui sent fortement l'alcool.

À nouveau, la nausée m'assaille. Je n'ai pas le cœur à rassurer ma servante car je me sens fébrile moi aussi.

Je passe près de Félix endormi, puis je file à l'étage me défouler en enfonçant mes griffes dans un oreiller jusqu'à en faire jaillir des plumes blanches.

J'ai l'impression que des jours de plus en plus difficiles s'annoncent pour moi.

Comme je me sens bête.

Et comme j'ai envie de devenir intelligente.

11

Hors de mes entrailles

Une trentaine de jours ont passé durant lesquels je n'ai cessé de dormir et de grossir. Je me sens complètement incapable de me mouvoir hors de ma maison. Si je me suis levée, c'était uniquement pour manger, en croisant parfois ma servante ou Félix.

Une trentaine de jours sans l'enseignement de Pythagore sont une trentaine de jours gaspillés, et dans ma tête tout semble opaque. Mon esprit n'est plus un nuage, mais un brouillard diffus. Je me sens incapable de m'intéresser à la guerre ou à l'histoire.

Je n'ai pas envie de sortir.

Les entités qui vivent dans mes entrailles décident de se manifester.

Je me lèche le ventre.

Je sens une légère proéminence remuer près de mon nombril.

La « nouvelle génération » ?

Ceux-là, il ne faudrait pas qu'ils commencent à m'exaspérer avant même de naître.

Je n'ai pas besoin de me regarder dans le miroir de la salle de bain pour savoir que j'ai doublé de volume. D'ailleurs je ne pourrais même pas tenir en équilibre sur le rebord du lavabo. Grosse ? Non, le terme exact serait plutôt obèse. Le moindre mouvement me fatigue, je soupire, j'ahane, et j'ai faim.

Aller à ma gamelle est la seule chose dont je suis capable. À l'intérieur de moi les présences s'agitent. Ils jouent à cache-cache dans mon ventre, ou quoi ? À la balle avec mes reins ? J'ai l'impression qu'ils se chamaillent.

Là, maintenant, ce qui me ferait vraiment plaisir ? Qu'ils sortent tous de mon corps.

Nouveaux reliefs qui se déplacent sous l'épaisseur de l'épiderme de mon ventre. On dirait qu'ils veulent gratter la paroi de l'intérieur pour sortir.

Une première contraction arrive. Puis une seconde. Elles se font bientôt de plus en plus nombreuses et de plus en plus douloureuses. Chacune me vrille les boyaux.

Ça y est, je vais accoucher.

Je miaule à m'en exploser les cordes vocales.

Nathalie ! Vite ! Il faut s'occuper de moi de toute urgence !

Mais ma servante est une fois de plus devant sa télévision. L'égoïsme de cette humaine me sidère. Elle ne pense vraiment qu'à elle.

Je m'interpose entre elle et l'écran, mais au lieu de me caresser ou de me suivre, elle me soulève et me déplace pour que je ne la gêne pas.

Autant parler à un poisson rouge. Alors je me résigne à faire « ça » seule, dans mon panier. Une fois de plus, l'intuition se confirme que dans la vie on est toujours seul et qu'on ne peut compter sur personne.

Félix se propose de m'assister, mais je sais qu'il ne servira à rien. Si c'est juste pour traîner dans mes pattes il va plus m'encombrer qu'autre chose.

L'angora blanc me regarde fixement de ses yeux jaunes et avec sa mine complètement hébétée.

Je l'autorise à rester mais lui intime de ne pas me déranger. Même s'il est le père, il n'est rien de plus que « ça ».

Mon ventre est maintenant pris de mouvements convulsifs de plus en plus douloureux. Les contractions s'accélèrent. Je sens que Félix compatit, mais comment un mâle pourrait-il vraiment comprendre ce que ressent une femelle dans ces moments-là ?

Et puis je sens que quelque chose descend vers le bas de mon corps.

J'adopte une position plus confortable dans mon panier, et au bout d'un moment une tête mouillée aux yeux collés émerge de mon corps. Je l'expulse en trois contractions plus profondes.

Voilà, ça c'est fait. Je viens d'accoucher d'un chaton.

La petite boule noire bouge lentement les pattes, les yeux toujours clos. Instinctivement je tranche le cordon ombilical. C'est une saveur particulière, mais au final cela a plutôt bon goût, alors je l'avale. Je me régale de ma propre chair ! Puis je lape le liquide qui est sorti de moi et que je trouve tout aussi délicieux.

Alors que je vais pour lécher le chaton, je sens une nouvelle crampe. Il y en a un autre qui arrive. Il sort de la même manière et s'avère, cette fois, complètement blanc.

Je donne naissance à six chatons en tout.

Un noir, un blanc, deux blancs tachetés de noir, un gris, et un… orange.

Leurs yeux sont fermés et ils sont recouverts de substance gluante issue de mon corps. Je les lèche tour à tour.

Seul un ne bouge pas, le gris. Je sais intuitivement ce qu'il faut faire (il faut que je le mange) mais je ne m'en sens pas le courage.

Je le repousse un peu plus loin et aide les cinq autres à se placer près de mes tétons qui me démangent.

Tous mes petits, les yeux fermés, probablement guidés par l'odeur, rampent pour coller leur bouche à mon ventre.

Ils aspirent goulûment mon lait. C'est une sensation nouvelle, agréable et en même temps un peu douloureuse (le chaton orange me mordille. Celui-là je ne le sens pas du tout).

Je me sens vidée, mais soulagée. Une onde particulièrement douce me parcourt.

Je suis bien. Très bien.

Finalement l'idée d'avoir des enfants me rend heureuse, c'est comme si, après toute cette attente et cette douleur, la vie m'avait choisie pour se perpétuer.

Félix vient me lécher le front. Je dois avouer qu'à cet instant, ce geste précis est très apprécié.

– Peux-tu t'occuper du gris, s'il te plaît ?

Il ramasse le petit corps et disparaît. Quand il revient, il se penche doucement sur les cinq boules de poils.

– Ce sont nos enfants, dit-il avec émotion.

Je n'ose pas lui signaler que j'ai eu d'autres rapports avec des mâles du quartier quelques jours seulement avant notre premier acte d'amour.

– Ils sont beaux, ajoute-t-il.

Je bouge les oreilles pour essayer de savoir ce que fabrique Nathalie et perçois les bruits de la télévision. Donc elle est encore fascinée par la guerre.

L'énergie de vie s'éteint chez eux, mais jaillit de moi.

– Qu'as-tu fait du gris, Félix ?

– Je l'ai déposé devant Nathalie. Quand elle sera moins accaparée, elle devrait le voir et comprendre.

En effet, j'entends à ce moment même une exclamation. Cela ressemble au cri qu'elle avait poussé en découvrant ma souris cadeau. J'entends qu'elle court, s'agite, je la vois saisir une pelle et un sac plastique.

Enfin elle consent à s'intéresser à ma personne. Je ne perçois pas de reproche, ni de réprobation. Elle me sourit, me caresse le sommet du crâne et remonte plusieurs fois avec son doigt les poils sous mon menton.

Je pense qu'il doit s'agir de félicitations. Cela tombe bien, ces temps-ci j'ai besoin de me sentir soutenue et encouragée.

Elle me caresse le front et me tend un bol de lait (elle doit penser que le fait de m'en donner à boire va m'aider à en fabriquer). J'en lape pour lui faire plaisir.

Je repense au chaton gris qu'elle a mis dans le sac. Peut-être que dans le passé ce réflexe de manger ses propres enfants a servi à sauver des mères affamées et épuisées. Mais maintenant que je suis « civilisée », cela me semble inapproprié. J'estime même que nous avons droit, nous les chats, à être momifiés après notre mort, recouverts de bandelettes et d'un masque nous représentant, et enterrés avec un peu de cérémonial.

Il serait par exemple convenable que ma servante se rase les poils des sourcils pour montrer son affliction face à la perte de mon nouveau-né gris.

Pour l'instant elle semble plutôt occupée à prendre des photos de mes chatons avec son smartphone et à passer des coups de fil où je l'entends répéter plusieurs fois mon nom sur un ton enjoué.

C'est alors qu'apparaît Pythagore.

Il a dû pénétrer chez moi par la chatière. Il s'approche lentement de moi.

– Bravo, miaule-t-il en me léchant un peu le dos, ce qui me ravit.

– Où étais-tu ?

Félix, comprenant que je souhaite rester seule avec le siamois, ne fait pas de scène et consent à rejoindre sa gamelle pour nous laisser un peu d'intimité. J'apprécie cette délicatesse.

– Tu avais disparu, je m'inquiétais, j'ai eu peur que tu ne reviennes plus jamais, je lui avoue.

– Ma servante avait besoin d'accomplir des expériences précises sur moi. Elle m'a emmené dans sa maison de campagne pour procéder à des manipulations avec un matériel qu'elle ne possède pas ici.

– Des expériences ?

– Elle souhaitait améliorer encore plus mon Troisième Œil.

– Pour te rendre encore plus intelligent ?

– Pour me rendre encore plus apte à comprendre leur monde. Car l'histoire s'accélère et il faut que je sois prêt à intervenir.

À nouveau il prend cet air mystérieux qui m'impressionne. Je ne sais pas de quoi il parle, mais il semble impliqué dans un processus qui me dépasse.

– Tu es rentré quand ?

– Il y a à peine quelques instants. J'ai senti que je devais venir te voir.

À son tour, sans m'en demander l'autorisation, il procède à un léchage de mes chatons.

Je lui désigne le plus agressif, l'orange.

– Félix – qui est probablement le père – est blanc, moi je suis blanc et noir. Comment est-il possible que celui-ci ait cette teinte ?

– Les lois de la génétique, élude-t-il.

Je lui montre mon nouveau collier.

– Très beau, mais ce n'est pas qu'un bijou. Ta servante t'a offert ce collier bien particulier car il s'agit d'une balise GPS. Elle a probablement dû s'inquiéter suite à la virée que tu as effectuée sur son chantier, et fait en sorte que cela ne puisse pas se reproduire.

Bien que cela soit très agaçant, ça n'en reste pas moins rassurant de savoir que je ne pourrai plus jamais me perdre.

Pythagore me désigne mes chatons.

– Tu ne pourras pas les garder tous, signale-t-il.

– Hein ? Comment ça ?

– Les humains gardent rarement toute la portée.

– Ils en font quoi alors ?

– Ils les vendent, les offrent, ou les… noient.

– Quoi !

– C'est ainsi que font les humains depuis toujours. Cela n'a rien d'extraordinaire. Ta servante a deux chats adultes : toi et Félix, elle ne peut pas en gérer cinq de plus.

– Mais ce sont mes enfants !

– Dans son esprit d'humaine, elle pense que tes chatons lui appartiennent.

– C'est *ma* maison et c'est *ma* servante.

– C'est une humaine, elle fonctionne avec les règles des humains. Et n'oublie pas qu'ils se prennent pour l'espèce supérieure.

– Il est donc plus que jamais nécessaire que je réussisse à lui parler, ne serait-ce que pour lui dire que je souhaite garder mes chatons et que je me sens prête à les assumer, seule, tous autant qu'ils sont.

– Ça m'étonnerait que cela marche.

– Aide-moi, Pythagore, puisque tu es pourvu d'un Troisième Œil.

– Je te rappelle que je maîtrise la réception des informations humaines, pas l'émission.

– Un jour j'arriverai à émettre, d'esprit à esprit, je lui affirme, déterminée. Et alors je leur dirai ce qu'ils doivent faire.

Pythagore me fixe de ses grands yeux bleus.

– Je pense qu'actuellement ils ont d'autres préoccupations que d'écouter l'opinion des chats. Je ne sais pas si tu as perçu les actualités humaines récentes, mais après le terrorisme, les manifestations, les échauffourées, la vraie guerre approche.

– La « vraie » guerre, cela fait encore plus tousser et vomir que les « manifestations » ?

– Au lieu de lancer des fumigènes et des cocktails Molotov, ils se tirent dessus au fusil (tu sais, ces bâtons qui crachent du feu) et se lancent des grenades ou des bombes qui explosent comme celle que nous avons vue de loin. Cela génère beaucoup plus de dégâts.

– Donc la journée commence avec deux informations intéressantes : ma servante veut offrir (vendre ou tuer) mes enfants et la guerre va bientôt arriver ici.

– J'aurais préféré t'apporter de meilleures nouvelles, Bastet.

On sonne à la porte. Sophie, la voisine, vient rendre visite à Nathalie. Celle-ci attrape immédiatement mes enfants pour les poser sur un coussin de velours. Les deux humaines s'extasient devant ma progéniture en répétant mon nom. Elles font des photos avec leurs smartphones qui envoient des flashs. Puis le nom de Pythagore est prononcé.

– Je vais devoir abréger cet échange, dit le siamois, je crois que ma servante s'inquiète dès que je viens ici.

– Elle a peur de quoi ?

– Que je t'instruise « trop ».

Nous nous frottons l'extrémité du museau en signe d'adieu. J'adore le contact avec sa petite truffe. Dans le même mouvement nous mêlons nos poils de moustache, puis il place sa tête dans mon cou et remonte par à-coups comme s'il me repoussait.

J'aime bien quand il fait ça.

Puis sa servante le soulève et le prend dans le creux de ses bras, et ils quittent ma maison. Nathalie replace les chatons près de moi, qui aussitôt se remettent à téter.

Le contact avec leurs bouches affamées me donne l'impression qu'ils sont soudés à moi et que personne ne pourra nous séparer.

J'attends qu'ils aient fini de boire et qu'ils soient endormis pour les lécher puis les attraper par la peau du cou, comme ma mère le faisait avec moi.

Cela ne les réveille même pas.

Je les dissimule dans un coin de la cave pour éviter que Nathalie ne puisse les trouver.

Ensuite je ronronne pour les habituer à ce repère sonore.

Je réfléchis. Il y a forcément une solution. Il faut que je trouve une stratégie pour les sauver de la mort.

Je m'assure que tous mes chatons sont bien paisibles, puis je remonte dans la chambre de ma servante. Elle est étendue sur le lit, le visage recouvert d'une crème qui sent le concombre. Je me place sur son cœur que je sens palpiter.

Je ronronne en fréquence médium.

Il ne faut pas donner ou tuer mes chatons. Je souhaite les garder et m'en occuper moi-même.

Je répète plusieurs fois le message.

Je distingue ses cornées qui bougent sous ses paupières, signe qu'elle a une activité cérébrale intense. Elle rêve. Comme j'aimerais influer sur ses rêves pour la faire renoncer à son sombre projet. Sa main gauche s'ouvre et se ferme.

Elle se retourne et se met à ronfler. Son corps se détend.

J'espère qu'elle a compris.

Je retourne auprès de mes chatons et m'endors à mon tour.

Mon rêve du soir est particulièrement agréable. Dans ce songe je suis à nouveau svelte, musclée et souple, et je cours dans la forêt avec mes cinq chatons. Nous galopons côte à côte sur un sentier. Nous arrivons dans une clairière recouverte de fleurs jaunes et nous roulons ensemble dans les herbes.

Les rayons du soleil filtrent à travers les fougères, et des poussières de pollen montent dans les airs, propulsées par la chaleur. Au-dessus de nous, un rouge-gorge chante. Des papillons volettent. Les cinq chatons courent partout, s'émerveillant de chaque bout de bois ou du moindre caillou.

12

Crime

On me pince.

Je suis réveillée par les petites bouches de mes enfants qui se mettent à téter. C'est douloureux et rassurant à la fois.

Ils ont toujours les yeux fermés. Je miaule, mais ils ne réagissent pas. Il semblerait que les premiers jours ils ne soient pas qu'aveugles mais aussi sourds. Seul l'odorat leur permet de se guider jusqu'à mes distributeurs de lait maternel.

Je ne sais pas trop comment il faut s'occuper des enfants. C'est un peu compliqué pour moi et il faut que je m'habitue à ces cinq présences accaparantes.

Je les lèche et je ronronne, je ne sais faire que ça.

Une fois de plus, je constate que le chaton orange est celui qui mord le plus fort et qui bouscule les autres pour accéder aux tétons les plus gonflés. C'est quand même étonnant de voir que cet être qui n'a pas encore les yeux ouverts perçoit déjà qu'il a des concurrents à évincer.

Certains naissent dominateurs.

Telles sont les prémices de la lutte pour la survie, m'expliquerait probablement Pythagore. Mais pour l'instant, j'ai d'autres préoccupations que reprendre mes grandes discussions avec mon mentor siamois. La sonnerie de la porte d'entrée vient de retentir. Je remonte de la cave pour voir ce qui se passe. À mon grand agacement, Nathalie accueille à nouveau Thomas.

Après l'épisode des chaussures, j'espérais être définitivement débarrassée de lui. Ma servante lui parle d'une voix émue et, ce que je n'aime pas, elle prononce mon nom à plusieurs reprises. Puis elle le guide vers la cave où mes chatons miaulent pour que je les nourrisse encore.

Je cours pour m'interposer mais il est déjà trop tard. Thomas se penche et les observe avec un air qui ne me plaît pas du tout.

Je me mets aussitôt en position d'attaque, pupilles dilatées, moustaches collées aux joues, oreille aplaties en arrière, queue hérissée et recourbée, je gonfle ma fourrure et fais le gros dos, gueule ouverte, canines apparentes, je sors mes griffes et gratte le sol.

N'approche pas !

Je suis déjà prête à sauter sur Thomas, mais au lieu de fuir ou de se battre il se met à rire en me montrant du doigt et en répétant mon nom.

Je crois que cet humain n'a pas encore bien compris à qui il avait affaire.

Je multiplie les positions d'intimidation pour lui montrer ma détermination. Elles effraieraient n'importe qui, mais pas lui apparemment. Après avoir haussé les épaules, il dégaine son stylo laser et le pointe pile devant moi.

Oh non, pas ça ! Pas le point de lumière rouge ! Qui peut résister à une telle tentation ?

Évidemment, je ne peux m'empêcher d'essayer à nouveau d'attraper la lueur agaçante qui ne cesse de se déplacer. Il faut à tout prix que je saisisse cette lumière rouge même si je sais que c'est Thomas qui la manipule. Il pointe son faisceau sur ma queue et, comme la dernière fois, je tourne sur moi-même pour tenter de la saisir.

La diversion permet à Nathalie de saisir quatre de mes chatons et de les emporter. Le temps que je reprenne mes esprits,

Thomas et elle sont dans la salle de bain, porte fermée. Je fonce et bondis sur la poignée. (Ah ce que cela m'énerve de ne pas pouvoir ouvrir les portes !)

J'entends les miaulements de mes chatons.

Je tente en vain d'enfoncer mes griffes dans les fibres du bois. À travers la porte je perçois le bruit de l'eau qui coule dans le lavabo.

Nathalie ressort prestement, et referme derrière elle avant que je puisse me faufiler à l'intérieur. Elle essaye de m'attraper mais je ne la laisse pas m'approcher.

Je gratte plus fort contre la porte. Je ne sais pas ce qui se passe dans la salle de bain mais je sais que je dois tout faire pour l'empêcher. Mes chatons miaulent. Je miaule à mon tour et, griffes entièrement sorties, laboure plus profondément le bois de la porte.

Nathalie descend dans la cave, s'empare du seul chaton qui a été épargné, l'orange, et le caresse comme si elle voulait me montrer qu'elle a de l'affection pour celui-ci précisément.

Et les autres ?!

Nathalie croit comprendre ma question car elle me parle en langage humain incompréhensible avec une intonation apaisante.

De l'autre côté de la porte tous les miaulements ont cessé.

Et puis soudain un son caractéristique de chasse d'eau.

Un frisson d'horreur me parcourt.

Et puis un second fracas de chasse d'eau. Suivi d'un troisième, et d'un quatrième.

Non ! Ce n'est pas possible, il n'a pas fait ça !

Enfin Thomas ouvre la porte. Pas le moindre chaton en vue.

OÙ SONT-ILS PASSÉS !

Thomas a fait disparaître quatre de mes enfants !

Je lui saute dessus, pattes en avant, en visant les yeux. Mais avant que je n'aie pu labourer ses prunelles de mes griffes acérées, il me repousse brusquement et je vais m'étaler contre le mur.

Ah, comme il est injuste, le pouvoir des humains, parce qu'ils sont plus grands, bipèdes, et qu'ils ont des mains au bout de leurs bras avec des pouces opposables...

Je tente une nouvelle attaque qu'il bloque cette fois d'un coup de pied. Puis Nathalie m'attrape et m'empêche de me venger. Elle me parle doucement, j'ai même l'impression qu'elle a des sanglots dans la voix, je crois voir une larme couler le long de sa joue. A-t-elle pitié de moi ? Mais alors pourquoi ne me défend-elle pas ? Malgré mes protestations, elle me reconduit à la cave, où elle m'enferme.

Traîtresse.

Je comprends maintenant qu'elle a fait venir Thomas uniquement pour tuer mes petits, parce qu'elle n'avait pas le courage de le faire elle-même.

Je reste dans le noir à ruminer ma rage. Je la hais. De quel droit s'autorise-t-elle à couper les testicules d'un mâle et à voler les enfants d'une mère ? Faut-il que cette espèce se sente bien supérieure à la nôtre pour se comporter avec autant de mépris !

Je hais les humains.

Comment ont-ils osé me faire ça ?

Déjà je pense à une vengeance. Je veux leur mort. À tous. Qu'ils s'autodétruisent donc avec leur guerre et leur terrorisme. Non, ça prendra trop de temps, il faut que je frappe vite.

Ma rage est telle que je casse tout ce qui me passe sous les pattes dans la cave. Je renverse les pots de confiture, je brise les bouteilles de vin, je déchire tout ce qui est tissu ou papier.

Mais pour qui se prennent-ils, ces humains ! Ils ont transformé la forêt et l'herbe en une ville de ciment, ils ont transformé les arbres en meubles, ils nous ont transformés en... jouets jetables !

Ne sommes-nous donc pour eux que des êtres qu'on met à la poubelle après usage, comme tous les objets dont ils se débarrassent lorsqu'ils ne les amusent plus ?

JE HAIS L'ESPÈCE HUMAINE.

Je ne veux plus communiquer avec eux : je veux juste les détruire. Tous. Que pas un n'en réchappe. Même pas Nathalie.

Je me calme. J'inspire et souffle.

Après avoir détruit le plus d'objets possible dans la cave, épuisée, je me calfeutre dans le coin ou j'avais caché mes petits dans l'espoir de les préserver. Leur odeur flotte encore dans l'air.

Je finis par m'endormir. Je rêve à nouveau que je suis la déesse égyptienne Bastet. Je suis dans le temple de Bubastis. J'ai des jambes, des pieds avec des chaussures, une robe, un bijou assez semblable à mon collier GPS, mais avec un pendentif beaucoup plus volumineux.

Autour de moi, des milliers d'humains se prosternent et me vénèrent en scandant mon nom.

« Bas-tet ! Bas-tet ! »

Je leur demande qu'ils m'offrent leurs enfants en sacrifice. Les mères me les amènent dans des paniers. Je donne l'ordre qu'on n'en épargne qu'un sur cinq afin qu'ils puissent créer de nouvelles générations asservies et soumises. « Épargnez de préférence les rouquins. »

Les autres nouveau-nés sont jetés dans la cuvette de toilettes géantes dont je tire la chasse pour les faire disparaître les uns après les autres.

Pythagore à mes côtés miaule :

– Tu es dure, Bastet.

– En me comportant comme eux, je leur ferai peut-être prendre conscience de leurs actes.

Ensuite je demande aux mâles humains de s'avancer en file indienne. Un à un, les mâles sont emportés par mes gardes. Puis ils reviennent avec un bandage autour du bassin et portent un bocal dans lequel flottent deux boules beiges.

« Vous pourrez désormais les contempler à votre aise. Si vous voulez, on peut les incruster dans des colliers que vous porterez autour du cou », je déclare à la ronde, magnanime.

Ensuite je fais signe à mes gardes pour qu'ils excitent Thomas avec un laser rouge qui bouge tout le temps. Il se débat mais ne peut échapper à son supplice. Il saute et court après la lumière, au moment où le point lumineux se pose sur son bras, il se mord jusqu'au sang et j'éclate de rire.

Puis je demande qu'on m'amène ma servante Nathalie. Elle se prosterne à mes pieds.

– Excuse-moi, Bastet, je ne me rendais pas compte, prononce-t-elle en miaulant dans ma langue.

– Il est trop tard pour regretter.

– Pitié, Bastet !

– Jadis j'aurais pu avoir encore de la pitié pour toi, car jadis tu as été une servante zélée, mais ce que tu as commis est irréparable.

J'ordonne à mes gardes de l'enfermer dans une pièce où elle ne peut pas atteindre la poignée de porte. Elle saute, elle griffe le bois mais n'arrive pas à s'élever suffisamment pour sortir.

Pythagore me touche le bras.

– Tu es peut-être trop cruelle avec les humains, après tout ils nous ont fait subir ces supplices par méconnaissance.

Je lui réponds gravement :

– Tous les humains payeront pour l'assassinat de mes quatre chatons. Ils n'avaient qu'à réfléchir avant d'accomplir cette atrocité.

Je suis réveillée par le grincement de la porte de la cave. Une silhouette apparaît à contre-jour en haut des marches. Je me tasse, prête à bondir en direction du visage du nouvel arrivant bipède.

C'est Nathalie. Elle tient dans sa main le chaton orange et elle prononce « Angelo » tout en le caressant.

Comme elle répète plusieurs fois ce nom, je comprends que c'est ainsi qu'elle l'a baptisé.

Et lui miaule car il a faim.

Je n'ose attaquer.

Quel dilemme.

Je laisse ma servante placer la petite boule de poils roux contre mon ventre et je me sens aussitôt soulagée d'être aspirée par sa bouche avide.

Je consens à m'allonger pour qu'il ait une position plus confortable.

La vengeance attendra.

Angelo tète et aspire aussi ma rage.

Ainsi est ma vie, je n'ai pas choisi ma servante, je n'ai pas choisi ma maison, je n'ai pas choisi mon nom, je n'ai pas choisi mon mâle, je n'ai pas choisi lequel de mes chatons devait survivre.

Une fois Angelo rassasié, je le détache précautionneusement et le laisse dormir dans un coin. Puis je profite du fait que la porte de la cave soit restée entrebâillée pour circuler dans ma maison.

Nathalie s'est installée dans la cuisine.

Elle prend son repas toute seule. Thomas est absent.

Comme la porte est ouverte, j'entre dans la salle de bain.

Je me penche sur la cuvette des W-C et lape l'eau qui y stagne pour voir si j'y détecte encore un peu de « leur » goût. Puis je vais vers le rouleau de papier toilette, le griffe et le déroule sur toute sa longueur. Je le hache menu pour en faire des petits bouts épars (normalement ça énerve bien Nathalie).

Ensuite je file vers le canapé. J'en arrache les pompons et me fais les griffes sur le velours en arrachant de gros morceaux de matière molle et blanche. Que pourrais-je faire encore comme dégâts pour la punir ?

Je renverse un vase qui éclate en plusieurs morceaux sur le sol.

J'attaque les feuilles de la plante verte à l'entrée, les mâchouille et les recrache (tiens, servante, voilà ce que j'en fais, de ton philodendron !). Je mords le fil de la souris d'ordinateur de son bureau, puis de sa chaîne hi-fi jusqu'à... prendre un choc électrique dans les dents. Comme cela me semble encore insuffisant, je vais dans la chambre et urine abondamment sur le coussin du lit.

Pour finir, je disperse ma litière avec mes crottes tout autour du bac en utilisant mes pattes arrière (comme si j'étais un chien) et je vais vomir des boules de poils gluantes dans son sac à main.

Puis, fatiguée de tant de saccages, je reviens vers Angelo et l'aide à se placer face à mes tétons. Comme il est difficile d'être à la fois mère et guerrière vengeresse ! Il a encore faim, le petit. Il semble complètement indifférent à la disparition de ses frères.

– Allez, régale-toi, Angelo. Tu n'es pour rien dans ce qui s'est passé.

Je place ma patte sur son cœur et je sens les petits battements.

La vie.

Nous sommes tous des véhicules qui aidons la vie à circuler à travers nous pour se répandre.

13

Pas de désir, pas de souffrance

Le temps passe et chaque jour je détruis un objet que j'espère précieux dans ma maison. J'aime le bruit aigu du verre lorsqu'il se brise sur le sol. J'aime celui du coton lorsqu'il gicle des coussins que je laboure de mes griffes. Les rideaux ? Je les préfère avec des franges. Les robes et les manteaux de ma servante ? Je les customise avec des trous. Les bas dans le bac de linge sale ? J'aime bien les filer et en faire de grosses pelotes. Ensuite j'y plante mes canines comme s'il s'agissait d'un fruit trop mûr. Je ne crois pas qu'il reste ici une seule plante verte intacte. Si elles ont une conscience, elles doivent me détester.

Mais mon entreprise de destruction systématique ne semble pas affecter ma servante. Nathalie (peut-être par pure provocation) me manifeste toutes sortes d'égards. J'ai droit à plus de nourriture, plus de caresses, plus de mots gentils, et les portes restent dorénavant toujours ouvertes.

Elle adore mon chaton orange qu'elle gratifie de soins, de baisers, de caresses. Il couine déjà lorsqu'elle le gratte sous le cou.

Depuis qu'Angelo a ouvert les yeux sur le monde, le septième jour, son comportement a changé. Non seulement il me mordille de plus en plus douloureusement les tétons (ses dents poussent) mais il court partout et me donne des coups de patte.

Vous trouvez normal, vous, qu'un chaton maltraite sa propre mère ?

Et s'il ne frappait que moi ! Il a aussi balafré le pauvre Félix. Moi qui ai toujours pensé que les vieux mâles devaient apprendre aux jeunes à chasser et à respecter leurs aînés, je crains que dans le cas d'Angelo ce ne soit compromis.

Ce gros fainéant de Félix n'assume pas ses responsabilités et ne fait que manger et dormir. En outre, Nathalie lui a fait goûter de l'« herbe à chat » et Félix en consomme sans modération. Je crois que, finalement, la drogue est le moyen le plus rapide pour contrôler les esprits simples comme celui de cet angora. Il en mange par touffes entières, il renifle, mâchonne, secoue la tête, et puis soudain il roule sur le dos et mime l'extase. Assurément, cela ne va pas l'aider à assumer ses responsabilités de père. Il m'en propose, mais il ne faut pas être bien intelligent pour se douter qu'une mère qui allaite n'a pas intérêt à prendre des produits hallucinogènes.

J'attends d'aller un peu mieux pour tenter de reprendre contact avec Pythagore.

Un cri humain suivi d'une détonation retentit dans la rue. Je suis partagée entre la curiosité et mon devoir d'allaitement. Tant pis. Je me libère de mon unique progéniture. J'installe Angelo sur mon coussin afin qu'il reste imprégné de mon odeur, puis je grimpe à l'étage et sors sur le balcon.

Des humains vocifèrent dans la rue. Un humain en menace un autre avec une arme. Ils se parlent vite. Deux coups de feu partent, l'un tombe et l'autre s'enfuit.

Le spectacle de la folie des humains me fascine tout autant que la télévision fascine Nathalie.

La flaque de sang qui s'échappe de celui à terre s'élargit. Je suis étonnée qu'un corps contienne autant de liquide.

D'autres humains approchent bientôt en poussant des cris différents. Et puis une camionnette emporte le corps de celui qui est tombé et les gens se dispersent.

Étrangement, pour la première fois, je constate que la mort des humains ne m'affecte plus du tout. Avant je ressentais un petit picotement, une gêne, une contrariété quand l'un d'entre eux souffrait ou tombait, désormais cela m'est presque égal.

Suis-je devenue insensible ?

Je pense qu'il va me falloir du temps pour digérer le choc de la perte de mes enfants. Et puis je crois que, comme Nathalie, je finis par m'habituer à la violence des hommes, la considérant comme une fatalité.

Je tourne la tête vers la maison voisine et je vois Pythagore sur son balcon en train d'observer la scène.

Il se tasse, prend son élan, franchit d'un bond l'espace entre nos deux maisons et opère un superbe atterrissage sur la rambarde de mon balcon.

Nous nous frottons le nez l'un contre l'autre, puis il a ce délicieux mouvement pour glisser le sommet de son crâne pourvu du Troisième Œil dans le triangle de mon cou.

– Je sais ce qui t'est arrivé, annonce-t-il. Ta servante en a parlé à la mienne. Ils ont noyé quatre de tes chatons. Je te savais triste alors je ne voulais pas venir te déranger, afin que tu puisses faire ton deuil.

– Je me vengerai.

– Ne te donne pas ce mal. Tu as vu à l'instant qu'ils sont en train de se détruire tout seuls. Ça y est, ce n'est plus du terrorisme, la guerre civile commence à toucher notre ville. Pourquoi se fatiguer et prendre le risque de les affronter ? Pour l'instant occupe-toi plutôt de transmettre à Angelo la capacité d'évoluer dans un monde en pleine mutation.

Je propose à Pythagore de monter sur le toit.

Nous nous installons sur les ardoises chaudes, bien calés contre la cheminée.

– J'ai pensé à toi hier soir, dit-il. Ma servante regardait un film à la télévision, *Catwoman.* C'est l'histoire d'une femme de nos jours qui se comporte comme un chat, et je me suis dit que c'était une sorte de Bastet moderne.

– C'est quoi un « film » ?

– C'est une histoire qui apparaît à la télévision mais qui n'est pas réelle. Elle est issue de l'imagination d'un scénariste.

– Elle agissait comment ta « Catwoman » ?

– Elle se battait contre des hommes et gagnait tous les combats.

Je dodeline de la tête. J'ai un tressaillement incontrôlé.

– Se battre. Toujours se battre. Pourquoi le monde est-il aussi violent ?

– Peut-être que s'il n'y avait pas de violence on s'ennuierait. Les jours se ressembleraient tous. Tu imagines, s'il faisait beau tous les jours ? La violence est un peu comme l'orage. Une soudaine concentration d'énergie qui explose. Et une fois que tout est déchargé, une fois que les nuages noirs se sont transformés en gouttes de pluie, et que toutes les gouttes sont tombées, cela s'arrête et les beaux jours reviennent. Il y a de la violence partout. Même les plantes se battent. Les lierres étouffent les arbres. Les feuilles sont concurrentes et se volent entre elles l'accès aux rayons du soleil.

Je repense au type en noir qui tuait les jeunes humains devant l'école maternelle, je repense aux images que ma servante fixait à la télévision, je repense à cette histoire de Cambyse II qui attachait des chats vivants sur des boucliers… De simples orages ?

– À mon avis, toutes les violences sont issues de vieux réflexes entre prédateurs et gibier. Au commencement, ce besoin de destruction servait à nous défendre et à survivre. Il y avait les forts et les faibles, les dominants et les dominés, et puis la violence a perdu ses raisons d'exister, maintenant elle n'est plus que défoulement. Je pense qu'après ils se sentent « soulagés », comme s'ils avaient uriné.

– Mais c'est nul !

– Ne crois-tu pas que tu exerces toi-même une forme de violence envers les puces quand tu te grattes l'oreille ? Ces insectes innocents qui ne savent même pas qui tu es ?

– Les puces ! Mais ce ne sont que des tout petits…

– Pourquoi la taille changerait-elle quelque chose ? Ne penses-tu pas que tout ce qui vit a une conscience ?

– Si, précisément.

– Alors dans ce cas pourquoi les puces n'en auraient-elles pas ?

– On ne peut pas comparer la mort de mes chatons, celle des humains qui s'entretuent dans notre rue et celle des puces !

– Et pourquoi pas ? Tu sais, Bastet, peut-être que notre planète est aussi un organisme vivant global et que, pour elle, les humains, tout comme les chats, sont des parasites qui grouillent à sa surface et qui la démangent. D'ailleurs, les tremblements de terre sont peut-être pour elle une manière de se débarrasser de ses parasites.

– La Terre n'est pas un animal.

– À mon avis, elle doit forcément avoir une forme de conscience. Elle est tiède, elle respire, elle vit. Elle possède une atmosphère, une fourrure végétale, elle a…

– Ce n'est pas comparable.

– Nous avons tous des perceptions centrées sur nos sens d'espèce. Nous, les chats, nous voyons les autres à notre hauteur : la vie des chats est donc sacrée.

– Et les puces… doivent aussi se penser sacrées ?

– Pour la planète, c'est probablement sa propre survie qui prime.

Je n'étais jamais allée aussi loin dans mes réflexions parce que je restais limitée au monde « visible ». Les puces et la planète m'étaient indifférentes tout simplement parce que je ne pouvais pas les voir.

Une fois de plus Pythagore semble avoir une pensée d'avance.

Je ne peux m'empêcher de me gratter sous le menton pour chasser mes propres puces. Cela me soulage et m'aide à relativiser tous les événements récents.

– Tu crois vraiment que la guerre des humains pourrait aboutir à leur élimination totale sans que nous ayons besoin d'intervenir ?

– Ils ont mis au point de nouveaux systèmes de destruction : les gaz empoisonnés, les virus mortels, les radiations de bombes atomiques, sans parler d'une sorte de « lavage de cerveau » pour rendre les gens encore plus fanatiques et encore plus indifférents à leur propre mort. Ce fanatisme est peut-être d'ailleurs l'arme de destruction massive la plus efficace.

– « Lavage de cerveau » ? Ils se lavent vraiment la cervelle ?

– Non, c'est une expression humaine : à force de répéter quelque chose de faux, tu finis par convaincre les autres que tu as raison.

– J'ai pensé une fois à une phrase qui résume cela : « Quand on s'est habitué aux mensonges, la vérité a l'air suspecte. »

– En ce moment des gens font croire aux plus naïfs qu'en tuant beaucoup de leurs congénères ils auront des récompenses extraordinaires dans le monde invisible de l'après-vie.

– Et ça marche ?

– Suffisamment pour tout remettre en question. Personne n'a pour l'instant réussi à prouver qu'ils avaient tort, alors les religieux convainquent de plus en plus de jeunes de tuer pour aller au paradis.

– Et cela pourrait aller jusqu'à leur destruction complète ?

– Il ne faut pas les sous-estimer. Les humains ont une capacité à survivre à tout. Ils ont toujours su s'adapter aux circonstances les plus difficiles. À chaque crise sont apparus des individus suffisamment intelligents pour permettre à leur société de renaître.

Je frotte mes griffes sur les ardoises jusqu'à m'en faire mal aux extrémités.

Il lâche un soupir.

Je le regarde droit dans les yeux : il est décidément de plus en plus attirant.

– Je vais te livrer ma quatrième leçon d'histoire. Où en étions-nous déjà ?

Je dresse mes oreilles.

– À la dernière leçon, nos ancêtres avaient commencé à s'installer sur de larges étendues de territoire grâce aux humains commerçants, je lui rappelle.

– Après eux, ce furent les militaires qui répandirent les chats dans le monde. En l'an 330 avant Jésus-Christ, les soldats grecs envahirent le grand royaume d'Égypte (et le tout petit royaume de Judée) et saisirent les réserves de nourriture, les richesses, les femelles fécondes et leurs chats. Les Grecs utilisaient jusque-là les belettes, les furets et les fouines pour protéger leurs récoltes et leurs maisons, sauf que ces animaux avaient des inconvénients : non seulement ils étaient agressifs et difficiles à domestiquer, mais en plus ils sentaient très mauvais.

– Je n'arrive pas à comprendre le manque d'hygiène des animaux qui nous entourent.

– Les Grecs, peuple de guerriers envahisseurs, avaient des chiens dressés pour la chasse et la guerre, mais ils se mirent à l'élevage des chats pour les offrir en cadeaux afin de séduire les femelles.

– Comme d'habitude, quoi.

– Un de leurs poètes célèbres, Aristophane, raconte qu'il y avait dans leur capitale, Athènes, un marché spécialisé dans la vente de chats et que ceux-ci coûtaient très cher. Du coup, le culte de la déesse égyptienne Bastet fusionna avec celui de la déesse grecque Artémis qui reçut le nouveau titre de « reine des chats ».

– Donc les Grecs aussi ont fini par se rendre à l'évidence que nous étions dignes d'être vénérés…

– Ensuite, lorsque les Romains (autre peuple guerrier dont les habitants vivaient à l'ouest) envahirent la Grèce, ils récupérèrent leur culture, leur technologie, leurs divinités et… leurs chats. La déesse Artémis grecque devint la déesse romaine Diane, elle aussi reine des chats. Pour les Romains également, offrir un chaton était une manière de séduire leurs femelles, tout comme offrir des fleurs ou des friandises.

– Mais ils nous… aimaient ?

– Peu importe, nous venions de prendre notre place au sein de leurs foyers et c'est cela qui était important. Alors que les chiens dormaient dehors, nous dormions au chaud près du feu.

– Donc ils nous aimaient.

– Puis la fécondité de nos ancêtres entraîna une augmentation rapide de notre population. Alors qu'au début seuls les riches Romains avaient des chats, bientôt tous en eurent. Les soldats des légions avaient pris l'habitude de partir à la guerre en emportant leur chat personnel.

– Pas pour l'attacher sur leur bouclier, j'espère.

– Ils les prenaient pour avoir une présence douce durant leurs bivouacs improvisés. Si bien que l'extension de l'Empire romain fut accompagnée de l'extension de l'implantation des chats.

– Je croyais que c'était l'œuvre des commerçants hébreux ?

– Ces derniers n'avaient touché que les villes portuaires et les zones côtières. Les soldats romains s'enfonçaient dans les plaines, les montagnes, les vallées. Ils envahissaient les territoires en profondeur. Et les populations des régions reculées, qui n'avaient jamais vu de chats, les découvraient pour la première fois.

– En même temps que les soldats romains qui venaient pour les voler et les tuer ?

– Je vois que tu commences à comprendre certains paradoxes de la logique humaine. Les chats étaient présentés par les Romains comme des symboles du degré de raffinement de leur civilisation. Certaines légions avaient même pour emblème une tête de chat. Le plus étonnant c'est que le chef militaire qui a conduit l'armée romaine ici, en France (qui à l'époque s'appelait la Gaule), détestait les chats. Il se nommait Jules César et souffrait d'une maladie appelée « ailourophobie » : notre simple présence générait chez lui une peur panique qui le faisait convulser.

– Et il n'y avait qu'un seul homme pour diriger toute une armée ?

– Les humains sont très grégaires, et à cette époque tous suivaient ce Jules César. Avec l'élargissement de l'Empire romain, les chats se répandirent dans toute l'Europe et des cultes de chats apparurent spontanément parmi les peuples qui nous découvraient.

– Le culte de Bastet ? D'Artémis ? De Diane ?

– Les déesses portaient un nom différent dans chaque pays. En Gaule, les Celtes, les Wisigoths ou les Auvergnats nous vouaient des cultes particuliers. Mais en l'an 313, l'Empire romain se convertit au christianisme, religion monothéiste, où l'on ne vénère qu'un seul dieu à allure humaine. En l'an 391, le nouveau chef des Romains, l'empereur Théodose Ier, interdit officiellement le culte des chats et déclara qu'ils devaient être considérés comme des animaux maléfiques.

– Ça veut dire quoi « maléfique » ?

– Cela désigne le fait d'être lié aux forces du Mal. Désormais, n'importe qui pouvait nous tuer sans avoir à s'expliquer ou s'excuser. Pire que cela, nous étions considérés comme des animaux nuisibles et notre élimination, au même titre que celle des cafards, des rats ou des serpents, faisait partie des devoirs du citoyen.

– Ce Théodose Ier était de la trempe d'un Cambyse II...

– Mais les paysans, eux, nous ont gardés pour protéger les récoltes, et les commerçants hébreux ont continué à nous emmener dans leurs bateaux et leurs caravanes.

Je m'approche de Pythagore pour le humer.

– Comment sais-tu tout cela ? Comment les comprends-tu aussi bien ?

– Un jour je te confierai le secret lié à mon Troisième Œil.

– Quand ?

– Lorsque j'estimerai que tu es prête. Pour l'instant, ce qui m'importe c'est de ne plus être le seul à détenir toutes ces informations. Si je meurs, tu devras transmettre mon enseignement aux autres chats.

Je m'approche et frotte mon museau contre son cou, je rabats mes oreilles en arrière en signe de soumission, puis je me retourne et soulève bien haut ma queue.

– Fais-moi des enfants pour remplacer ceux que j'ai perdus.

J'attends, mais il ne bronche pas.

– Je ne te plais pas ? je demande.

– J'ai décidé de consacrer ma vie à la connaissance et me suis détaché des besoins primaires comme manger ou faire l'amour.

– C'est lié à ton « secret » ?

– Je me suis édicté une règle : « Pas de désir, pas de souffrance. »

– Tu as peur de souffrir si tu fais l'amour avec moi ?

– J'ai peur de ressentir tellement de plaisir que je deviendrai dépendant de toi. Et je goûte une autre satisfaction : celle d'être libre et détaché de tout. Personne ni rien ne m'est indispensable. C'est ma plus grande fierté.

Je le regarde différemment. Il a quand même cet étrange capuchon de plastique mauve sur le sommet du crâne. En dessous je sais qu'il y a un trou qui va jusque dans son cerveau. Peut-être que cela lui a abîmé l'esprit. Peut-être qu'il est fou et qu'il a inventé ce qu'il me raconte. Et moi, naïve, je bois ses paroles.

La seule chose qui me trouble est que son récit sur la rencontre entre nos deux espèces semble extrêmement cohérent. S'il a inventé tout ça, il a inventé un système compliqué qui possède une logique solide.

Reste la question : pourquoi refuse-t-il la sexualité avec moi ?

Aucun mâle sain d'esprit ne pourrait résister à la vision de mon postérieur exhibé. Je suis quand même jeune et ravissante, avec ma fourrure épaisse et soyeuse, alors qu'il n'est qu'un vieux siamois à poil ras et gris. C'est impossible que je n'éveille pas chez lui un désir physique immédiat.

– Prends-moi, là, tout de suite ! je lui ordonne.

Il ne bronche pas.

– Tu ne me veux pas parce qu'à toi aussi ils ont enlevé les testicules pour les mettre dans un bocal, c'est ça ?

Il se couche sur le dos, exhibe ses attributs, et je peux constater qu'ils sont intacts.

– Alors pourquoi tu ne veux pas faire l'amour avec moi ?

– « Pas de désir, pas de souffrance », répète-t-il d'un ton qui m'agace de plus en plus.

– Tu ne sais pas ce que tu rates, je réplique, un peu vexée.
– Si, je le sais, et c'est précisément pour ça que je préfère te dire non, me répond-il.

Échaudée par son comportement, je décide de rentrer à la maison.

J'ai énormément envie de faire l'amour. Comment assouvir cette pulsion ? Dois-je partir sur les toits pour me faire prendre par le premier chat de gouttière venu ?

Depuis que j'ai accouché, j'ai encore plus envie de me rappeler que je ne suis pas que mère, je suis aussi femelle.

Finalement, je retrouve mon panier et m'endors en faisant des rêves très sensuels.

14

Haut-le-cœur

Je suis réveillée par Angelo.

Celui-là, il commence sérieusement à m'énerver. Il m'a déjà tétée alors que je dormais et maintenant il me tord et me mordille les moustaches (je ne supporte pas qu'on touche à mes moustaches).

Aucun respect pour sa mère.

J'attends qu'il soit pile à la bonne distance et lui allonge un coup de patte (sans les griffes, quand même) qui l'envoie valdinguer. Voilà comment je conçois l'éducation moderne. Une société où les nouvelles générations ne respecteraient pas ceux qui leur ont donné la vie serait une société condamnée.

Il revient me narguer et je le frappe derechef.

Je songe en me léchant que tout est un problème de communication. Parfois, il faut répéter pour se faire comprendre. Je communique mal avec mon fils. Je communique mal avec mon humaine. Je communique mal avec mon mâle. Je ne communique bien qu'avec... le prétentieux siamois d'à côté qui en retour... me méprise.

J'entends des bruits dans la rue face à ma maison. Le spectacle commence. Je retrouve ma place au coin du balcon et j'observe. Cette fois-ci c'est un groupe d'humains qui poursuit un type seul. Ils le rattrapent et le rouent de coups. Cela ressemble à ce qui s'est passé hier, sauf qu'ils sont plus nombreux. J'observe la scène, les trois ont des couteaux et crient un slogan que tous les autres reprennent.

Puis de nouveau des humains en uniforme bleu marine arrivent pour protéger le premier homme à terre, et d'autres gens habillés de plusieurs couleurs viennent aider le groupe des trois, et tous se battent avec des bâtons et des couteaux. Encore une fois des projectiles sont lancés, et de la fumée irritante se répand.

Tant pis si je tousse, je reste, je veux voir comment tout cela va finir.

Un humain du groupe des trois dégaine une arme. On entend une détonation, puis une silhouette en uniforme bleu marine s'écroule.

Je me penche pour voir en détail la suite des événements.

Des renforts habillés en bleu marine surgissent. D'autres en face accourent eux aussi à la rescousse. Un troisième groupe d'humains différents des deux premiers se met à tirer. Il y a des cris, d'autres détonations. La confusion est totale.

J'ai l'impression qu'ils déploient des armes inconnues plus volumineuses qui font davantage de dégâts. À un moment, un homme brandit un tube terminé par une poire, tire en direction d'une maison. Celle-ci explose et s'effondre dans un grand nuage de poussière.

Ceux d'en face répliquent aussitôt. Une camionnette surmontée d'une tourelle se met à tirer et fait exploser les voitures derrière lesquelles des hommes se cachaient.

Des combattants en uniforme vert viennent aider ceux en uniforme bleu marine. C'est le signal que m'avait donné Pythagore pour reconnaître le début de la guerre.

Ça court, ça crie, ça tire. Je perçois aussi des détonations en provenance des rues alentour.

Les humains se planquent derrière les murs ou derrière les voitures dont certaines commencent à prendre feu. Ils tirent depuis les toits. Une odeur de brûlé envahit l'atmosphère.

Puis, comme l'orage, tout ce grabuge cesse d'un coup. Ceux qui le peuvent s'enfuient tandis que les autres gisent au milieu des gravats. Tout devient silencieux.

Nathalie n'est pas rentrée.

J'observe toujours la rue. Un blessé rampe et un autre, lui aussi bien amoché, se traîne sur les coudes pour le rejoindre. Ils s'empoignent, roulent, tentent de se mordre.

Tout cela me semble hallucinant. Est-il seulement possible de faire en sorte que les humains s'aiment à nouveau ? Il faudrait que je produise une sorte de ronronnement à très basse fréquence qui, dans un premier temps, calmerait leurs élans guerriers, puis leur donnerait envie de se reposer.

C'est peut-être ce qu'a accompli jadis la déesse Bastet. En constatant la détresse des hommes, leur irrépressible besoin de s'autolimiter, elle leur a proposé une vibration pour leur donner envie de dormir. En remerciement ils lui ont bâti un temple et ont commencé à la vénérer.

Une onde. Oui, j'en suis sûre, il doit exister une onde d'amour que je pourrais émettre en ronronnant pour apaiser toutes ces tensions que je sens autour de moi.

Après une très longue attente, Nathalie réapparaît enfin sur le seuil de la maison.

Elle est encombrée de plusieurs sacs remplis de victuailles qu'elle dépose dans le couloir de l'entrée. Elle semble très nerveuse. Elle a la crinière ébouriffée, ses paupières battent rapidement, ses vêtements sont déchirés. Elle semble à bout de souffle.

Elle s'effondre dans un fauteuil. Ses joues sont striées de larmes.

Son esprit vibre dans la confusion.

Je m'approche, m'assois sur ses genoux et me mets à ronronner. Elle commence à retrouver le sourire. Nous, les chats, nous avons ce pouvoir d'absorber toutes les mauvaises ondes et de les transformer en bonnes. Là où les chiens préfèrent déguerpir nous nous installons, nous nous imprégnons, nous nettoyons. C'est notre pouvoir d'« hygiène vibratoire ».

Elle hésite, me caresse, et je sens sous cette main qui tremble fort une peur palpable.

Puis soudain elle s'empare du téléphone. Elle parle vite avec des trémolos dans la voix. Le nom « Sophie » revient plusieurs fois et j'en déduis qu'elle communique avec la voisine.

Quelques instants plus tard, nous déménageons tous dans la maison de Pythagore.

Je comprends qu'en cette période de crise, les deux femelles humaines ont décidé de réunir leurs réserves de nourriture, et leurs chats.

Évidemment je n'aime pas trop changer mes habitudes mais là, les circonstances sont exceptionnelles : il faut m'adapter.

Félix non plus ne râle pas. Angelo court partout dans la nouvelle maison, trouvant forcément plein de nouveaux jeux dans ce lieu.

Il arrache les franges du tapis.

Il mordille les fils électriques, grimpe aux rideaux.

Les deux femelles humaines ferment la porte d'entrée en tournant plusieurs fois la clef dans la serrure. Puis elles disposent des planches qu'elles fixent avec des clous sur toutes les fenêtres et les accès extérieurs. Même la chatière est bouchée.

On ne voit plus l'extérieur mais on peut quand même aller sur le balcon de la chambre. Les deux humaines établissent là une haie de protection avec des meubles.

Une fois qu'elles ont achevé leurs aménagements, elles se mettent à fumer, à boire de l'alcool fort et à regarder la télévision sur un écran trois fois plus grand que celui de ma maison, avec un volume sonore beaucoup plus élevé. Les images d'actualités se répètent.

Pythagore vient à pas souples s'asseoir à côté de moi.

– Nos servantes pourront-elles être un jour contaminées par ces pulsions destructrices ? je lui demande.

– Elles sont plus intelligentes et éduquées que la moyenne des humains. La preuve, elles nous protègent avec elles dans cette maison. Sophie sait aussi que nous pouvons être utiles en cas de blessure grâce à la ronronthérapie.

– La quoi ?

– C'est une toute nouvelle science qui étudie la capacité des ondes graves de nos ronronnements à ressouder les os brisés.

Dehors, les coups de tonnerre ont remplacé les explosions. Nous montons sur le balcon pour contempler, par la fenêtre qui n'est pas obstruée, la pluie qui essaye de laver les saletés de ceux qui grouillent à la surface de la planète.

Au loin, l'orage produit un grand fracas et de nouvelles lueurs.

Pendant que nos humaines, au rez-de-chaussée, regardent encore la guerre à la télévision nous observons la foudre déchaînée qui semble vouloir montrer aux hommes qu'elle aura toujours raison d'eux.

– Pour l'instant, nos servantes ont décidé de rester enfermées ici.

– Nathalie a apporté des réserves de nourriture.

– Et Sophie possède des armes.

– J'ai peur, je lui miaule doucement.

Je me serre contre Pythagore. Je déteste la pluie. Le seul fait de l'entendre suffit à me faire trembler de la tête aux pieds.

– Tu crois que nous allons mourir ?

– Nous mourrons un jour, mais pas aujourd'hui.

Un éclair plus lumineux que les autres – car plus proche – zèbre le ciel.

Je presse plus fort mon corps contre le sien. Je sens son cœur qui bat vite et je laisse échapper :

– Je t'aime... Pythagore.

– Nous nous connaissons à peine, Bastet.

– Nous n'avons jamais fait l'amour, c'est vrai, mais c'est parce que tu refuses.

– Tu as Félix.

– Félix ne m'a jamais plu. Je ne l'ai pas choisi. Il m'a été imposé. Et puis il n'a plus de testicules.

– Si nous faisions l'amour, je m'attacherais à toi et cela engendrerait beaucoup de problèmes.

– Alors faisons l'amour juste une fois, je propose. Maintenant. Avant de mourir.

La pluie redouble. J'ai l'impression qu'il va céder.

– Si je faisais l'amour avec toi, je ne pourrais pas me contenter d'une fois, affirme-t-il.

Je commence à le connaître : c'est un sentimental. Je l'aurai à la longue, et alors il me donnera tout, mais pour l'instant il vaut mieux rester patiente. Je cherche une diversion.

– Raconte-moi la suite de l'histoire de nos ancêtres.

Il ne se fait pas prier.

– En l'an 950 après Jésus-Christ, les chats arrivent en Corée (un pays encore plus à l'est que la Chine), et en l'an 1000 au Japon (une île encore plus à l'est que la Corée), apportés par des moines bouddhistes. L'empereur japonais Ichijo reçoit un chaton en cadeau pour ses treize ans. Son attachement à l'animal est tel que tous les membres de la Cour en veulent un et que le chat devient l'attribut des femmes riches. Face à la demande qui ne cesse de croître, l'empereur Ichijo lance d'ailleurs un programme officiel de reproduction pour satisfaire tout le monde.

Dehors, la pluie continue de tomber dru.

– Au même moment, l'Europe est attaquée par une horde de rats noirs en provenance d'Asie. Les paysans montent des armées de chats pour contrer cette invasion. Et, là encore, nos ancêtres se révèlent très efficaces.

– Mais je croyais qu'ils étaient considérés comme maléfiques ?

– En fait, en dehors des grandes villes, ils étaient très appréciés. Les excréments de chats servaient à la préparation de médicaments, notamment pour ralentir la chute de cheveux et prévenir les symptômes de l'épilepsie. Certains guérisseurs soignaient les rhumatismes avec de la moelle de chat. Leur graisse servait par ailleurs à apaiser les hémorroïdes.

– Mais pour obtenir la graisse et la moelle il fallait les tuer...

Pythagore poursuit, imperturbable.

– En Espagne, on chassait le chat pour s'en nourrir. Le cuisinier du roi, nommé Ruperto de Nola, a publié un livre de recettes qui eut beaucoup de succès, et dont plusieurs étaient à base de viande de chat.

Ai-je bien entendu ?

– Les humains nous... mangeaient ?!

Il soupire.

– Notre viande était même considérée comme plus délicate que celle du lapin, auquel notre chair était souvent comparée. En général, elle était d'ailleurs servie avec les mêmes sauces et les mêmes condiments.

J'ai un haut-le-cœur, j'ai envie de vomir.

– Et ce n'est pas tout. Les luthiers récupéraient nos intestins pour en faire des cordes de guitare, par exemple. Ils nommaient cela « cordes en boyau de chat ». De même, les tailleurs utilisaient nos peaux pour en faire des manteaux de fourrure, des manchons, des toques, des coussins.

Je frissonne d'horreur.

La foudre nous illumine l'espace d'une seconde.

– Cela ne leur a pas porté chance. En effet, une maladie mortelle qui se nommait « peste » s'est abattue sur eux. Elle était transmise par les rats et a accompli le travail de destruction des hommes à notre place.

– Mais je croyais que nous avions fait fuir les rats ?

– Pas tous. Les humains qui avaient des chats étaient mieux protégés contre cette maladie mais ceux qui avaient des chiens ne l'étaient pas du tout. Entre 1348 et 1350, l'épidémie de grande peste noire tua 25 millions d'humains, soit la moitié des habitants de l'Europe.

– Bien fait pour eux. Ils n'avaient qu'à pas nous manger.

– Mais au lieu de remercier nos ancêtres, les survivants arrivèrent à la conclusion que ceux qui avaient des chats étaient alliés avec les forces maléfiques qui avaient apporté la peste. Ils tuèrent les possesseurs de chats, accusés d'être des sorciers, et ensuite leurs chats.

– Décidément, ils comprennent tout à l'envers.

– Une ordonnance du pape Innocent VIII en 1484 décréta que la nuit de la Saint-Jean serait une date où tous les bons croyants devraient capturer des chats – errants ou domestiqués – et les jeter au bûcher pour qu'ils soient brûlés vifs.

– Quelle stupidité.

Je n'avais jamais envisagé que les humains aient pu alternativement nous aimer et nous détester à ce point.

La pluie continue de tomber et Pythagore parle comme si tout cela ne l'affectait pas.

– Il y eut une seconde épidémie de peste en 1540. Là encore, la moitié de la population périt et, une nouvelle fois, les possesseurs de chats survivants furent accusés d'être responsables de ce malheur et systématiquement mis à mort.

– Et toi qui me disais que les humains étaient plus intelligents que nous...

– Ils durent attendre encore plusieurs siècles avant que des médecins commencent à faire le rapprochement entre le fait de posséder un chat et celui d'être épargné par le fléau. Enfin, le pape Sixte V les dédiabolisa et autorisa les chrétiens à en posséder. À partir de cette époque, appelée « Renaissance », les chats retrouvèrent une image positive dans la société française et européenne et furent même déclarés indispensables par certaines compagnies d'assurances pour protéger les réserves de nourriture sur les bateaux qui prenaient la mer.

Soudain, la pluie cesse. Les nuages s'évanouissent et le ciel s'illumine. Au-dessus de nous apparaît un demi-cercle composé de plusieurs couleurs différentes.

– C'est un arc-en-ciel : la réaction entre les rayons du soleil et l'air encore chargé d'humidité.

– C'est beau.

– Cette planète est belle. Chaque jour j'en découvre de nouvelles splendeurs.

– Tu es heureux, toi ?

– Bien sûr. Être heureux c'est apprécier ce que l'on a. Être malheureux c'est vouloir ce que l'on n'a pas. Moi j'ai tout ce que je veux.

– Tu n'as pas peur de la guerre ?

– Ma seule peur est de ne pas réussir à utiliser pleinement toutes mes capacités. Pour le reste je ne décide ni de la pluie ni du beau temps, ni des éclairs d'orage ni des arcs-en-ciel, ni de la guerre ni de la paix.

À cet instant une détonation très proche interrompt notre dialogue, immédiatement suivie de plusieurs autres. Cela provient de la rue.

Nous rejoignons le premier étage et découvrons, à l'abri derrière les meubles, Nathalie et Sophie armées de fusils et accoudées à la rambarde du balcon. Angelo est accroché en haut du rideau qui encadre la porte-fenêtre, miaulant pour qu'on l'aide à descendre. Nos servantes tirent sur d'autres humains cachés derrière des voitures, sur le trottoir de l'autre côté de la rue.

– Ce sont des « pillards », signale Pythagore qui comprend la situation d'un seul coup d'œil. Ils veulent probablement violer nos servantes humaines, voler notre nourriture, et nous tuer. Peut-être pas forcément dans cet ordre.

Les échanges de coups de feu se poursuivent.

– Viens, Bastet. Il faut agir. Nous allons utiliser des grenades, annonce Pythagore.

Il attrape dans le panier contenant les armes une sorte de fruit noir en métal et le transporte dans sa gueule en me faisant signe de l'imiter.

Je le suis. Nous passons par les toits qui sont encore mouillés. Je dérape un peu sur les tuiles glissantes. Plus loin, nous trouvons un passage pour redescendre dans la rue et contournons ceux qui tirent sur nos servantes. Pythagore me fait signe de déposer les grenades sous les voitures protégeant les assaillants. Puis il me montre qu'avec la patte on peut tenir la grenade tout en arrachant d'un coup la goupille avec les dents.

Je reproduis son geste.

– Nous avons dix secondes, viens, Bastet, filons vite !

Je ne sais pas ce qu'est une seconde, mais comme il court, je galope derrière lui. Il me fait signe de monter sur un arbre pour observer la suite des événements. Depuis la plus haute branche, nous assistons à deux explosions. Les voitures des pillards sont soufflées. Des morceaux de tôle volent et sont éparpillés dans la rue. Des corps humains se tortillent avant de s'effondrer, inertes.

Je prends conscience que, pour la première fois de ma vie, je viens de… tuer des humains ! C'est donc possible. Des chats qui savent utiliser certains objets peuvent décider de la vie et de la mort des hommes.

Sur le balcon, Nathalie et Sophie se sont redressées au-dessus de leur barricade de meubles et semblent surprises, puis soulagées. Nous les rejoignons pour nous abriter à l'intérieur de la maison.

Angelo a fini par lâcher le haut du rideau et a ainsi fait son premier grand saut. Il miaule à tout-va, considérant que c'est cette performance qui a détendu tout le monde.

Nathalie m'observe avec étonnement et prononce mon nom sur un ton admiratif. Elle me prend dans ses bras et me serre contre elle.

Dans mon esprit je note que lorsque je tue des humains, cela fait désormais plaisir à ma servante.

Je crois que je n'aime pas la guerre. Je perçois que l'énergie de vie qui parcourt le monde peut être brusquement interrompue pour des raisons qui me semblent un peu confuses, et cela me navre.

Je comprends que, paradoxalement, pour qu'il n'y ait pas trop de vies détruites, il faut parfois tuer.

Cela confirme mon intuition : il faut que j'aide tous ces êtres à mieux dialoguer car je suis sûre que s'ils communiquaient mieux, ils n'auraient pas besoin de se tirer dessus au fusil ou de s'envoyer des grenades au visage.

Il faut non seulement que je continue à recevoir des informations du monde humain grâce à Pythagore, mais aussi que je réussisse à en envoyer moi-même directement.

Je suis de plus en plus persuadée qu'il ne suffit pas d'écouter les hommes, il faut aussi leur parler.

15

Le début de la faim

Les semaines passent.

Nous avons épuisé toutes nos réserves alimentaires. Nous mangeons maintenant d'autres denrées bizarres, beiges ou vertes. Gastronomiquement parlant, c'est nettement inférieur aux croquettes.

Nathalie et Sophie n'osent plus sortir et en viennent à faire bouillir les feuilles des arbres qui affleurent au balcon pour en faire des soupes. Cela a vraiment un goût fade.

Même l'eau est devenue marron et doit être bouillie avant qu'on puisse la boire.

À l'extérieur, nous percevons en permanence des explosions, des détonations, des cris et des hurlements sporadiques. Parfois on frappe à la porte. Parfois des mains grattent aux fenêtres du rez-de-chaussée, à moins que cela ne soit des griffes.

J'ai très faim. Nous avons tous très faim.

L'absence de nourriture affaiblit Nathalie et Sophie, qui n'ont plus l'énergie de faire le moindre geste. Elles restent enveloppées dans des couvertures à regarder la télévision et à dormir. Je ne pense pas qu'elles seraient capables de gérer une nouvelle attaque de pillards.

J'essaye de soigner ma servante en améliorant ma technique de ronronthérapie en basse, moyenne et haute fréquence. Je suis persuadée que je peux soigner les humains par les ondes, mais je n'ai pas encore la maîtrise parfaite de mon pouvoir de guérison. Il faut que je trouve la fréquence qui les vivifie.

Félix a trouvé une nourriture qui n'intéresse que lui. Il mange de la… laine ! Plus précisément, il déguste un fil de laine du chandail de Sophie, le mâche, l'avale. Il l'aspire comme un spaghetti sans fin. Ma mère m'avait bien dit que certains chats étaient des « mangeurs de laine », mais je ne m'attendais pas à assister à cette forme de dégénérescence.

Angelo revient sans cesse à la charge pour me téter, mais le distributeur de lait est à sec.

Pythagore pour sa part ne bouge pratiquement plus. Il est dans un état méditatif assez proche de l'hibernation, les yeux immobiles sous ses paupières fermées, sa respiration très lente, presque imperceptible.

Je me frotte contre lui. Il met du temps à réagir.

– Ça va ? je lui demande.

Il répond par un grognement.

– Je te dérange ?

Il s'ébroue.

– Pythagore, j'ai l'impression que cette fois-ci nous sommes fichus.

– Accepte ce monde tel qu'il est sans en avoir peur et sans le juger, consent-il enfin à répondre.

– C'est la guerre, nous n'avons plus rien à manger, nous allons probablement tous mourir de faim ici, immobiles, pris dans une torpeur progressive dont nous ne pourrons sans doute jamais ressortir.

Il secoue la tête, comme pour remettre ses idées en place, puis articule en appuyant chacun de ses miaulements avec emphase pour être sûr qu'ils s'impriment bien dans mon esprit :

– « Quoi qu'il t'arrive c'est pour ton bien. Il suffit de t'adapter aux circonstances au fur et à mesure qu'elles se présentent. »

– Tu délires ?

– Non, j'accède à des notions nouvelles parce que j'ai du temps et que mon corps n'est plus accaparé par la digestion ou par l'action. N'étant plus dérangé par l'agitation de mes sens, je peux enfin penser plus profondément.

– Mais quand même, la situation est…

Il ferme les yeux et poursuit :

– « Tes ennemis et les obstacles qui se dressent face à toi te permettent de connaître ta résistance. Tous les problèmes qui te semblent graves ne sont là que pour te permettre de mieux te connaître. »

– Mais…

– « Ton âme a choisi précisément ce monde et cette vie afin d'accomplir les expériences qui vont te permettre d'évoluer.

« Tu as choisi ta planète.

« Tu as choisi ton pays.

« Tu as choisi ton époque.

« Tu as choisi ton espèce animale.

« Tu as choisi tes parents.

« Tu as choisi ton corps.

« Dès le moment où tu prends conscience que ce qui t'entoure est issu de ton propre désir d'apprendre, tu ne peux plus te plaindre ou ressentir un sentiment d'injustice. Tu ne peux qu'essayer de percevoir pourquoi ton âme a choisi ces épreuves précises pour évoluer. Toutes les nuits, durant ton sommeil, c'est ce message qui t'est rappelé sous forme de songe pour ne pas que tu oublies. Alors, si tu as un doute, fais comme moi : ferme les yeux, et rêve. »

Pythagore a miaulé ces phrases dans un état second comme s'il s'était soudain branché sur une source de sagesse extérieure. Il inspire puis ajoute :

– C'est en tout cas le message que j'ai compris en méditant ces derniers jours.

Il me fixe de ses grands et beaux yeux bleus.

Je réfléchis à ce qu'il a dit. C'est quand même très fort. C'est comme s'il m'avait délivré un secret de sagesse brut. Dommage que cela arrive au moment où il y a de fortes chances que je ne puisse l'utiliser.

– Dis-moi, Pythagore, tu crois que…

Ses paupières se ferment avant que j'aie fini ma phrase. Je n'ose plus le déranger.

Angelo commence à montrer les premiers signes de malnutrition, il est maigre, a la tremblote, s'agace de tout. Alors, je décide de sortir chercher de la nourriture à l'extérieur de la maison.

Comme la porte et les fenêtres du rez-de-chaussée sont barricadées, je passe par le balcon. Ma cure d'amincissement forcée m'a permis de retrouver la légèreté nécessaire pour sauter sur le toit voisin. J'atterris en léger dérapage sur le toit en zinc. Je suis certes plus légère mais je sens bien que l'absence de nourriture m'enlève de l'énergie. Je trotte un peu et bondis sur un toit plus éloigné.

De là-haut je peux mieux évaluer la situation.

Les ordures ne sont plus évacuées.

Je décide de m'arrêter au premier tas de détritus venu.

Entre les immondices circulent des rats furtifs. Je n'en ai jamais mangé, mais comme le disait ma mère : « Un rat n'est rien qu'une grosse souris. »

J'avise celui qui me semble le plus chétif. Mais à peine me suis-je approchée qu'il se positionne, poils gonflés, bouche ouverte, claquant des incisives en signe de défi. Pas de doute, contrairement aux souris, je ne lui fais pas peur.

Tenter de communiquer avec un *Bonjour, rat* ?

Maman m'a aussi appris à ne pas parler à la nourriture. Retrouvant des réflexes sûrement millénaires, j'attaque.

Nous roulons dans les ordures. Griffes contre griffes. Dents contre dents. Il ne semble pas impressionné par ma taille et se défend. Je sens ses incisives pointues qui s'enfoncent dans ma chair, mais ma fourrure épaisse l'empêche de mordre en profondeur. Je cherche à mon tour le meilleur endroit pour frapper et, une fois à ma portée, je plante d'un coup mes canines dans son cou. Le sang chaud jaillit directement dans ma gorge. Salé, enivrant. Je bois tout en continuant d'enfoncer mes canines dans sa chair. Un dernier spasme, puis subitement la tension se relâche.

Je croque un morceau du rat. Finalement, ce n'est pas mauvais du tout, et par chance celui-ci a encore la cuisse grasse. J'adore le gras de viande.

J'engloutis donc de belles bouchées puis, ayant repris des forces, je me concentre sur ma mission : rapporter de la nourriture aux autres. Heureusement, elle abonde. À tel point que sur le chemin du retour un groupe d'une dizaine de rats me repère et me prend en chasse.

Si je m'attendais à devoir fuir un jour devant une horde de rongeurs !

Mes poursuivants se rapprochent et sont sur le point de me rattraper (bon sang ! si ma mère me voyait, pourchassée par des aliments...) quand une branche d'arbre salutaire me semble à portée de saut. Je grimpe et rejoins ainsi la toiture d'une maison, avant de commencer à bondir de toit en toit. Je serre les mâchoires pour ne pas lâcher mes précieuses queues de rat.

Je suis heureuse, je vais bientôt pouvoir nourrir mon fils, mon compagnon, mon ami et les deux servantes humaines.

Une fois de retour à la maison, face à mes trophées, Nathalie et Sophie affichent des mines dégoûtées et me font signe de m'éloigner.

L'ingratitude serait-elle intrinsèque au comportement humain ? Je me tourne vers mes congénères.

Pythagore n'est pas plus intéressé.

Seul Félix se montre enthousiaste, me remercie et s'empiffre.

Comme j'ai repris un peu de forces, j'autorise Angelo à venir me téter.

Puis, à mon tour, je déguste le fruit de ma chasse, mâchant longtemps avant d'avaler.

– C'était comment dehors ? questionne Félix.

– Sale et dangereux.

Il mange comme un glouton, aspirant bruyamment les viscères de son rat encore tiède.

– Les hommes ne pourront jamais nous faire de mal car ils ont trop besoin de nous.

– Et pour quoi faire ? je questionne.

– Eh bien, pour nous…

Il cherche l'expression exacte.

– … caresser.

J'ai envie de lui répondre quelque chose de cinglant, mais cela ne sert à rien de le braquer. Et puis il n'a pas complètement tort. À quoi sert-on réellement pour les humains ? Ici en ville nous n'avons plus la tâche de défendre les réserves de nourriture contre les rongeurs. Nous ne chassons plus les serpents, les scorpions ou les araignées ; notre graisse et notre moelle épinière ne servent plus à soigner leurs hémorroïdes ou à nourrir leurs cheveux. Alors à quoi leur servons-nous encore réellement ?

En cette période de guerre, le « besoin de caresser » ne me semble pas un besoin essentiel… Soudain je prends conscience que je ne maîtrise pas tant que cela la situation, et qu'en mode de survie précaire il y a de fortes chances pour que mon humaine finisse par se lasser de ma présence.

Félix pense qu'il m'a convaincue. Dans son monde tout va bien.

– Tu sais, Félix, dans le passé, les humains nous ont persécutés. Ils nous ont brûlés sur des bûchers, ils nous ont mangés, ils ont utilisé notre peau pour faire des vêtements.

– D'où sors-tu de tels délires ?

– De Pythagore.

– Et lui, d'où tient-il ces informations ?

– Je ne sais pas, fais-je, éludant la question.

– Moi, je sais du monde ce que j'en vois. Nous sommes vivants, les humains nous aiment, nous leur faisons énormément de bien, ils se tuent entre eux mais ils vont bien finir par se fatiguer. Toi, astucieuse Bastet, tu viens de résoudre le problème de la nourriture en chassant des rats. Tout va bien.

Serait-il possible que Félix soit un sage qui a compris à sa manière la récente formule de Pythagore selon laquelle « tout ce qui nous arrive est pour notre bien » ?

J'ai peut-être sous-estimé cet angora.

– Les humains ne pourront jamais vivre sans nous, insiste-t-il. Regarde-les. Tout leur équilibre psychologique est lié à notre présence. Tu t'imagines dans quel état seraient nos servantes si nous n'étions pas là ? Nous apaisons toutes les tensions de la maison. C'est grâce à nous qu'ils ne deviennent pas fous et qu'ils dorment bien.

Je pense que nos humaines pourraient très bien survivre en notre absence, mais je ne veux pas entamer de débat.

À l'étage, je retrouve Pythagore les yeux ouverts, perdus dans le vague.

– Raconte-moi la suite de notre histoire, je lui demande.

Le manque de nourriture l'a affaibli mais il consent à m'accompagner dans la chambre au grand miroir qui m'avait piégée, et nous nous installons sur le lit.

– Nous nous étions arrêtés à la Renaissance, et tu me disais que la science et les artistes s'intéressaient enfin à nous.

Les oreilles de Pythagore frémissent imperceptiblement, comme s'il était déjà plongé dans l'histoire qu'il va me raconter.

– En France, c'est le roi Louis XIII qui réhabilita officiellement les chats. Son ministre Richelieu en possédait une vingtaine, avec lesquels il jouait tous les matins avant de se mettre au travail. Il nous adorait. Louis XIII conseilla à tous les paysans d'avoir des chats pour protéger leurs récoltes, puis il créa une brigade de chats installée en permanence dans la librairie royale et chargée de protéger les livres des attaques sournoises des souris. Malheureusement, il n'a pas transmis sa passion à son successeur. Dès l'âge de dix ans, Louis XIV s'amusait avec ses camarades à jeter des chats vivants dans des fournaises. Mais après lui arriva un nouvel adepte des chats : Louis XV. Il venait aux réunions de ses ministres avec son chat blanc dans les bras. Ce fut lui qui ordonna officiellement l'arrêt des bûchers de chats pour la Saint-Jean.

– Comme il est désagréable de dépendre des humeurs des humains…

– Les hommes de pouvoir qui ne nous ne supportaient pas, comme Cambyse II, César, Louis XIV ou plus tard Napoléon et Hitler, étaient souvent des despotes.

– Et en dehors des chefs ?

– C'est à cette époque qu'on commence à utiliser les chats pour des expériences scientifiques.

– « Scientifiques » ?

– La science, c'est l'art de tenter de comprendre le monde. Là où la politique est l'obéissance aux lois, là où la religion est la soumission à la volonté du grand géant barbu imaginaire et invisible qui surveille tout, la science cherche sans a priori et pose de nouvelles questions. Et justement, à cette époque, les scientifiques sont les premiers à penser que les chats pourraient les aider à mieux comprendre beaucoup de choses.

Des rafales de mitrailleuses suivies d'explosions et de cris retentissent à l'extérieur, mais cela ne parvient pas à me distraire du récit de Pythagore.

Le siamois secoue la tête puis reprend.

– Un de leurs plus grands scientifiques, Isaac Newton, a découvert le principe de la gravitation universelle en 1666, durant la troisième grande épidémie de peste qui a touché la capitale anglaise, Londres. Il s'était retiré à la campagne, à Woolsthorpe, et, un après-midi, alors qu'il faisait la sieste sous un arbre, sa chatte Marion, qui évoluait dans les branches, lui tomba dessus. Il se réveilla en sursaut et sa première pensée fut : « Si Marion tombe d'une branche sur moi, pourquoi la Lune ne tombe-t-elle pas sur la Terre ? » De cette observation il déduisit la loi de la gravité, l'une des plus grandes découvertes de la physique. Plus tard, un écrivain français qui adorait lui aussi les chats, Voltaire, relata l'histoire en remplaçant le chat par une pomme.

Cette information m'intéresse.

– Pour remercier sa chatte Marion de lui avoir inspiré cette révélation, Isaac Newton eut l'idée de faire un trou carré dans le bas de sa porte afin de lui permettre d'entrer et de sortir de chez lui à sa guise. Il fut donc non seulement l'inventeur de la physique moderne, mais aussi de la... chatière.

Je crois que j'aime la science. Pythagore émet des clappements avec sa langue, je sais qu'il a très faim mais son esprit semble malgré tout alerte.

– Plus tard, un autre scientifique, Nikola Tesla, découvrit le phénomène de l'électricité statique en voyant son fils caresser son chat Macek. Cela provoquait d'infimes étincelles dans l'obscurité.

– Donc la science nous a sauvés.

– Pas vraiment…

Pythagore a miaulé cette dernière phrase différemment.

– La science nous a sortis des persécutions religieuses, mais elle a provoqué de nouveaux tourments.

Une nouvelle détonation retentit dehors, plus forte. Nous percevons le fracas caractéristique d'une maison qui s'effondre. Le siamois a un irrépressible frisson. Ses oreilles pivotent dans toutes les directions. Il montre les dents, comme s'il contenait une sourde colère, puis déclare :

– Peut-être le temps est-il venu que je te révèle mon secret, Bastet. Suis-moi.

Il m'entraîne vers sa cuisine, saute sur la poignée de la porte de la cave et, utilisant astucieusement son poids, parvient à l'actionner, dévoilant ainsi un escalier blanc aux marches parfaitement lisses.

– Comment arrives-tu à agir sur les poignées ?

– Moi aussi j'ai procédé « scientifiquement », et j'ai fini par déduire une méthode efficiente. Je t'apprendrai plus tard. Viens.

Je descends prudemment les marches.

– Sophie est une scientifique et ceci est son laboratoire. Je suis le résultat d'une de ses expériences et c'est pour cela que j'ai pu accéder à autant d'informations sur les humains.

Au bas de l'escalier, nous arrivons face à une porte métallique. Il s'apprête à sauter pour l'actionner mais sa servante surgit soudain derrière nous.

En nous voyant, elle fronce les sourcils, fixe Pythagore et lui parle sur un ton de reproche où son nom est répété plusieurs fois de manière dure.

Penaud, il se tourne vers moi et me fait comprendre que nous ferions mieux de retourner au salon.

Ai-je bien entendu ? Pythagore m'a dit qu'il était lui-même le résultat d'une expérience scientifique humaine ? Je veux à tout prix découvrir ce que cela signifie.

Quel dommage qu'il ait été interrompu par l'arrivée de sa servante, il était sur le point de me révéler son secret. La télévision diffuse toujours les mêmes scènes, alternant entre guerre, football, météorologie. Puis Sophie appuie sur la télécommande et des images totalement différentes apparaissent.

– Je crois que nos humaines ne supportent plus le spectacle affligeant de leur propre monde tourmenté, alors elles se consolent avec l'imaginaire du « cinéma ».

À l'écran on voit des chats dessinés qui bougent. Il doit s'agir d'un film.

– *Catwoman* ?

– Non. Celui-ci est un dessin animé intitulé *Les Aristochats*. Et à mon avis, c'est un pur hasard si cela parle de nous. Quoique… je crois que Sophie a quand même une passion particulière à notre égard.

Les dessins bougent suffisamment vite pour donner une impression de fluidité similaire à la réalité.

– Encore une histoire fausse inventée par un scénariste ? Quel intérêt de raconter des événements qui n'existent pas réellement ?

– L'imagination est ce qui leur permet de s'évader du monde réel quand il devient trop oppressant. Regarde ce film et tu vas constater le pouvoir réconfortant des fictions qui s'oppose au pouvoir d'angoisse des actualités.

Je doute, mais n'ayant rien d'autre à accomplir dans l'instant, je finis par m'intéresser à ce « dessin animé »… On distingue clairement une chatte blanche avec un nœud ridicule et un chat gris avec une tête bizarre. Pythagore commente :

– Lui c'est O'Malley et elle c'est Duchesse. Ils sont un peu comme nous deux. Le film est américain mais l'histoire se déroule à Paris.

De ce que je vois, ces personnages sont vraiment étranges, ce sont de faux chats dessinés qui bougent comme nous et parlent comme les humains.

– Et c'est quoi, l'intrigue ?

– Duchesse est une chatte appartenant à une riche famille humaine, elle a trois enfants et a toujours vécu dans le luxe et le confort. Sa servante, une vieille dame très aisée qui l'adore, décide de léguer tout son héritage à Duchesse, et son majordome a pour ordre d'y veiller. Mais celui-ci est bien décidé à se débarrasser des chats pour toucher l'héritage à leur place. Il kidnappe donc Duchesse et ses enfants et les emmène loin, à la campagne. Les chats arrivent à s'échapper et reviennent à Paris. Mais, sans abri, ils ne savent pas s'adapter. Le chat de gouttière O'Malley leur vient en aide, les protège et leur permet de rentrer chez eux.

– C'est beau…

– Mais ce n'est pas réaliste. Un majordome qui veut se débarrasser de chats les tue purement et simplement. Et les chats ne savent pas prendre des camions pour rentrer à Paris.

Il semble agacé par le manque de réalisme du dessin animé.

J'observe les deux personnages aux oreilles pointues qui dialoguent exactement comme Nathalie et Thomas, avec les mêmes intonations et les mêmes yeux. Si ce n'étaient leurs corps, ils auraient tout d'humains. C'est vrai que cela n'a aucun sens !

La vision des trois chatons me rappelle mes chers disparus. Le vrai monde est décidément plus dur que celui des dessins animés. Comment réagirait cette « Duchesse » si on noyait ses chatons en faisant diversion avec un rayon laser, comment réagirait O'Malley si autour de lui les humains se tiraient dessus au fusil et se lançaient des grenades tandis que la peste se répand dans les rues de Paris ?...

Alors que le film continue de se dérouler, je me détends doucement, puis bascule dans le sommeil.

Dans mon rêve j'imagine que je suis Nathalie.

Je vis le jour, je dors la nuit. Je suis bipède et j'aime prendre des douches. Dans la journée je fais exploser des maisons et je porte un casque jaune. Le soir, quand je rentre, ma chatte est réveillée et elle ronronne quand je la caresse. Je m'amuse à l'empêcher de passer d'une pièce à l'autre en fermant les portes. Puis quand elle miaule trop, je la libère. Je mange des aliments de toutes les couleurs. Je regarde la télévision. Je monte dans ma chambre et je me regarde dans le miroir. Je me vois en tant qu'humaine, mais soudain un détail m'intrigue. Je me penche vers le miroir et constate que mes pupilles sont des fentes, tel un chat.

Je me réveille d'un coup.

Me secoue tout le corps.

Il m'apparaît finalement que la vie des humains est sans grand intérêt.

Peut-être bien que notre univers de chats est restreint, mais je trouve que l'univers des humains est sans émotion intéressante. J'ai l'impression qu'ils ne ressentent que la moitié des stimuli extérieurs. Ils perçoivent mal les sons (ils n'ont pas d'oreilles orientables), ils perçoivent mal les ondes, et ils n'y voient pas dans l'obscurité.

Mon rêve m'a permis de mesurer ma chance d'être un chat informé du monde des humains, et ceci grâce à Pythagore. Ainsi, je bénéficie de la connaissance des deux mondes.

Je referme les yeux et replonge dans le sommeil. Cette fois-ci je rêve que Pythagore me fait descendre l'escalier blanc de sa cave et ouvre la poignée de la porte métallique. « Je vais te révéler mon secret », annonce le siamois dans mon songe.

Mais avant que je puisse réagir, Sophie me saute dessus, me fourre dans un sac, et je me retrouve plus tard attachée à une table dans une pièce sombre.

Pythagore miaule et elle hoche la tête en signe d'approbation.

– Tu as de la chance, Bastet, elle est d'accord pour t'ouvrir un Troisième Œil, m'annonce-t-il.

Alors Sophie approche une fine lame de mon front et Pythagore me chuchote à l'oreille :

– N'aie pas peur, cela fait un peu mal au début, mais après on comprend tout. Un peu de douleur, c'est le prix à payer pour accéder à beaucoup de connaissances.

16

Visite surprise

Encore des journées qui se succèdent et où nous restons tous prostrés sur le divan du salon, devant la télévision qui diffuse des images. Je dors de plus en plus. Je rêve de plus en plus. Ce qui me fait réfléchir.

Quand je soulève une paupière, j'observe nos servantes fascinées par le monolithe lumineux plaqué au mur.

Je songe que la grande faiblesse des humains est probablement l'omnipotence du sens visuel. Pour connaître le monde, ils utilisent leurs yeux et la télévision qui leur envoie des informations visuelles, ce qui provoque des émotions immédiates. L'audition, leur deuxième source d'information, n'est utilisée que pour accentuer les effets produits par les images.

Même leurs films de fiction sont essentiellement composés de successions de scènes de violence, de sexe ou de course-poursuite. Ils ont besoin de toujours plus d'images choc, et la télévision est là pour les satisfaire. Du coup ils ont oublié de développer leurs sens psychiques. Quand ils entrent dans une pièce, ils sont incapables d'en déceler les mauvaises ondes, quand ils rencontrent quelqu'un de nouveau, ils ne savent pas sentir si cette personne leur est bénéfique. Je crois que ce n'est que lorsqu'ils dorment que leur esprit a une activité personnelle, sinon leur cerveau ne fait que gérer, ranger et filtrer toutes ces images extérieures qui les assaillent en permanence.

Moi, maintenant, je sais écouter mon corps.

Il a faim.

Aujourd'hui, j'ai passé le seuil où je n'ai même plus de crampes au ventre.

Je m'aperçois qu'on s'habitue à tout : au bruit des explosions comme aux visions de guerre à la télévision et à l'absence de nourriture…

C'est au début que c'est le plus dur, on râle, on souffre, puis passé un certain cap on s'habitue, cela fait partie d'une nouvelle manière de vivre.

Je continue de temps à autre à rapporter des rats, que les humains consentent enfin à consommer à condition de leur couper les pattes, la tête et la queue pour les rendre plus présentables et les mettre ensuite à bouillir. Ainsi, ils ressemblent à des fruits gris à la chair blanche. Voilà qui me conforte dans l'idée que, chez eux, la vue exerce sa tyrannie sur les autres sens.

Pythagore accepte finalement lui aussi de manger les rats bouillis mais reste étonnamment distant, tandis qu'Angelo, lui, devient de plus en plus joueur.

Allongée sur le canapé du salon, je bâille puis je m'étire. Se reposer sans bouger, à la maison, semble le meilleur comportement à adopter en période de guerre pour conserver son énergie et limiter la sensation de faim. Cependant, je me force à sortir une nouvelle fois, pour rapporter de la nourriture à ceux qui m'entourent.

Si, lors de mes précédentes expéditions, j'avais repéré une centaine d'humains, le plus souvent armés de fusils, cette fois-ci je n'en croise guère plus d'une dizaine, qui circulent furtivement, courant pour se cacher derrière des voitures. Je peux sentir leur peur, leur sueur et leur rage.

Les rares groupes que je vois se déplacent lentement et tirent sur tout ce qui bouge, chats compris.

Les rats que je tente d'approcher semblent plus pugnaces qu'auparavant. Dès que je m'approche de l'un d'eux, tous les autres viennent à sa rescousse. À un contre cinq, cela devient plus difficile de vaincre, malgré l'avantage de ma taille. Du coup, je renonce à les chasser, et m'intéresse à un nouveau gibier : les corbeaux. Ils sont de plus en plus nombreux à picorer sur les montagnes d'ordures.

J'en repère un et l'attaque par-derrière. Je plante ma mâchoire dans sa nuque et griffe ses ailes. Nous nous débattons au milieu d'un nuage de plumes et de duvet sombres. Il arrive à se dégager et me donne un coup de bec, tente de s'envoler mais il est déjà trop faible pour déployer ses ailes. Je raffermis ma prise et me penche vers son crâne.

Bonjour, corbeau.

Il ne répond pas mais je ressens une onde hostile. Alors, n'ayant pas plus de temps à perdre, vu l'ambiance générale de la rue, je préfère l'achever.

Je ramène l'encombrant volatile en le traînant au sol.

Il m'a semblé que les humains mangeaient eux aussi des oiseaux. À mon avis, il sera mieux accueilli que mes rats.

Alors que j'approche de la maison de Pythagore, je remarque que la cheminée fume, libérant un panache brun très dense. J'ai un mauvais pressentiment. J'abandonne ma proie, galope, saute dans un arbre de la rue pour rejoindre notre toit. Je pénètre par la fenêtre ouverte du deuxième étage et dévale les marches jusqu'au rez-de-chaussée. Je découvre le spectacle : la porte d'entrée pulvérisée, arrachée de ses gonds, a été défoncée par une voiture. Le salon n'est plus que ruine. Mon cœur s'emballe, panique : Angelo ? Pythagore ? Nathalie ? Mes pattes tremblent, je suffoque. J'avance et devant moi apparaît l'horreur : du sang, une mare de sang et, au milieu, un corps sans vie, face contre terre. Sophie ! Elle a encore les doigts crispés sur un fusil qui, visiblement, n'a pas été suffisamment efficace pour la protéger.

Près de la cheminée, trois humains assis parlent fort et rigolent.

Des pillards, probablement. Je me rapproche d'eux silencieusement pour voir ce qu'ils fixent dans l'âtre, qui produit autant de fumée. Quel choc ! Les trois humains maigres et barbus – parmi lesquels je reconnais Thomas – ont disposé Félix sur une broche qu'ils font tourner au-dessus des braises. Le pauvre est ficelé et a déjà une patte en moins.

Ainsi cela serait donc vrai : les humains peuvent avoir envie de nous... manger !

Je déglutis et une onde de haine me parcourt, qui se transforme bientôt en tremblement de rage.

Ne pas se laisser submerger par les émotions.

Réfléchir vite et mettre au point un plan d'attaque.

Je vais en premier lieu aller leur dérober discrètement une grenade. Mais, alors que je marche vers eux à pas feutrés, une planche du parquet grince et les trois humains regardent simultanément dans ma direction.

– Bastet ! s'exclame Thomas.

Avant que j'aie pu réagir, il sort son laser et dirige la lumière rouge près de mes pattes avant.

Non ! Pas ça ! Pas le laser !

La tentation est forte, mais je me souviens des paroles de Pythagore : « Pas de désir, pas de souffrance. » Être libre, c'est ne dépendre de rien ni de personne, et surtout pas d'une simple lumière rouge qui se déplace.

Thomas s'avance dans ma direction, tenant le laser dans sa main droite et un grand couteau dans la gauche.

La lueur rouge m'hypnotise… mais la vision de Félix embroché me ramène à la réalité. Je me rappelle que Thomas a déjà tué quatre de mes enfants : je me ressaisis et fonce vers la porte d'entrée fracassée et bondis dans la rue.

Thomas part à ma poursuite.

Il me faut trouver une cachette. Vite ! Je me faufile dans ma maison par la chatière, mais Thomas est déjà sur mes talons et brise la porte d'entrée d'un simple coup de pied. Plus rien ne me protège désormais de cet ennemi redoutable.

Je sais que cela ne sert à rien de tenter de me dissimuler dans les étages car il connaît lui aussi parfaitement les lieux. Alors, comme la petite souris que j'avais poursuivie, je fonce pour rejoindre la cave. Il court derrière moi. Je tourne à gauche, puis à droite. Ça y est ! Je franchis la porte de la cave qui, heureusement, n'est pas fermée. Je dévale l'escalier. J'entends toujours ses pas lourds derrière moi.

Par chance, le système d'électricité ne fonctionne plus, mais il arrive à dégoter une bougie qu'il allume. Sauf qu'une flamme éclaire moins bien qu'une ampoule. Je me cache en hauteur sur les casiers de bouteilles de vin, aux aguets, recroquevillée sur moi-même, mes oreilles aplaties en arrière, mes moustaches rabattues sur mes joues. Je serre et desserre les mâchoires comme si je m'exerçais à mordre.

Thomas m'appelle d'une voix douce et bienveillante.

Mes pupilles sont dilatées et, dans la quasi-obscurité, je me sens légèrement avantagée.

Voyant que je ne réagis pas, il prononce maintenant mon nom sur un ton beaucoup moins avenant. Il cogne sur tous les objets qui passent à sa portée.

– Bastet !

Il bouscule tout, renverse les meubles, brandit toujours son couteau.

Moi je reste impassible et j'attends mon heure, toujours bien dissimulée.

Enfin, quand il est juste sous moi, je m'élance et lui plante mes griffes dans les yeux.

Il hurle et lâche son couteau, tandis que je creuse plus profondément encore dans sa chair. Mes combats contre les rats et le corbeau ont réveillé chez moi des réflexes de guerrière ancestraux.

Il parvient à me saisir par une patte et m'envoie violemment valdinguer contre le mur. Je ne pense pas l'avoir rendu aveugle mais je l'ai quand même bien mutilé. Je lance une nouvelle attaque en miaulant fort pour me donner du courage, et à nouveau je le blesse au visage. C'est la première fois que je combats un humain, au corps à corps de surcroît, et je dois bien reconnaître que c'est plus difficile à vaincre qu'un rat ou qu'un corbeau. Thomas me repousse. J'atterris souplement sur mes pattes et me faufile dans un autre coin en hauteur. Profitant qu'il me tourne le dos, je lui tombe sur les épaules et lui mords une omoplate aussi fort que je peux.

Sous le coup de la douleur il lâche sa bougie, qui fait s'enflammer une caisse remplie de vieux tissus.

Une idée bizarre me traverse l'esprit. Peut-être que la guerre, les combats, les blessures sont une forme basique de communication ?

Ne pouvant pas dialoguer, on se frappe ? (*Bonjour, Thomas.*)

Une autre pensée découle de la première : pour tuer l'autre il faut déjà s'intéresser à lui et tenter de lui faire comprendre quelque chose.

Le fait qu'il répète mon nom me conforte dans l'idée que, de son côté, il essaye lui aussi de me faire comprendre quelque chose qui, en l'occurrence, peut sûrement se résumer à : *Crève, Bastet.*

Le feu gagne du terrain, s'étend aux vieilles caisses de journaux dont le bois crépite. La température augmente rapidement, ainsi que la luminosité. La fumée nous fait tousser. Un pan de plafond s'effondre. Il faut filer d'ici avant d'être brûlée vive.

Les flammes sont désormais tout autour de moi.

L'extrémité de ma queue prend feu et je dois l'éteindre en la secouant frénétiquement.

Une autre touffe de mes poils s'embrase. Thomas hurle de plus en plus fort en répétant mon nom.

L'incendie envahit tout, mes pupilles se rétrécissent à l'extrême, je ne distingue aucune issue.

Soudain un miaulement se fait entendre. « Par ici. »

Pythagore a brisé la vitre du soupirail et me fait signe de le rejoindre. Je m'élance pour atteindre l'issue lorsqu'une main surgie d'entre les flammes me saisit par la queue.

Je déteste qu'on touche cette partie de mon corps, a fortiori pour la tordre comme il le fait actuellement. Il va me la casser, cette brute !

Tête en bas, je suis prisonnière de son poing serré.

Même en me débattant, je ne peux l'atteindre ni avec mes griffes ni avec mes dents.

C'est alors que Pythagore saute sur l'épaule de Thomas, dégringole sur son bras pour rejoindre son poignet et mord de toutes ses forces sa main jusqu'à ce qu'elle lâche.

Libérée, je fonce derrière le siamois, qui s'enfuit par le soupirail de la cave, bondissant hors de cet enfer. Nous traversons la rue et nous réfugions dans les branches hautes d'un arbre. Mon cœur bat fort. Mes poumons récupèrent doucement à l'air libre. Pythagore me touche la truffe.

– Joli duel ! Je n'ai jamais vu un humain aussi enragé, reconnaît-il. On aurait dit qu'il t'en voulait personnellement. C'est rare.

Je regarde la maison qui brûle. Thomas ne sort pas. Je lâche un soupir de soulagement – il me semble avoir vengé Félix. Je repense à ce pur angora blanc aux yeux jaunes. Il était nul, il était drogué à l'herbe à chat, il n'a rien fait de bien intéressant dans sa vie, mais il ne méritait pas de terminer à la broche.

Après avoir repris nos esprits, nous descendons de l'arbre. À cet instant, les deux comparses de Thomas nous repèrent. Ils s'élancent derrière nous et nous tirent dessus avec leurs fusils.

Nous galopons pour nous réfugier à l'angle d'une rue adjacente.

– Où sont les autres ? je lui demande alors.

– Après ton départ, ces trois-là ont défoncé la porte d'entrée avec leur voiture. L'effet de surprise leur a donné l'avantage. Sophie a essayé de s'interposer mais elle n'a pas été assez rapide et a été abattue. Et les mauvais réflexes de Félix ont fait de lui une cible facile. Quand ta servante a vu la mienne morte, elle a préféré fuir par la porte de derrière. Quant à moi, j'ai attrapé ton fils Angelo par le cou et j'ai filé par les toits.

– Angelo est vivant !

– Je l'ai mis en sécurité dans notre cachette en haut du Sacré-Cœur.

Je suis soulagée.

– Quand j'ai considéré que le petit était hors de danger, je suis revenu car je me doutais que tu allais rentrer.

Il est donc revenu pour… moi ?

– En route pour la basilique, alors ! Il me tarde de retrouver mon fils.

17

Naissance du Troisième Œil

Angelo n'est plus là.

Des traces d'urine et des petits excréments balisent le sol de la tour. Je reconnais son odeur, mais le chaton, incapable de tenir en place et d'attendre, a dû avoir faim et a fini par quitter sa cachette.

Pythagore, préoccupé, ferme les yeux pour se plonger dans une méditation rapide puis annonce :

– Je sais comment les retrouver, tous les deux. Angelo et Nathalie. Nous allons y parvenir grâce à ça.

Il désigne alors de la patte mon collier avec sa perle rouge.

– Comme je te l'ai déjà expliqué, c'est une balise GPS. On peut situer à tout moment celui qui la porte.

– Nathalie n'a pas de collier. Si j'ai bien compris, elle peut me repérer, mais pas moi.

– Elle est dotée d'un smartphone qui lui permet de localiser la balise de ton collier sur une carte. Donc en retour, je pourrai l'identifier sur Internet et dès lors je saurai retrouver aussi son emplacement. Nous pourrons également situer Angelo qui a le même collier que toi.

– « Internet » ? C'est quoi encore, ça ?

– Je t'expliquerai, pour l'instant le plus urgent est d'aller dans ma maison.

– Impossible. Les deux autres pillards ont déjà dû y retourner !

– Ils vont bien finir par partir. Nous allons guetter leur sortie depuis un toit à proximité. Nous retournerons dès que possible dans ma cave et je t'expliquerai ce que je n'ai pas eu le temps de t'expliquer la dernière fois.

Il va donc enfin me révéler son secret ? Je suis impatiente de résoudre ce mystère. Je n'aime pas qu'on me dissimule des choses. Et j'ai aussi hâte de retrouver Angelo. Quand il était en permanence dans mes pattes, ce chaton, je ne le supportais pas, mais maintenant qu'il a disparu il me manque énormément.

Nous nous replaçons devant l'arbre de la maison de Pythagore et regardons mon ancienne demeure, qui brûle encore. Comme personne n'est venu l'éteindre et que le vent souffle, l'incendie n'a fait que s'étendre. Bientôt, le toit s'effondre dans un grand craquement.

En revanche, plus aucune fumée ne s'échappe de la cheminée de la maison de Pythagore. Les deux humains sortent au bout d'un moment, mais nous préférons encore attendre un peu au cas où ils reviendraient.

La nuit a commencé à tomber quand nous franchissons le seuil.

De mon ancien colocataire il ne reste que des os épars… Et un crâne blanc aux yeux évidés. Quelle étrange vision. Suis-je moi aussi comme cela « sous ma peau » ?

J'improvise un petit hommage posthume.

– Mon pauvre Félix, ce n'aura assurément pas été ta vie la plus gratifiante. Tu n'auras pas vraiment profité de grand-chose, ni de moi, ni d'Angelo, ni de notre servante, mais au moins, en ne te posant pas de questions, tu auras connu une forme de sérénité. J'espère que ta capture n'a pas été douloureuse et que tu es mort rapidement.

Le corps de Sophie est toujours étendu dans le salon. Pythagore va s'asseoir sur son dos.

– Qu'est-ce que tu fais ?

– Puisque je ne pourrai lui offrir ni sépulture ni enterrement, je lui offre ce que seul un chat peut offrir à un humain décédé : j'accompagne son esprit vers l'« au-delà ».

Une fois de plus j'ignore complètement de quoi il parle, mais j'imagine que cela aussi il me l'expliquera bientôt.

Pythagore ferme les paupières. Ses yeux s'agitent en dessous. Ses oreilles frétillent. Ses griffes sortent et se rétractent dans d'infimes spasmes.

Il se contracte, se détend, se crispe à nouveau puis se calme et rouvre les yeux.

– Ça y est, annonce-t-il. Elle est « montée ».

– C'est-à-dire ?

– Parfois, les esprits des humains restent bloqués « en bas » parce qu'ils se sentent encore attachés à des êtres ou à des émotions. Avec mon esprit de chat, je lui ai indiqué que rien ne la retenait ici et qu'elle pouvait aller vers la Lumière.

– Tu t'y es pris comment ?

– Mon esprit a accompagné le sien jusqu'à l'entrée d'un tunnel avec une lueur au loin, et là je l'ai remerciée pour tout ce qu'elle a accompli pour moi, tous ses bienfaits que j'ai appréciés. Je lui ai rappelé que plus rien ne la rattachait à cette dimension. Pas même moi. Puis je lui ai souhaité bon voyage et bonne réincarnation.

– Donc tu peux t'adresser aux esprits humains ?

– Uniquement quand ils sont morts. C'est aussi pour cela que les Égyptiens nous vénéraient. Ils avaient remarqué que nous étions capables d'accompagner les esprits des morts. Ils nommaient cela le pouvoir d'être des « psychopompes ».

– Comment peux-tu connaître des termes et des détails aussi précis sur leur monde ?

– Internet. Sur Internet il y a des vidéos pour expliquer en détail ce processus compliqué.

Je réfléchis à tout ce qu'il vient de m'apprendre.

Si j'ai bien compris : le corps meurt, l'esprit survit et se réincarne ?

Donc l'esprit est… immortel.

(Donc je suis immortelle !)

Je me répète ces informations pour être sûre de ne pas les oublier. Je n'en reviens toujours pas !

Plus Pythagore me fait découvrir de nouvelles notions, plus je me rends compte de ma propre ignorance. Dire que je méprisais Félix alors que, comparée au siamois, je suis sans doute aussi ignorante que lui.

– L'esprit de Sophie m'a déclaré quelque chose d'intrigant avant de s'envoler, déclare-t-il. Elle m'a dit que, si on lui donne le choix, dans sa prochaine vie elle voudrait naître sous forme de chat. Moi, dans ma prochaine vie je voudrais naître humain.

– Pourquoi vouloir régresser ?

– Je suis admiratif de leurs mains. Elles leur permettent de fabriquer des livres, de l'art, des machines compliquées. Et puis je voudrais savoir ce qu'on ressent quand on rit. Nous, les chats, nous sommes toujours sérieux et nous prenons tout avec gravité. J'aimerais par moments pratiquer cette dérision, voire cette autodérision qui leur permet de tout relativiser.

– On veut toujours être différent de ce que l'on est.

– Et toi, Bastet, tu voudrais être quoi si tu pouvais choisir ton corps dans ta prochaine vie ?

– Chatte, bien sûr ! Quand on est au sommet de l'évolution, on ne peut pas revenir en arrière. Que serait ma vie si je ne faisais qu'être assaillie d'images et de bruits sans savoir utiliser mon esprit et sans percevoir réellement le monde qui m'entoure ? J'aurais l'impression d'être… infirme !

– Tu ne connais pas encore vraiment le monde des humains. Il est plus intéressant que tu ne le crois.

– Si c'est pour faire la guerre, aller au travail, marcher en équilibre sur les pattes arrière ou dormir la nuit, je ne vois vraiment pas l'intérêt.

Il agite la pointe de ses oreilles.

– Maintenant que la place est libre, je vais te faire visiter ma cave et te révéler mon secret.

Il trotte devant moi en direction de l'escalier blanc. Nous nous retrouvons devant la porte, qu'il ouvre prestement en sautant sur la poignée. Là, le plafonnier ne fonctionnant pas, nous avançons dans la pénombre, avec pour seule source de lumière les rayons filtrant par le soupirail.

J'ai les pupilles complètement dilatées pour capter les moindres détails de la pièce. Ici, au lieu des bouteilles de vin, des journaux et des meubles poussiéreux qu'on trouvait dans ma cave, je vois des machines métalliques, des fils électriques, des tubes, des fioles. La pièce est peinte en blanc et immaculée.

Cela ressemble assez au cabinet du vétérinaire chez qui Nathalie m'avait emmenée une fois pour me vermifuger.

Pythagore monte sur la table en inox.

– Je suis né dans un élevage de chats de laboratoire, dit-il. Ce sont des êtres qui n'ont été créés que pour servir à des expériences scientifiques effectuées par des humains. On m'a soustrait à mes parents alors que je n'étais qu'un chaton. Je ne connais ni ma mère ni mon père. Quand j'étais jeune, j'étais encore plus inculte que toi. Je ne savais même pas qu'il pouvait exister un monde au-delà des salles blanches éclairées au néon dans lesquelles on me déplaçait.

Le siamois inspire profondément, comme s'il avait besoin de courage pour affronter les souvenirs de ce pénible passé.

– Je vivais dans une cage étroite, nourri à heure fixe avec des granulés. Hydraté par un abreuvoir transparent. Pas de caresses, pas de rencontres avec des humains ou d'autres chats. Pas d'affection, pas d'émotions, pas de sentiments. Pour les humains qui vivaient là, je n'étais qu'un objet. Je n'avais même pas de nom, juste une appellation : « CC-683 ». Ce qui signifie « Chat cobaye numéro 683 ». Et je pense qu'ils n'étaient même pas capables de me reconnaître, car tous les chats du laboratoire étaient des siamois, exactement semblables à moi. Je les entendais miauler de loin sans pouvoir les voir ou les toucher. Je restais toute la journée seul, dans ma petite cage, à attendre.

J'essaye d'imaginer ce que je pourrais ressentir dans une situation similaire. Un irrépressible frisson me parcourt.

– Ce n'était pas insupportable car je n'avais pas d'éléments de comparaison. La douleur naît du sentiment qu'on peut avoir une meilleure vie et qu'un obstacle injuste nous en prive. Sinon, on peut vraiment s'habituer à tout, même au pire. Ne comprenant pas ce qui se passait réellement je n'avais pas de sentiment d'injustice car, pour moi, c'était normal. Le monde au-delà de ma cage n'existait pas.

– Quelle angoisse !

Pythagore reste silencieux un instant et reprend :

– Ah, comme l'ignorance est confortable ! Je n'avais même jamais vu une souris, un oiseau, un lézard, ni même un arbre. Je n'avais jamais ressenti le vent, la pluie ou la neige. Je ne voyais ni le soleil, ni la lune, ni les nuages. Je ne savais même pas si on était le jour ou la nuit. Je vivais en permanence enfermé dans un monde tiède, blanc, lisse, qui n'avait rien à voir avec la nature – c'était le monde des laboratoires. Et surtout je n'avais aucune décision à prendre, aucun choix, donc aucun risque de me tromper. Quand ta vie est régie par les autres, tu n'as plus besoin d'utiliser ton libre arbitre : irresponsable, tu es toujours bien. Soumis mais finalement heureux. Cependant cela n'a pas duré…

Il bondit sur un meuble plus élevé.

Je vais pour le suivre mais j'ai un vertige. Je m'aperçois que trois poils de mes moustaches ont brûlé dans l'incendie. Cela explique pourquoi, depuis ma bagarre avec Thomas, je ressens comme une perte d'équilibre et d'information sur l'extérieur.

– Je vais te décrire la première expérience que les humains ont effectuée sur moi. Je fus placé dans une cage deux fois plus large que celle où je vivais jusqu'alors. Rien que le déplacement jusqu'à cet espace plus vaste m'apporta une sensation agréable. Au centre il y avait une manette surmontée d'une ampoule. Une sonnerie a retenti, la lampe s'est éclairée d'une lueur rouge. Cela sonnait et clignotait. Je sentais qu'il fallait faire quelque chose. Alors je me suis approché de la manette, j'ai placé mes deux pattes et j'ai appuyé dessus. Aussitôt une croquette est tombée. J'ai reniflé, j'ai goûté, c'était délicieux. Une croquette au foie de volaille, meilleure que celles qu'on m'avait servies jusqu'à ce jour.

Pythagore fait une pause, ménage ses effets.

– J'ai attendu et à nouveau il y eut une sonnerie et la lampe rouge s'est allumée. J'ai pressé à nouveau la manette et une nouvelle croquette est tombée. Cela s'est reproduit cinq fois et le système me semblait simple. Cependant, à un moment, appuyer sur la manette n'a plus fait apparaître de croquette. J'ai poussé plus fort, plus vite. Rien ne venait. C'était incompréhensible et insupportable. Nouvelle sonnerie, nouvelle lumière rouge, et la manette qui ne fonctionnait pas. Cela m'a bien énervé. Et puis, sans que je comprenne pourquoi…

– Oui ?

– … après une nouvelle sonnerie et une nouvelle pression sur la manette, la croquette est enfin apparue. J'étais soulagé. Évidemment, j'ai cru à une panne. Puis cela s'est remis à dysfonctionner par intermittence. Je cherchais à comprendre pourquoi. Cela m'obnubilait. Est-ce que c'était quand j'étais loin de la manette que cela marchait ? Est-ce que c'était quand je pressais fort ? Ou avec deux pattes simultanément ? Est-ce que c'était quand je miaulais plusieurs fois avant d'agir ?

– Et la solution ?

– En fait c'était une expérience scientifique. On m'avait conditionné. C'est le « réflexe de Pavlov » : le simple fait d'entendre la sonnerie et la lumière me faisait saliver. Mais ce n'était pas la salive qui les intéressait, c'était ma capacité à supporter cette situation étrange.

– À ta place j'aurais été en colère.

– J'étais fou de rage ! Je voulais comprendre comment faire sortir une croquette à tous les coups ! Quand il n'y en avait pas je sautais, je miaulais, je hurlais. Des visages humains m'observaient derrière le grillage. Je les implorais de réparer le système. Je n'avais même plus faim, je voulais simplement que ça marche. Toujours. Systématiquement.

– Je te plains.

– Cette expérience a encore duré un moment. Cela me rendait dingue.

Le siamois s'ébroue et son regard devient dur.

– Il y avait d'autres chats qui subissaient la même chose que moi. Eux sont tous devenus réellement et irrémédiablement fous.

Il lâche un soupir désabusé.

– J'ai appris plus tard que j'étais le seul à avoir un mental suffisamment solide pour ne pas avoir craqué.

À nouveau il se lisse sa moustache.

– Celle qui menait l'expérience était une humaine à blouse blanche et à cheveux blancs qui sentait la rose.

– Sophie ?

– Après ça, elle m'a choisi pour d'autres manipulations. J'ai fait des expériences sur le sommeil où l'on me filmait en train de dormir pour analyser ce qui se passait dans mon cerveau. Savais-tu que nous, les chats, nous sommes les animaux qui dorment et rêvent le plus de tout le règne animal ?

– Oui, tu me l'as déjà dit. Nous dormons la moitié de la journée alors que les humains, eux, ne dorment qu'un tiers de leur temps.

Il n'a pas l'air agacé que je lui signale qu'il peut lui arriver de se répéter.

– À mon avis, c'est de là que nous tenons notre accès si facile aux mondes invisibles.

Je me gratte le haut du crâne : j'aimerais bien qu'il me raconte comment il en est arrivé à recevoir son Troisième Œil.

– Sophie a effectué plusieurs expériences sur moi, et à chaque fois elle s'est aperçue que j'étais le plus résistant et le plus subtil. Alors un jour elle m'a opéré pour me greffer le Troisième Œil.

Il enlève le capuchon de plastique mauve qui bouche le trou dans son crâne et à nouveau je vois la petite cavité rectangulaire à bords métalliques.

– Cela s'appelle aussi « interface de communication ». C'est une prise USB reliée par des fils électriques très fins à plusieurs points précis de mon cerveau. Elle l'a baptisé « ŒIL » pour « Ouverture Électronique par Interface Légère ». Ainsi Sophie a pu envoyer directement dans ma tête d'abord des sensations brutes, puis de la musique, puis des images.

– Directement dans ton esprit grâce à cette machine ?

– Au début ça ne fonctionnait pas. Cela me donnait des migraines, me faisait vomir. Puis Sophie a modulé les signaux. Elle est arrivée à coupler son et image. C'est devenu plus fluide. Elle m'a ensuite appris à comprendre son langage. Et c'est comme ça qu'elle m'a donné accès à la réception des informations du monde des humains.

Alors c'est cela, le secret de Pythagore ! J'examine de plus près sa prise USB je la renifle, je la lèche. Mais les informations sur les humains n'ont aucun goût.

– Cela a pris sept ans. Sept ans de tâtonnements plus ou moins douloureux pour arriver à créer un canal d'émission des connaissances des humains vraiment assimilables par un chat. Du jour où cela a fonctionné, j'ai eu la sensation qu'on ouvrait une porte derrière laquelle se trouvait une lumière. Je pouvais enfin comprendre leurs habitudes. Décoder leur civilisation.

Cela n'a pas l'air si compliqué au final : on creuse un trou dans le crâne, on dispose un appareillage en métal et en plastique, on branche des fils électriques et ça suffit à comprendre leur « univers » ?

– Après avoir réceptionné les premières informations basiques indispensables pour pénétrer les arcanes de leur système, il m'a fallu apprendre à associer les mots, les images, les concepts humains. Je mémorisais tout avec une gourmandise d'autant plus vivace que j'avais été privé de tout durant les années précédentes. Je m'intéressais à chaque détail, je voulais tout comprendre. Je stockais sans difficulté les noms des autres animaux, les noms des territoires, des concepts abstraits, des mots de vocabulaire. C'était cela le plus compliqué : associer les bons éléments ensemble. On peut te montrer n'importe quoi, si tu n'as pas les clefs pour savoir à quoi il faut le relier, cela reste incompréhensible.

– Tu as mis sept ans à comprendre leur civilisation ?

Pythagore secoue la tête.

– Ce qui m'a le plus surpris, c'est quand Sophie m'a expliqué l'expérience que j'avais subie. Le fait de recevoir ou non une croquette quand la lumière rouge et la sonnerie s'activaient était en fait lié à un système aléatoire. J'aurais eu beau me creuser les méninges toute ma vie, jamais je n'aurais été en mesure de comprendre le système fondé sur le hasard. Et d'autres que moi y ont perdu la raison.

– Nous voulons toujours donner un sens à ce qui se passe dans nos vies. Alors que toi, tu as été capable d'accepter l'idée que ce qui se passait dans ta cage te dépassait ! Mais pour les humains, quel peut être l'intérêt de rendre des chats fous ?

– Sophie m'a tout expliqué par la suite. C'était une expérience sur les addictions. L'objectif était de comprendre le sentiment amoureux qui unit les mâles et les femelles humaines. Son étude démontre que c'est une forme d'addiction émotionnelle.

– La sexualité ?

– L'attirance pour certains partenaires sexuels particuliers. Cela les passionne. Comment une femelle humaine peut-elle rendre folle d'amour un mâle humain ?

– En émettant les bonnes odeurs ?

– Non, en lui donnant ou pas une croquette de manière complètement aléatoire. On appelle alors cela une « femme fatale ». La récompense et l'absence de récompense, distribuées de manière irrationnelle, rendent tous les mâles complètement accros et potentiellement… fous.

Je n'ose comprendre.

– Et les humains étudient « l'effet des femelles fatales » sur les hommes frustrés… en torturant des chats ?

– Cette expérience scientifique avait été commandée pour illustrer un article dans un magazine féminin de psychologie.

– Moi, si un partenaire sexuel me donne de l'affection puis m'en prive sans raison, je passe à un autre qui m'en donne de manière sûre et régulière…

– J'ai déduit de cette expérience qu'il ne faut jamais dépendre d'une autre personne pour être heureux.

À mon tour je me frotte l'oreille.

– Et c'est pour cette raison que tu ne veux pas faire l'amour avec moi ? Que tu manges peu de croquettes et que tu ne défends même pas ta gamelle ou ton territoire ?

Il hoche la tête à la manière des humains.

– Celui qui ne possède rien n'a rien à perdre. Je n'ai qu'une peur, c'est d'être possédé. Donc je me prive de tout et je survis sans dépendre de rien ni de personne.

Je repense à Félix et comprends alors que son addiction à la sexualité lui a fait perdre ses testicules, et que son addiction à l'herbe à chat lui a faire perdre ses réflexes primaires.

– Une fois que mon Troisième Œil fut complètement opérant, Sophie m'a « éduqué » de la manière dont les humains éduquent leurs propres enfants. Elle a sectorisé mon savoir. J'ai appris l'histoire, la géographie, la science, la politique. Puis pour parfaire mes connaissances, elle a encore amélioré l'appareil afin que je puisse apprendre en permanence sans elle. Elle a directement branché ma prise USB sur Internet et elle m'a appris à surfer sur la Toile.

– Vas-tu enfin me dire ce que c'est, Internet ?

Il se lisse les moustaches.

– C'est le lieu où tous les humains viennent déposer leurs images, leurs musiques, leurs films. Internet, c'est une sorte de convergence de toutes les mémoires des cerveaux humains du monde. Et même si les humains meurent, leurs connaissances restent sur Internet.

Je ne comprends pas vraiment ce concept mais j'acquiesce pour qu'il poursuive.

– Ainsi, avec mon Troisième Œil, je pouvais circuler tout seul sur Internet pour aller chercher les informations qui m'intéressaient. Je n'étais plus dépendant de Sophie.

– Et tu pouvais émettre et te faire passer pour un humain sur ton Internet ?

– Non, car n'ayant pas de doigt, je ne peux pas taper des textes. En revanche, je parvenais à visualiser l'écran et à déplacer la flèche du curseur sur sa surface telle qu'elle apparaissait dans mon esprit. Je pouvais cliquer pour faire défiler les textes ou les pages. Ainsi, je déclenchais la lecture des fichiers sonores ou audiovisuels.

– Donc tu sais lire les mots humains ?

– Je ne sais pas lire comme eux (je ne pourrais pas lire un livre par exemple), mais je sais reconnaître les dessins des lettres et certaines combinaisons qui forment des mots. Je sais les interpréter et les comprendre.

– Donc tu peux recevoir les images et les sons correspondant à leur langage mais tu ne peux pas émettre ?

– Ils ont de toute façon tellement plus d'informations à nous offrir que nous en avons à leur apprendre !

Pythagore me semble par moments paradoxal. Tellement de savoir et en même temps si naïf.

– Mais là tu… n'es plus branché à rien. Et Sophie est morte. Comment vas-tu faire pour te reconnecter à ton Internet ?

– C'est précisément pour cette raison que je t'ai priée de m'accompagner ici. Tu te souviens que j'ai disparu une semaine de la circulation ? C'était pour mettre au point un nouvel appareillage. Un moyen d'avoir Internet en permanence sans avoir besoin de se brancher sur l'ordinateur de la cave. Tu vas m'aider,

Bastet. À mon avis, quatre pattes de chat peuvent peut-être équivaloir à une main humaine.

Il me montre alors ce qu'il attend de moi.

– Sophie se doutait que ce genre de situation pouvait arriver, m'explique-t-il, elle a donc mis au point un système nomade. Mais pour que cela puisse fonctionner, il faut tout d'abord que tu m'aides à enfiler ce harnais, cet étui et ce smartphone.

Nous nous mettons à l'œuvre en nous aidant de nos griffes et de nos dents. Il faut poser, ajuster et serrer le harnais sur le dos de Pythagore. Puis fixer le smartphone dans l'étui que l'on attache au harnais.

Ensuite il me guide pour insérer la prise fine qui se trouve au bout du câble blanc dans un orifice précis du smartphone. Ce même câble est terminé par une prise plus large, c'est cela qu'il nomme « interface USB ». Je comprends qu'il n'aurait jamais pu brancher tout seul son attirail sur son crâne.

Une fois que j'ai relié par câble le smartphone et son crâne, il m'explique comment je dois procéder. D'abord, allumer le smartphone. Pour cela je dois appuyer avec l'extrémité de ma patte sur un bouton rond, puis faire glisser ma patte de gauche à droite sur une flèche apparue à l'écran.

Sur ses indications, j'appuie ensuite sur un petit carré coloré qui sert à ouvrir ce qu'il nomme une « application ».

Pythagore se place en position assise et ferme les yeux.

– Bravo, mon Troisième Œil est désormais ouvert sur Internet, m'informe-t-il.

– Que vois-tu ?

– Je distingue un mot qui ne signifie rien. Je sais seulement que cela se prononce « gougueule » en langage humain. Ensuite je n'ai plus qu'à déplacer le curseur et je surfe.

Je vois ses yeux bouger sous ses paupières, comme s'il rêvait. Il rêve « Internet ». Cela dure longtemps. Des mimiques très expressives passent sur son visage, comme s'il vivait dans un autre décor. Il semble tour à tour contrarié et satisfait.

– J'ai trouvé où est Angelo, annonce-t-il au bout d'un long moment. Sa balise indique qu'il est à l'ouest dans le bois de Boulogne. J'ai aussi repéré où se trouve Nathalie. Elle est à l'est dans le bois de Vincennes. Ce sont deux forêts en dehors de la ville. Nous pouvons y aller en marchant.

– Qu'est-ce qu'ils font là-bas ?

– Ça, je l'ignore, par contre j'ai une mauvaise nouvelle à t'annoncer.

– La guerre ?

– Pire. La raison pour laquelle la guerre s'est ralentie voire, depuis peu, arrêtée.

– Tiens, c'est vrai qu'on n'entend plus du tout de cris ou de détonations ni d'humains qui se battent.

– C'est normal, ils ont peur.

– Peur de quoi ?

– De la... peste.

– Mais tu m'as dit que c'était une maladie ancienne qui avait disparu !

– Du fait de la prolifération des rats, une peste mutante est apparue, qui résiste aux antibiotiques. Les rats participent à sa large diffusion. Rien ne les arrête car ils circulent par les tunnels du métro et les égouts. Le monde du sous-sol est entièrement sous leur contrôle. Ils répandent la mort dans leur sillage.

– Et cette peste... elle peut aussi nous faire du mal, à nous... les chats ?

– Aucune idée. Les derniers scientifiques humains qui étudient le problème n'évoquent pas l'impact sur les chats. Comme ils n'ont pas su détecter les symptômes de la peste à temps et que les gens voyagent très vite grâce aux avions et aux trains, il y a déjà des milliers de morts un peu partout dans le monde.

Le temps qu'ils essayent de mettre en place les procédures de quarantaine ou d'isolation des cas avérés, ceux-ci avaient déjà contaminé un nombre exponentiel de personnes. Si bien qu'il n'y a plus le moindre sanctuaire. La peste est déjà partout, dans toutes les grandes et moyennes villes de la planète.

– Mais je croyais que leurs scientifiques savaient tout soigner…

– Le problème, c'est que la plupart des scientifiques ont déjà été tués par les religieux.

– Quel intérêt pour des humains de tuer des scientifiques, si ce sont ceux qui trouvent des solutions pour guérir leurs maladies ?

– Depuis la condamnation par l'Inquisition de l'astronome Giordano Bruno à l'aube du XVIIe siècle, les deux groupes se livrent à une compétition acharnée pour expliquer le sens de la vie. L'avantage va souvent aux religieux, qui sont plus nombreux et qui peuvent galvaniser des foules. De manière plus globale, les hommes de Dieu n'aiment pas la connaissance. Ils mettent tout sur le dos de la volonté divine.

– Donc les hommes stupides tuent les hommes intelligents ?

– Ceux qui défendent les systèmes simples de type totalitaire ont toujours plus de succès auprès des foules que ceux qui défendent les systèmes compliqués de type démocratique. Souvent parce que leur discours est basé sur la peur. Peur de la nature, peur de la mort, peur d'un Dieu imaginaire omnipotent.

– J'ai vu des gens qui brûlaient des livres dans la rue il y a quelque temps.

– Les religieux sont souvent contre l'art, la sexualité, la science. Ils proposent un monde où les gens ne sont plus responsables de leurs actes et n'ont qu'à obéir pour être tranquilles.

Je commence à en avoir marre de toutes ces histoires compliquées d'humains. Si les religieux veulent condamner les scientifiques, qu'ils le fassent. Tout ce que je leur demande c'est qu'ils nous respectent, nous les chats.

– Je ne suis pas fatiguée, je veux retrouver Angelo, je lui lance. Tu m'as signalé qu'il se trouvait dans une forêt de l'ouest. Partons le rejoindre.

Finalement, j'ai beau me voir comme une mauvaise mère, je ne suis pas si détachée que ça de ma progéniture. Et cela peut sembler surprenant mais à cet instant, alors que nous sommes en pleine crise – peut-être justement parce que j'ai survécu en traversant des épreuves terribles (j'ai vaincu un humain cinq fois plus grand que moi !), peut-être parce que j'ai eu la curiosité d'aller à la rencontre de mon voisin et la patience d'écouter son enseignement –, je me sens bien. Plus que cela : je me sens prête, moi, Bastet, à mon niveau et avec mes moyens, à essayer de changer un peu ce monde pour qu'il s'oriente dans une meilleure direction.

18

Vers l'ouest

J'ai la queue dressée bien haut.

Pythagore aussi.

Nous marchons fièrement dans la ville éclairée par une pleine lune éclatante.

Le décor autour de nous est de plus en plus chaotique. Les rues, les routes, les trottoirs sont souvent défoncés. Des immeubles entiers se sont effondrés.

Est-il possible que les humains aient détruit leur lieu de vie au nom d'un géant qu'ils n'ont jamais vu et qui serait censé les observer depuis le ciel ? Au nom de la méfiance contre les scientifiques ? Au nom de la jalousie ?

Pythagore est impressionné par le nombre de pendus aux arbres. On dirait des fruits longilignes recouverts de corbeaux. Je remarque que certains portent encore leur blouse blanche, ce qui confirme la théorie de l'antagonisme religion/science.

Par endroits, les cadavres humains ont été regroupés en tas. Cela forme des petites montagnes à peine plus hautes que les tas d'ordures. Plus loin, parmi les corps éparpillés à même le sol, j'en vois certains qui ont des boursouflures vertes.

– La peste, confirme mon compagnon de voyage.

Des nuées de mouches bourdonnantes nous entourent.

Les rats nous observent.

Certains surgissent des caniveaux ou des bouches d'égout, s'arrêtent à bonne distance, et montrent leurs incisives en signe de défi.

– Les rats savent qu'ils transportent la mort pour les humains ? je demande à Pythagore.

– Une espèce sait quand elle en détruit une autre.

– Selon toi, c'est voulu ?

– J'en suis persuadé. Et je crains que les humains n'en aient même pas pris conscience.

Il m'invite à hâter le pas avant que le jour se lève.

Jusqu'à présent mon voyage le plus lointain m'a conduite au chantier de construction où travaillait Nathalie. Par les toits je n'avais guère dépassé l'espace dans la ville de Paris que Pythagore appelle « la colline de Montmartre ».

Là, en redescendant vers l'ouest, nous arrivons dans un lieu circulaire qu'il nomme « place de Clichy ». Il y a au centre une grande statue représentant une femelle humaine debout sur des décombres à côté d'un homme qui tient une arme et d'un autre qui est blessé.

Et justement, autour de cette statue, il y a des hommes blessés, des hommes morts et des décombres.

Soudain une camionnette apparaît sur la place et s'arrête au pied de la statue. Des humains en sortent dans des tenues orange fluorescentes avec des masques qui leur font une sorte de bec plat.

– Ce sont des combinaisons étanches, cela leur sert à se protéger de la peste, explique le siamois.

À peine ces individus ont-ils mis le pied hors de leur véhicule que les rats les encerclent. À coups de tir de mitraillette, les hommes les font déguerpir. Ils se mettent ensuite à réunir en tas les corps des humains gisant sur la place. Puis versent de l'essence sur le monticule, qui se transforme en brasier.

– Au début ils brûlaient les livres, maintenant ils brûlent les corps, je fais remarquer.

– Cette fois-ci c'est nécessaire, pour endiguer la peste.

De voir tous ces cadavres calcinés me rappelle que Pythagore avait prédit que le règne des humains touchait à sa fin, comme jadis celui des dinosaures.

Quelques hommes en combinaison orange brandissent maintenant des armes qui propulsent un jet de feu pour tuer les rats les plus hardis.

– Ce sont des lance-flammes, précise Pythagore. Viens, ne traînons pas.

Nous rejoignons le toit d'un immeuble voisin en escaladant un mur de lierre.

Alors que nous progressons sur le zinc entre les cheminées, je prends conscience que nous, les chats, sommes les êtres de la hauteur, alors que les hommes sont les êtres de la surface et les rats ceux des sous-sols.

Comme pour me contredire, une chauve-souris surgie de nulle part m'attaque.

Je n'ai pas le temps de tenter le dialogue (*Bonjour, chauve-souris*) que déjà elle cherche à m'aveugler avec ses ailes et à me planter ses dents dans le cou.

Quand je dis *une* chauve-souris, je devrais plutôt dire une *bande* de chauves-souris, car il y en a bien une dizaine.

Pythagore et moi nous adossons à une cheminée et devons pratiquement nous tenir debout sur nos pattes arrière pour affronter cet assaut d'ailes noires d'où jaillissent des cris perçants. Je parviens à en tuer une. J'espère que cela suffira à décourager les autres. Rien n'y fait, ces bêtes sont si acharnées et leurs cris stridents sont si désagréables que nous préférons battre en retraite en pénétrant dans l'immeuble par une fenêtre entrebâillée. J'ai gardé dans ma gueule la bête vaincue.

Il y a désormais une vitre entre nos assaillantes et nous.

À l'intérieur, un homme est étendu sur son lit, les yeux et la bouche ouverts. Il est recouvert des mêmes boursouflures vertes que j'ai déjà repérées sur certains corps croisés en chemin.

L'odeur est suffocante.

Pythagore propose qu'on trouve un coin pour manger notre proie. Nous descendons donc à l'étage inférieur et nous partageons la chauve-souris. À lui la tête, à moi les pattes, et chacun une aile. Cela a un petit goût de rat mais les membranes qui leur servent d'ailes ont une consistance caoutchouteuse qui colle aux dents. Je me retrouve à mastiquer longuement et bruyamment cette matière fine et molle. J'ai peur de m'étouffer.

Une fois repus, nous nous lavons avec notre salive, puis nous partons explorer le reste de l'immeuble, découvrant ainsi d'autres corps étendus au sol. Certains remuent encore ou gémissent.

Un humain me parle mais je ne comprends évidemment aucune de ses phrases. À son mouvement de bouche, je déduis qu'il a soif ou faim. Pauvre humain.

Dans une pièce adjacente nous trouvons une télévision allumée. Je m'arrête pour observer les scènes du jour. À l'écran on voit des hommes en blouse blanche qui sont fusillés par des hommes en uniforme vert.

– Les stupides tuent les intelligents ?

– En Chine, durant la Révolution culturelle, le président Mao a fait éliminer tous les intellectuels, et plus tard le Cambodge tout entier a décidé de demander aux plus analphabètes de tuer les plus cultivés. Ils ont qualifié ce massacre de « révolution », afin que l'élimination des élites apparaisse comme une forme d'amélioration du cadre de vie. En général, les nouveaux leaders sont encore plus corrompus que ceux qu'ils viennent de détrôner, mais cela ravit tout le monde parce que au moins il y a du changement. Sauf que ce n'est que du maquillage – tu sais, ces crèmes colorées que nos servantes mettent sur leurs joues et leurs lèvres pour avoir l'air de ce qu'elles ne sont pas.

– Il n'y a jamais eu de révolution aux effets bénéfiques ?

– Qui ont abouti ? Non. En général, après l'enthousiasme des débuts suit une phase de désordre, et enfin un dictateur totalitaire vient remettre de l'ordre et tout le monde est rassuré.

– Étrange…

– Mais cyclique. De ce que j'ai compris, le monde des humains évolue ainsi : trois pas d'évolution en avant (période pendant laquelle ils font beaucoup de progrès dans tous les domaines), puis il y a une crise (le plus souvent une guerre) et tout s'effondre. Ils font alors deux pas en arrière. Ainsi, quand l'Empire romain s'est effondré en l'an 476 après Jésus-Christ sous les invasions barbares, ils ont dû attendre l'an 1500 pour voir éclore la Renaissance, période bien nommée puisque après cette parenthèse de mille ans ils ont repris exactement là où la médecine, la technologie, la peinture, la sculpture, l'architecture et la littérature s'étaient arrêtées.

– Ils ont perdu mille ans ?

Je me frotte le museau, puis pose la question qui me taraude.

– Est-il possible que les humains meurent… tous ?

– Les précédentes épidémies de peste, au XVIe et au XVIIe siècle, ont tué la moitié de la population. C'est à chaque fois un coup de froid qui a arrêté le fléau.

– Un coup de froid ? C'est la météo qui peut sauver les humains ?

– Jusque-là en tout cas, c'est ainsi qu'ils ont survécu. Et puis en 1900, un humain scientifique du nom d'Alexandre Yersin a enfin trouvé la cause de l'épidémie : « la transmission par les rats et par les puces ». Cela lui a permis de mettre au point un remède efficace.

– Mais tu m'as dit qu'il n'y avait pas de remède à cette peste-ci ?

Pythagore secoue la tête.

– Je veux te montrer jusqu'où va le génie humain lorsqu'il est encouragé.

Il ferme alors les yeux, se concentre un moment, puis une voix humaine est diffusée par le smartphone sur son dos.

– Qu'est-ce que c'est que ça encore ?

– Grâce à mon Troisième Œil, je suis allé sur Internet et là j'ai ouvert un fichier musique. C'est une chanson interprétée par une humaine qui avait une voix extraordinaire. On la surnomme « la Callas ». Elle est morte mais son chant enregistré continue de transmettre son émotion. Le morceau se nomme « Casta Diva » et il fait partie de l'opéra *Norma* de Vincenzo Bellini.

La musique sort de plus en plus précisément par les petits haut-parleurs incrustés dans son smartphone. Je suis d'abord étonnée par ces sons qui ressemblent presque à des miaulements. Puis cela ondule, vibre, se répand. Je m'approche du smartphone et je vois sur l'écran le visage en noir et blanc d'une humaine avec un long nez qui chante.

Que c'est beau.

Je comprends soudain pourquoi Pythagore veut que nous conservions les acquis de la civilisation humaine. La voix de cette Callas monte de plus en plus haut dans les aigus, alors que des chœurs d'autres humains chanteurs entament le refrain.

C'est étrange, ce que cette musique provoque dans mon corps. C'est comme un ronronnement parfait qui me donne de l'énergie.

– Maintenant tu sais ce que j'admire chez eux, déclare Pythagore.

Mon cœur se serre à l'idée que tout cela risque de disparaître.
– Ainsi les humains ont découvert l'importance de l'art, commente-t-il. Cela ne sert à rien. Ni à manger, ni à dormir, ni à conquérir des territoires. L'art est une activité inutile et pourtant c'est leur force. Les dinosaures, eux, n'ont pas laissé de traces artistiques.

La musique s'écoule, merveilleuse, durant un long laps de temps, puis s'arrête.

– Un jour, si nous voulons les égaler, il faudra qu'une chatte miaule aussi bien que la Callas sur un air aussi beau que celui de « Casta Diva » de Bellini.

Pythagore se dirige vers un meuble étrange dans un coin de la pièce. Il me fait signe de placer mes pattes comme lui, pour l'aider à soulever le couvercle.

Se dévoile alors un alignement d'une centaine de touches blanches et de touches noires sur lesquelles le siamois se met à marcher. À chacun de ses pas un son différent tinte dans l'air. Cela me rappelle la scène que j'avais vue dans *Les Aristochats* sur la télévision de Sophie.

Peu à peu la cacophonie fait place à une musique qui me semble harmonieuse. Pythagore se met alors à miauler sur la même mélodie que celle produite par le meuble.

– C'est quoi ? je le questionne.

– Cela se nomme un « piano ». Viens sur le clavier, Bastet.

Alors qu'il piétine à gauche de cet instrument et produit des sons graves, je me mets à sautiller à l'autre extrémité et produis des notes aiguës. Je m'aperçois que je peux obtenir une composition en reproduisant les mêmes appuis de pattes sur les mêmes touches.

Le siamois miaule. Je miaule aussi.

Il se met à jouer et chanter dans les graves, et moi je joue et chante dans les aigus.

Personne ne vient nous déranger. Probablement que notre mélodie résonne dans la rue, au-dessus des rats, des ordures, des vestiges de leur cité blessée. Un instant de grâce en cette période de chaos.

Nous jouons et chantons longtemps, gagnons en assurance, puis la fatigue nous gagne et nous allons nous étendre sur un lit humain.

Je rêve que la Callas me caresse sous le cou et sur le ventre. Je me sens en parfaite harmonie et je me dis : « Il faut faire du bien à son corps pour que son âme ait envie d'y rester. »

19

Sous les branches

Je ne sais pas si c'est la guerre des humains, la peur des rats et de la peste, le fait de voyager si loin de chez moi avec Pythagore, l'écoute de la Callas ou la digestion de la viande de chauve-souris, mais à mon réveil j'ai l'impression d'avoir une sphère de pierre cristalline dans la tête. Je repense à Angelo. Il me manque.

– Nous ne pouvons pas rester ici, dit Pythagore, immobile, en position de méditation, les yeux fermés.

Je sais qu'ainsi il est branché sur l'Internet des humains et c'est là, en abreuvant son esprit à cette source de savoir, qu'il apprend grâce à son Troisième Œil.

– Nous devrons rejoindre le boulevard de Courcelles pour remonter jusqu'à la place de l'Étoile, et puis il suffira de prendre l'avenue Foch et nous pourrons rejoindre le bois de Boulogne.

Aujourd'hui, nous choisissons d'évoluer au sol, pour éviter les attaques de chauves-souris.

Nous trottons côte à côte dans la ville déserte.

Sur notre gauche je suis étonnée de croiser une zone végétale alternant gazons et bosquets. Pythagore me dit que c'est le parc Monceau.

Nous faisons une courte pause pour laper de l'eau fraîche dans un bassin. Pythagore et moi nous frottons le nez et nous léchons. Après tout ce que nous avons vécu ces derniers temps, cet instant de pure complicité et de tendresse est un vrai rayon de soleil.

Nous repartons.

N'apercevant au loin aucun humain ni aucun rat, nous en profitons pour galoper dans l'avenue. Comme j'aime courir, sentir mes pattes qui foulent le sol alors que ma colonne vertébrale ondule et que je m'équilibre avec ma queue ! Le vent plaque mes moustaches et siffle à mes oreilles, les rabattant en arrière.

Pythagore m'annonce que nous sommes arrivés place des Ternes et que nous allons suivre la grande avenue de Wagram qui mène à la place de l'Étoile.

Je ne fais même plus attention aux nombreux corps humains boursouflés ou blessés qui jonchent l'asphalte.

Je repense à ma servante Nathalie et j'espère qu'elle aura pu échapper à ces dangers dans sa forêt de l'est.

Nous hâtons le pas car les rats se regroupent dangereusement autour de nous. Nous empruntons l'avenue Foch, dernière ligne droite avant de rejoindre le bois de Boulogne.

Un brouillard commence à se répandre dans la ville. Notre visibilité se réduit peu à peu. Soudain, une meute de chiens surgit des vapeurs de brume.

Nous stoppons net, et eux aussi.

Nous nous toisons.

La bande est notamment composée d'un petit chien blanc avec des poils taillés sur les pattes et le museau, d'un chien noir avec un collier en diamant, d'un grand marron à courtes pattes avec un museau pointu, d'un grand avec de longs poils beiges, d'un encore plus grand avec le poil ras noir et blanc et une queue pointue, et d'un similaire à celui qui avait fait si peur à Pythagore dans son arbre. Tous sont sales, blessés, le poil hirsute. Certains boitent, d'autres bavent. Ce qui n'est pas de bon augure, c'est que tous remuent la queue, ce qui signifie que la situation semble les ravir.

Je tente malgré tout une approche et envoie une pensée : *Bonjour… chiens…*

En retour nous avons droit à plusieurs aboiements inamicaux. Puis brusquement ils foncent vers nous en émettant une onde clairement hostile. Nous nous enfuyons dans le brouillard.

La meute s'élance à notre poursuite.

L'absence de visibilité n'arrange rien. Aux sons de leurs aboiements nous percevons qu'ils nous rattrapent rapidement.

Nous sommes sauvés par un réverbère, mais il n'est pas relié à d'autres points en hauteur. Tant pis, nous n'avons plus le choix, nous devons d'abord gérer la survie immédiate.

Nos griffes nous permettent de monter sur ce tronc métallique. Nous nous serrons sur l'étroit rebord de la partie supérieure, sans parvenir à vraiment trouver de prise solide. Nos pattes à coussinets patinent et nous devons sans cesse nous reprendre pour retrouver le point d'équilibre satisfaisant par rapport à notre centre de gravité. Notre queue, heureusement, nous sert de balancier.

En dessous de nous, les chiens hurlent et tentent de grimper pour nous attraper, mais leurs pattes à ongles non rétractiles dérapent sur le métal.

Le plus gros chien, comprenant qu'il ne pourra pas escalader, utilise son propre crâne comme bélier pour frapper la base de notre promontoire. Les chocs sont de plus en plus forts. À la plus grande joie des autres chiens, cela nous déstabilise. Les aboiements hostiles redoublent.

Combien de temps pourrons-nous tenir ?

Ils n'ont rien d'autre à manger que deux chats en vadrouille ?

J'aimerais leur dire de s'attaquer plutôt aux rats, beaucoup plus nombreux. Une fois de plus, je mesure la nécessité d'établir un dialogue inter-espèces. Dans le doute j'essaye d'émettre très fortement l'idée :

Bonjour, chiens. Nous ne voulons pas vous déranger. Laissez-nous passer.

Mais mon ronronnement a l'air de les exciter encore plus. Particulièrement le grand marron, qui pousse des aboiements gutturaux.

Plus que tout, j'ai conscience que si nous mourons tous les deux maintenant, c'est la possibilité d'instruire les autres chats des connaissances humaines qui disparaît également.

– Tu crois toujours que tout ce qui nous arrive est pour notre bien ? je miaule à mon compagnon d'un ton légèrement ironique.

– Oui, me répond-il.

– Tu crois toujours que nos ennemis et les obstacles qui se dressent face à nous servent à vérifier notre capacité de résistance ou de combat ?

– Oui.

– Et si nous mourons, là maintenant ?

– Cela voudra dire que nos âmes ont d'autres expériences à accomplir dans d'autres enveloppes charnelles. Nous nous réincarnerons.

– Et nous perdrons la mémoire de cette vie ?

Il ne répond pas.

– Moi, je ne voudrais pas t'oublier.

– Moi non plus, avoue-t-il.

Je déglutis puis demande :

– Est-il possible de se donner un signe de reconnaissance pour qu'à la prochaine vie nous puissions nous retrouver ?

– Encore faudrait-il que nous soyons des animaux similaires, vivant dans un quartier proche.

– La musique de la Callas ! je m'écrie. Quand nous l'entendrons nous nous rappellerons aussitôt que nous avons écouté cette musique dans notre vie précédente et que cela nous a fait vibrer.

Les chiens ne paraissent pas du tout se fatiguer à nous aboyer dessus. Où puisent-ils leur énergie ? Est-ce qu'ils mangent des chauves-souris eux aussi ? Et la réponse m'apparaît soudain, évidente. Ils se sont mangés entre eux. Des cannibales.

– Pourquoi les chiens sont-ils comme ça ? je demande au siamois.

– Parce que les chiens ont choisi de s'imprégner de l'esprit de leur maître humain. Ceux qui ont des maîtres violents sont violents. Ceux qui ont des maîtres doux et pacifiques le sont aussi. À leur manière ils ne sont pas responsables de leur caractère.

– Alors que nous, nous le sommes, car nous choisissons notre propre tempérament, n'est-ce pas ?

– Ceux qui sont en bas devaient avoir des maîtres humains vraiment durs.

J'ai de plus en plus de mal à conserver mon équilibre. Je commence à accepter l'idée que toutes mes ambitions peuvent s'éteindre ici.

Qu'est-ce qui me ferait vraiment plaisir à cet instant ?

Rester vivante.

Soudain, les aboiements cessent.

Mais le silence qui suit me laisse une impression encore plus inquiétante.

Tous les chiens ont tourné la tête dans la même direction, ils semblent pour la plupart hypnotisés devant l'apparition. D'autres, plus pugnaces, ont déjà les oreilles dressées en position de combat, ils grognent et montrent leurs crocs.

Et lentement, comme dans un rêve, surgit du brouillard un chat… Un chat énorme. Je n'en ai jamais vu un aussi gros et aussi grand.

La bête pousse un rugissement monstreux. Je le sens vibrer jusque dans ma cage thoracique.

Je n'en crois pas mes yeux, ni mes moustaches, ni mes oreilles.

Il avance vers nous.

Il est beau. Il est puissant. Il est doré.

Certains chiens urinent de peur ou placent leur queue entre leurs pattes pour se protéger le sexe.

Pythagore est lui aussi impressionné par cette apparition.

– Je n'en avais jamais vu un de près, souffle-t-il.

– C'est quoi ?

– Un lion. La branche des félidés qui a choisi la grande taille. Un de nos « ancêtres parallèles » en quelque sorte.

Nous restons subjugués.

– J'ai vu sur Internet qu'ils ont signalé la disparition d'un lion du cirque du bois de Boulogne, qui a décampé après la destruction de sa cage lors des troubles, mais je ne pensais pas qu'il était resté dans le coin.

– C'est quoi, un cirque ?

– C'est un endroit où les humains exhibent des animaux qu'ils ont domptés pour les faire sauter dans des cerceaux enflammés. Je crois même me souvenir que celui-ci se nomme Hannibal.

– Hannibal ? Joli nom.

– C'est en référence à un humain qui fut un grand libérateur de peuples durant l'Antiquité.

Sera-t-il notre « libérateur » ?

La meute, après avoir hésité sur la conduite à suivre, se décide à tenir la position et à faire front contre cet adversaire. Nouveau rugissement.

Misant sur leur supériorité numérique, les chiens se mettent à aboyer et à encercler le lion.

J'hésite à profiter de cette diversion pour sauter du réverbère mais Pythagore me fait signe d'attendre.

J'assiste alors à une scène incroyable. Synchrones, les chiens se jettent sur la bête. Vingt chiens contre un lion. Mais celui-ci se révèle un adversaire redoutable.

C'est un combat extraordinaire que celui de ce chat géant contre cette meute de chiens hargneux. La bête donne des coups d'une force inouïe. Elle se dresse sur ses pattes arrière, secoue sa crinière et se maintient à la verticale, debout comme un humain.

À chaque coup de patte, les griffes labourent la peau des chiens. Et ceux qui ne sont pas fauchés sont mordus par ses immenses canines.

Le lion retombe et pousse un nouveau rugissement, comme s'il concentrait sa puissance pour mieux la distribuer.

Moins de deux minutes après le début du combat, les assaillants gisent tous à terre. Seuls les plus petits, qui n'avaient pas pris part à la bataille, déguerpissent.

Pythagore se lisse les moustaches.

– C'est cela un lion, annonce-t-il en guise de conclusion à cette scène impressionnante.

Pour ma part je n'ose plus descendre. Cette bête me fait peur.

– Allons le rejoindre.

– Et nous, nous ne risquons rien ? je demande.

– Je ne sais pas. Je n'ai pas réponse à tout. Le seul moyen de le savoir est d'y aller.

Le siamois quitte notre promontoire pour sauter au sol. Après une seconde d'hésitation, je le suis.

Le lion ne nous prête même pas attention. Il est trop occupé à manger les chiens, dont les os craquent sous ses mâchoires.

– Je crois, Bastet, que c'est le moment ou jamais de tenter de montrer tes talents de communication en mode émission, me dit Pythagore tout en observant l'animal avec admiration.

– Tu me proposes de communiquer avec un lion ?

– Un lion est quand même plus proche de nous que tout autre animal. C'est une sorte de cousin lointain. Essaye.

Je me mets alors en boule et me concentre. Je commence à ronronner, de plus en plus fort.

Je vois les oreilles de la bête qui s'orientent dans ma direction mais elle continue de manger tranquillement.

Un crâne de canidé craque sous ses molaires dans un bruit sec, comme s'il s'agissait d'une noix.

Je ronronne à nouveau.

Bonjour, lion. Je souhaite communiquer avec vous. Est-ce possible ?

Ses oreilles se tournent à nouveau dans ma direction et il consent enfin à me prêter attention. Ses yeux jaunes sont bien ronds. Il lâche un faible rugissement.

Une forme de réponse ? Pythagore me fait signe de continuer.

Je réitère plusieurs fois mon message puis, me rappelant que c'est pratiquement quelqu'un de la famille, je miaule directement.

– Salut, Hannibal.

Il se fige, m'observe un peu plus longtemps, puis sélectionne le plus petit chien à sa portée, un animal à peine mâchouillé, et me le lance.

Il a dû croire que je lui mendiais de la nourriture.

– Merci.

Je mordille le cadeau (mais avec la chauve-souris dans le ventre je suis déjà repue).

– Essaye encore, insiste Pythagore. Il faut que tu réussisses.

Merci, Hannibal, de nous avoir sauvés.

J'essaye de prendre ma voix la plus grave, je suis sûre qu'il m'a comprise, pourtant il continue de manger bruyamment sans se retourner.

Apparaissent alors, surgissant des bosquets, une vingtaine de chats faméliques.

Ils nous observent, s'approchent puis se précipitent pour grignoter les restes de chiens abandonnés par le lion. Celui-ci lâche un rot méprisant devant cette populace de cousins misérables, tourne le dos, puis s'en va comme il est apparu, en s'enfonçant dans le brouillard.

– Cela confirme ce que je pensais, beaucoup des nôtres sont venus se réfugier ici, signale Pythagore.

– Et Angelo ?

– Je vais consulter Internet pour voir sur la carte d'où provient précisément son signal GPS.

Il ferme les yeux et se concentre. Je m'aperçois que l'écran du smartphone installé dans son dos s'éclaire et révèle des lignes et des zones colorées. Cela doit être ce qu'il nomme une « carte ». Un point rouge clignote. Je comprends que l'écran du smartphone me montre ce qu'il voit. Seul souci : je ne sais pas interpréter ces images.

– Il n'est pas loin, suis-moi, déclare Pythagore en ouvrant les yeux.

Nous contournons les chats affamés et entrons dans le bois de Boulogne proprement dit. En même temps que nous pénétrons dans ce nouveau territoire, la brume se lève et les rayons de soleil filtrant à travers les feuillages dévoilent quelques congénères assoupis dans les arbres. La plupart sont avachis sur les branches basses, pattes ballantes dans le vide.

– Je crois comprendre pourquoi ils sont ici, soupire mon compagnon. La forêt est l'un des rares endroits sans bouche d'égout, sans caniveau ni sortie de métro.

Au fur et à mesure que nous avançons, nous découvrons non pas des dizaines mais des centaines de chats parsemant les frondaisons.

Une odeur de champignons, d'écorce, de racines, de terre mouillée me chatouille les narines. J'adore cet endroit. C'est comme si mes cellules se rappelaient que mes ancêtres ont toujours vécu dans des décors similaires. La forêt émet des ondes que mon esprit visualise comme des volutes d'énergie de vie tournoyantes ; partout, ici, s'exprime cette force de la nature. Je ferme un instant les yeux et j'ai l'impression que tout rayonne. Dans le sol je perçois les vers, les fourmis, les limaces, dans l'air les papillons, les moucherons, les oiseaux. Les arbres me semblent des géants aux longs bras qui m'invitent à grimper sur eux. Un courant d'air fait danser les branches et chanter les feuilles.

Bonjour, les arbres.

Je m'arrête et frotte mes griffes contre l'écorce du plus proche.

Bonjour toi, Érable.

J'en teste un autre, puis un autre.

Bonjour, Frêne. Bonjour, Bouleau.

Je les gratte tous, mais le plus agréable sous mes griffes est le bouleau car sa croûte végétale est tendre, facile à arracher.

Je repère une pâquerette dans l'herbe et la mordille.

Bonjour, Fleur.

Mais sa tête tombe et un suc blanc s'en écoule. Cela doit être une réponse. Voilà une information intéressante : les végétaux s'expriment en langage liquide. Je lape la sève blanche mais trouve son goût amer et la recrache.

Désolée, Pâquerette, je ne te comprends pas.

Je rejoins Pythagore qui avance en direction d'un groupe d'individus endormis.

Au milieu d'eux, je distingue mon chaton orange.

Angelo est en train de téter une chatte noire aux grands yeux jaunes.

Je l'appelle, mais quand il me voit il pousse un petit miaulement dédaigneux et va se blottir contre cette étrangère. Comment puis-je avoir échoué dans la communication au point que mon propre enfant préfère cette inconnue à sa mère ? Je ronronne. Il grogne en retour.

Je me dis que Nathalie n'a pas épargné le meilleur de mes enfants.

– Bonjour madame, je suis la mère de ce chaton.

– Ah, parfait, je l'ai recueilli parce qu'il avait faim.

La chatte noire repousse Angelo dans ma direction.

Celui-ci miaule de mécontentement. Je place mes tétons près de son museau et, reconnaissant enfin l'odeur familière, il daigne s'y intéresser. Cela me soulage immédiatement, car mes tétines commençaient à tirer sur les pointes.

– Qui sont les chats présents dans cette forêt ? questionne Pythagore.

– La majorité sont des individus qui ont perdu leurs serviteurs. Alors après avoir erré dans la ville et compris que celle-ci était dangereuse, ils se sont regroupés dans cette zone boisée qui semblait plus hospitalière, répond la chatte noire.

– Je me nomme Pythagore, et voici Bastet.

– Enchantée, moi, c'est Esméralda.

– Comment es-tu arrivée ici, Esméralda ?

– Ma servante était chanteuse. J'aimais bien miauler avec elle. Lorsque les violences ont commencé à toucher ma maison, ma servante a voulu fuir en voiture avec moi et mon chaton, mais nous avons été interceptés par des humains armés et hostiles.

Ils étaient habillés de vert et portaient de longues barbes. Ma servante et mon chaton ont été tués, mais moi j'ai survécu. J'ai erré dans les rues de la ville et subi les attaques de hordes de rats. Et puis, alors que je cherchais un abri, j'ai entendu miauler et j'ai trouvé ce chaton orange affamé qui se terrait dans un caniveau. Je lui ai naturellement proposé mon lait. Ensuite il ne m'a plus quittée. Nous avons rencontré d'autres de nos congénères qui m'ont parlé d'une communauté de chats errants à l'ouest. J'ai décidé de me joindre à eux. Et vous, quelle est votre histoire ?

– Exactement la même, dis-je, pour couper court à ses questions.

Angelo me mordille comme à son habitude. Celui-là, il joint l'ingratitude à la maladresse, mais je suis si heureuse de le retrouver que je ne lui en veux pas.

Grâce au dîner d'hier soir, j'ai pu reconstituer mes forces et j'ai probablement plus de lait que cette maigre chatte noire. Angelo a beau ne pas avoir le sens de la famille, il préférera toujours le lait le plus gras.

– Nous avons été attaqués par une meute de chiens et sauvés par le lion Hannibal, complète Pythagore. Vous le connaissez ?

– Oui, et il me fait peur. C'est la deuxième fois qu'il s'attaque à des chiens. Cela nous protège et nous grignotons ses restes, mais je pense qu'Hannibal n'hésitera pas à s'en prendre à nous dès l'instant où il n'y aura plus de chiens.

– Comment arrivez-vous à vous nourrir, ici ?

– Nous mangeons des canards, des grenouilles, des écureuils et surtout des lapins. Il paraît qu'avant il y en avait beaucoup, mais depuis que nous les chassons ils sont forcément en voie de disparition. Il nous arrive aussi de manger des araignées et des cafards.

À bien la regarder, la période d'errance d'Esméralda a dû être faite de pénibles rencontres avec des rats, des chiens ou d'autres chats : elle est couverte de longues estafilades.

– Merci d'avoir sauvé mon fils, je lui miaule.

– Certains humains pensent que les chats noirs portent malheur, dit Pythagore, mais vous êtes la preuve du contraire.

Bon sang ! Pythagore serait-il en train de draguer cette Esméralda ? Ce serait un comble que cette chatte sortie de nulle part me pique non seulement mon fils mais en plus le mâle que je convoite !

Je m'interpose et fais signe au siamois qu'il est temps de trouver notre propre abri dans la forêt. Esméralda nous informe qu'il y a des troncs creux encore disponibles près du lac.

En effet, nous trouvons un abri dans un marronnier. Mais Pythagore semble préoccupé, il remue la queue nerveusement.

– Il va nous falloir monter une armée de chats et reprendre la ville aux rats, déclare-t-il.

– Quand ?

– Le plus vite possible. Chaque jour qui passe est un jour perdu.

Comme je n'ai pas envie de discuter et que le soleil commence à être suffisamment haut pour me gêner, je m'étends et m'endors doucement tout en me laissant téter par mon fils. J'ai eu mon lot d'émotions pour la journée. Et même si je tiens Pythagore en très haute estime, je ne peux pas non plus me contenter de lui obéir. Avant de sombrer dans le sommeil, ma dernière pensée est : s'il veut tant que cela une armée pour reconquérir la ville, il n'a qu'à demander à cette Esméralda, je suis sûre qu'elle sera partante pour le suivre...

20

Le discours de la cascade

Je rêve qu'Esméralda chante comme la Callas.

La puissance de sa voix inspire Pythagore qui chante avec elle. Puis le lion Hannibal se joint à eux et reprend la même mélodie dans une tonalité plus grave. Angelo miaule lui aussi de sa petite voix aiguë. C'est toujours le même thème musical qui est reproduit.

« L'art sublime tout et rend ceux qui le pratiquent immortels, déclare Pythagore dans le rêve. La Callas, même morte, continue de chanter sur Internet et dans nos rêves. Nous devons nous aussi atteindre l'immortalité par l'art. À nous d'inventer notre "art chat". Esméralda est déjà sur le point de réussir, tu entends ? »

Dans mon rêve, je suis agacée et je me place face à eux :

« Moi je n'ai pas besoin de chanter, je sais dialoguer avec tout le monde directement d'esprit à esprit. C'est mon pouvoir car je suis la réincarnation de l'ancienne déesse d'Égypte : Bastet. »

Je suis réveillée par une fiente qui tombe sur mon crâne.

Je lève la tête et distingue une vingtaine de corbeaux juchés sur la branche supérieure de l'arbre dans lequel je suis lovée. Probablement qu'eux aussi sont progressivement chassés par les rats. Je ne sais pas où ces oiseaux cachent leurs œufs, mais je suis certaine que les rats les trouvent et les dévorent.

Comme j'ai faim, je grimpe pour essayer d'attraper l'un de ces volatiles, mais à peine ai-je levé une patte qu'ils s'envolent tous d'un même mouvement. Ils ont déjà dû avoir des soucis avec mes congénères. Dommage que je ne sache pas voler.

J'entame alors ma toilette pour enlever la fiente de corbeau qui souille mon pelage. Le soleil m'indique qu'il est tard dans l'après-midi.

Je bâille, je m'étire. Angelo est encore en train de dormir dans son coin, mais Pythagore n'est plus là.

D'ailleurs, à bien y regarder, il y a peu de chats aux alentours. Ce n'est pas normal. Je m'aventure hors de notre abri pour voir ce qui se passe. Les traces de pattes récentes convergent dans une direction. Je les suis et me retrouve mêlée à une foule de chats installés sur les berges d'un lac.

Tous semblent regarder un même point, en hauteur, vers un promontoire rocheux surmontant une caverne d'où jaillit une cascade.

L'eau tombe en fracas, produisant une écume blanche en contrebas.

Je distingue Pythagore sur le promontoire au-dessus de la cascade. Il est dressé sur ses pattes arrière et se tient debout comme un humain. Je ne savais pas qu'il tenait si bien et si longtemps en équilibre.

Le capuchon mauve de son Troisième Œil attire l'attention de tous.

Comme je m'approche, je perçois la fin de son discours.

– … une armée de chats afin de débarrasser cette ville de tous les rats, propagateurs de la peste.

Un persan avec des poils très longs demande la parole.

– Les rats sont désormais plus forts que nous, rappelle-t-il. Si nous allons de l'autre côté du périphérique, nous serons vaincus. Pour ma part, j'ai un meilleur projet à proposer à notre communauté. Je crois en effet, comme toi, Pythagore, que nous ne pouvons rester ici indéfiniment, nous finirons par manquer de nourriture, ce qui nous poussera à nous entre-dévorer, à ce sujet tu as raison. Mais… plutôt que d'attaquer la ville ou de rester ici, je propose de partir vers l'ouest. Une fois, avec ma servante, nous sommes allés dans cette direction et je me rappelle avoir trouvé une gigantesque étendue d'eau, de l'eau verte à perte de vue. Et là-bas nous avons mangé beaucoup de poissons. Il n'y avait pas le moindre rat dans cette région.

– J'ai peur de l'eau, dit un chat.

– Moi aussi, lance un autre.

– Moi aussi, entend-on partout en écho.

– Je sais, je sais, tranche le persan, moi aussi jadis j'avais peur de l'eau. Mais à choisir entre les rats et l'eau, je crois que l'eau est un obstacle plus facilement surmontable. Quand nous serons arrivés là-bas, nous pourrons pêcher des poissons frais. Nous aimons tous le poisson frais, n'est-ce pas ? Nous en avons tous marre de manger des lapins maigres et des corbeaux malades… Cela vaut le coup d'essayer.

Pythagore attend que le persan ait achevé son laïus et laisse le silence s'installer.

– Ce que tu appelles « eau sans fin », les humains nomment cela « la mer ». Et la ville que vous avez visitée est probablement Deauville. Là-bas, il y a en effet des plages, beaucoup d'eau salée, beaucoup de poissons mais…

Ces mots produisent leur petit effet, et l'assistance est impressionnée par la précision de ses connaissances.

– … je ne pense pas que ces poissons soient faciles à attraper. Si vous voulez aller à Deauville pêcher les sardines en plongeant dans les vagues glacées, évidemment je ne peux pas vous retenir ni m'opposer à la proposition de mon rival.

– Comment sais-tu tout cela, toi ? demande une chatte.

– J'ai accès à la Connaissance.
– Quelle « Connaissance » ?
– La connaissance du monde des humains, dans le temps et dans l'espace.
– Comment est-ce possible ?
– Cette information m'est apportée par ce que vous voyez sur le haut de mon crâne. Mon Troisième Œil.

Il baisse sa tête, soulève le capuchon mauve et dévoile le trou parfaitement rectangulaire qui mène directement à son cerveau.

– Grâce à cet appendice, je sais ce que vous ne pouvez même pas imaginer.

À nouveau un long silence s'installe dans le public.

– Nous sommes tous en train de mourir de faim, rappelle un chat de gouttière. Ta Connaissance ne sert à rien si elle ne nous nourrit pas.

Pythagore se replace en position plus stable sur ses quatre pattes et s'explique.

– Il nous suffit de décider d'agir pour reprendre la maîtrise de nos destins. Nos seuls vrais adversaires, les rats, sont plus faibles que vous ne le pensez. Surmontez vos peurs, faites-moi confiance, nous devons former une armée de chats, les attaquer, les vaincre.
– Qui es-tu vraiment, toi, le vieux siamois maigre avec ton trou dans la tête ? Ici personne ne te connaît.
– Je n'ai rien à vous cacher. J'ai jadis été chat cobaye dans un laboratoire mais j'ai convaincu une humaine de me sortir de cette prison. Elle m'a ouvert ce Troisième Œil sur le crâne et m'a instruit. Ainsi j'ai découvert l'histoire des humains. J'ai choisi mon nom en référence à l'un d'entre eux, qui me semblait le plus intéressant et le plus sage. Pythagore.

Cette fois les oreilles se dressent un peu plus, il est arrivé à obtenir une attention accrue.

– Tu as choisi toi-même ton nom ? questionne une chatte tigrée, admirative.

– Et c'était qui ton Pytha machin-chouette ? demande une autre.

– Pythagore était un humain d'une grande clairvoyance qui a vécu il y a deux mille cinq cents ans. Alors que la société des humains était en crise, plongée dans la violence, la bêtise et la peur, il a changé les mentalités de ses congénères. Il les a informés de leur propre ignorance. Il leur a fait découvrir un monde au-delà de la simple perception directe de leur sens. Pythagore a inventé le mot « philosophie » et le mot « mathématiques ». Pythagore a créé une école où il a instruit ses élèves pour qu'ils deviennent tous intelligents et qu'ils diffusent eux-mêmes l'intelligence. Pythagore a guidé l'humanité vers la paix et la sagesse, alors j'ai choisi son nom pour guider de la même manière mes congénères les chats.

L'assemblée reste sceptique. Tout comme moi, la plupart des chats ne comprennent même pas le sens de plusieurs des mots qu'il a utilisés. Pythagore ne se laisse pas décontenancer.

– Laissez-moi vous exposer vos choix. Le premier consiste à vivre dans la peur d'événements qui vous dépassent et dont vous ne comprenez ni les causes ni les conséquences. Vivre de la fouille d'ordures et de la traque de lapins faméliques. Vivre dans l'espoir d'un retour à la « normale » où vous aurez votre nourriture dans la gamelle et votre petit fauteuil à vous. La seconde option consiste à prendre votre destin en main, à former une armée et à reconquérir cette ville.

Le persan reprend la parole.

– Moi, je me nomme Nabuchodonosor. Je reconnais que je n'ai pas choisi mon nom et que je ne sais pas ce qu'a accompli l'humain qui l'a porté avant moi, mais ce que je sais, c'est que si nous t'écoutons, Pythagore, nous serons vaincus par les rats.

Et plutôt que de mourir de faim en restant ici ou sous les coups de dents en retournant en ville, je vous propose d'aller pêcher des poissons à l'ouest.

– Toi, Nabuchodonosor, tu proposes d'aller dans un endroit qui se trouve si loin que tous ceux qui partiront avec toi mourront de faim avant d'avoir la possibilité de se mouiller les pattes dans la mer. Deauville est à plusieurs dizaines de kilomètres d'ici.

– C'est faux. J'y suis allé, ce n'est pas si loin !

– Tu n'y es pas allé à pattes, tu étais en voiture, n'est-ce pas ? Donc tu ne t'es pas rendu compte des distances.

– Comment le sais-tu, Pythagore ? Grâce à ton Troisième Œil ?

– Exactement. Deauville est à deux cents kilomètres ! Un chat trotte tout au plus à cinq kilomètres par heure. Il faudrait donc deux jours de marche sans interruption.

– Je n'ai peut-être pas de Troisième Œil et je ne connais pas les kilomètres et les heures, mais je sais que les rats sont désormais beaucoup plus nombreux que nous. Tu parles d'une armée de chats ? Moi je dis que cette armée sera forcément défaite.

– Justement, volons la nourriture aux rats là où elle se trouve en quantité et régalons-nous. Je vous propose de tous vous nourrir à satiété ! Sans plonger dans l'eau pour tenter d'attraper des poissons, sans attendre et sans voyager loin.

Cette fois, Pythagore a fait mouche.

– Où veux-tu aller ? demande la chatte tigrée.

– Hier soir, j'ai découvert qu'il existait une grande réserve d'aliments frais, intacts, prêts à être consommés par nous.

– Où ? Parle.

– Ce n'est pas loin. C'est à quelques centaines de mètres d'ici.

– Pas de viande avariée, pas de cadavres pleins de mouches ou de vers ?

– Des croquettes. Du lait. Des boîtes de thon et de saumon. Voilà ce que nous trouverons là-bas si nous y allons.

À nouveau, les oreilles pointues se dressent dans la direction de l'orateur, légèrement frétillantes, preuve que la meilleure motivation est sans aucun doute celle du ventre.

– Vous allez vous régaler, insiste Pythagore.

Nabuchodonosor ne veut pas renoncer, il miaule sur un ton ferme :

– Pour ma part je préfère marcher longtemps et pêcher dans ce que tu appelles la « mer » plutôt que combattre des rats.

– Le plus simple, c'est que tous ceux qui sont là choisissent. Qui est prêt à me suivre pour trouver la réserve de nourriture ?

Comme personne ne réagit, je décide d'intervenir.

– Écoutez-moi ! Je m'appelle Bastet. Moi non plus je n'ai pas choisi mon nom. Moi non plus je n'ai pas de Troisième Œil. Moi aussi j'ai peur des rats. Mais je connais Pythagore, et d'après ce que j'ai vu et vécu avec lui, je peux vous assurer qu'il a toujours dit la vérité et ne s'est jamais trompé.

Toujours pas la moindre réaction positive.

– Pour que nous te suivions, il faut que tu nous donnes plus d'informations sur ta réserve de nourriture ! lance une chatte.

– OK, alors écoutez bien : le chef des humains de ce pays, le président de la République, a une maison qui se nomme « palais de l'Élysée ». Ce lieu est équipé en son sous-sol d'un « abri anti-atomique », c'est-à-dire d'une sorte de caverne dans laquelle il y a cette réserve de nourriture en prévision d'une guerre.

Tous sont impressionnés par les précisions de son savoir. Profitant de cet avantage, Pythagore poursuit :

– Quand l'épidémie de peste a été détectée, le Président et ses ministres ne sont pas allés dans cet abri, ils se sont enfuis en avion. Le palais de l'Élysée a depuis été pillé par des bandes armées, mais elles n'ont pas trouvé comment accéder à l'abri antiatomique qui est très bien protégé par un système de serrures électroniques à reconnaissance d'iris. Quand la peste a commencé ses ravages, les rues de Paris ont été désertées par les hommes et les rats ont vaincu les hordes de chiens.

– C'est vrai, confirme un vieux chat recouvert de cicatrices.

– Les rats ont chassé les corbeaux, les chauves-souris, les pigeons, les moineaux, et ils font même peur aux nouveaux cafards géants qui grouillent un peu partout. Du coup, ils ont bien mangé et ont proliféré. Là où il y avait dix rats, il y en a bientôt eu cent, et tous transportaient la peste.

– Je confirme que je les ai vus s'attaquer à des groupes de jeunes humains et les obliger à fuir, lance le vieux chat balafré.

– Continue de nous parler de ta réserve de nourriture ! intime la chatte tigrée.

Pythagore ne se fait pas prier.

– Un jour un rat a trouvé comment entrer dans l'abri antiatomique : par un tuyau du système d'aération. Il a grignoté les filtres et découvert l'accès à cette réserve.

Tous les chats de l'assistance sont maintenant attentifs.

– Dès lors les rats ont formé une chaîne pour transporter la nourriture. Mais c'était trop lent, alors ils ont décidé de grignoter le mur à côté de la porte métallique. C'est ce qu'ils font actuellement. Ils creusent le béton avec leurs incisives pour atteindre cette énorme réserve de nourriture.

Personne ne réagit, et Nabuchodonosor en profite pour reprendre la parole.

– Et comment as-tu eu l'idée de questionner ton Internet à ce sujet ? demande-t-il, toujours méfiant.

– Ma servante pouvait émettre des messages que je réceptionnais.

– Tu veux dire qu'elle pouvait te parler ? Nous aussi nos serviteurs nous parlaient et nous pouvions les comprendre…

– Mais pas en détail. La mienne pouvait me parler et je recevais un message aussi précis que si elle miaulait en langage chat. Avant de décéder elle m'a révélé que dans cet endroit précis se trouveraient les dernières sources de nourriture de la ville. Elle le savait car son propre frère, un militaire, travaillait avec le Président. Hier soir, je m'en suis souvenu. Alors, pendant que vous dormiez, j'ai utilisé mon Troisième Œil pour aller voir ce qui se passait là-bas.

– Comment est-ce possible ? demande la chatte tigrée, impressionnée.

– Toujours grâce à son frère militaire, ma servante m'avait donné l'accès à un programme de leurs services secrets qui me permettait d'utiliser le réseau de vidéosurveillance. Ainsi j'ai vu, via les caméras de contrôle, les rats sortir la nourriture par les tuyaux d'aération et creuser dans le mur de béton.

– Ton histoire est trop compliquée, répond Nabuchodonosor, tu utilises trop de mots que nous ne comprenons pas : tu tentes de nous impressionner. Nous ne te croyons pas. Je préfère marcher pendant deux jours que lutter contre des multitudes de rats qui transmettent cette maladie probablement mortelle pour nous.

L'assemblée de chats commence à se regrouper autour du persan.

– Pythagore a raison ! déclare une voix forte, surmontant le brouhaha.

Nous nous retournons tous et avisons un chartreux au pelage pratiquement bleu.

– Je me nomme Wolfgang. Moi non plus je n'ai pas choisi mon nom ni ne suis doté d'un Troisième Œil. J'étais le chat personnel du président de la République qu'a évoqué ce siamois.

Maintenant qu'il s'est présenté, l'assistance lui prête attention.

– Quand la guerre a pris de l'ampleur, mon serviteur a préféré fuir que se cacher dans son abri. Dans la panique il a oublié de m'emmener.

Un murmure de réprobation générale se répand dans l'assistance.

– C'était le chef des humains. Il m'a toujours bien traité mais il a toujours eu très peur de mourir.

Certains approuvent car ils ont eu eux aussi des humains peureux comme serviteurs.

– À l'époque où tout allait bien, il m'avait emmené une fois dans cet abri antiatomique rempli de nourriture dont parle Pythagore. Et j'ai donc vu ce qu'il y avait à l'intérieur. C'est en effet de la nourriture de très bonne qualité.

Wolfgang monte au-dessus de la cascade et vient se placer près de Pythagore. Ils sont immédiatement rejoints par Esméralda (celle-là ne perd jamais une occasion de se faire remarquer).

La lune apparaît derrière eux en un grand cercle irisé. Le vent léger souffle dans leurs fourrures. Quelques lucioles ajoutent à la scène une dimension visuelle impressionnante. Je ne peux rester simple spectatrice, alors je monte moi aussi sur ce promontoire, prête à m'engager pour l'expédition à l'Élysée. Je miaule :

– De toute façon, si nous ne prenons pas de risques, comment va-t-on survivre ? Allons-nous rester là, à dormir dans la forêt en mangeant de moins en moins ? Moi je déteste le contact avec l'eau et je déteste attendre passivement, alors je m'engage avec Pythagore !

Un frémissement court dans la petite foule qui nous entoure. Certains nous rejoignent, d'autres se placent près de Nabuchodonosor.

La grande majorité cependant ne s'engage auprès d'aucun des deux et préfère attendre sans rien faire.

– Nous partirons en expédition dans quelques heures, annonce Pythagore, d'ici là je vous conseille à tous de vous reposer. S'il y a des peureux parmi vous, je préfère qu'ils ne viennent pas car je crois qu'il va nous falloir beaucoup de détermination et de combativité.

J'observe Esméralda de biais.

Demain, si la bataille est un peu confuse, j'essayerai de me débarrasser de cette rivale, comme ça le problème sera réglé.

À peine cette idée m'est-elle passée par la tête que je me dis que Pythagore pourrait m'en vouloir après. Il faudrait plutôt que j'accomplisse quelque chose qui suscite son admiration.

Comment l'aider dans son attaque de l'abri présidentiel ?

Je retourne plusieurs fois l'idée dans ma tête et je finis par trouver.

Hannibal.

Si nous pouvions bénéficier du renfort d'un lion, évidemment nous serions beaucoup plus performants.

Je m'éclipse discrètement de cette petite réunion. Et je profite qu'Angelo est toujours endormi dans son arbre pour partir à la recherche de notre sauveur.

Je le retrouve en lisière de forêt, pas loin de là où nous l'avons rencontré la première fois. Il est en pleine digestion. Il sent très fort le fauve. J'hésite à le déranger, mais me rappelant l'urgence de la situation je décide de ronronner tout près de son oreille droite :

– Bonjour, Hannibal. Je souhaiterais dialoguer avec vous. Est-ce possible ?

Je module mon message de différentes manières, et finalement une paupière s'ouvre et le lion pousse un petit grognement d'agacement.

Bon, le dialogue ne va pas être simple. Cependant je ne veux pas renoncer.

– Nous pouvons nous comprendre.

Il se calme enfin puis grogne :

– Pourquoi tu me déranges, chatte ?

Le moins que l'on puisse dire, c'est qu'il ne s'exprime pas en miaulant. Chaque mot m'assourdit mais, au moins, nous communiquons.

– Hannibal, nous avons besoin de vous pour nous aider dans une expédition pour chercher de la nourriture.

– Je n'ai plus faim.

– Oui, mais nous avons faim, nous, les chats.

– Vous n'avez qu'à manger des chiens, il doit en rester encore quelques-uns par là.

– Nous les avons déjà terminés. Il nous faut plus de nourriture et Pythagore a trouvé une réserve d'aliments frais. Dans une caverne sous une maison humaine.

– Eh bien, allez-y.

Je tente le tutoiement.

– Cet endroit est envahi par les rats. Sans toi, nous n'arriverons jamais à les vaincre.

– Dommage.

– Aide-nous, Hannibal, s'il te plaît.

Il dodeline de la tête.

– Ici personne n'aide personne. Chacun agit pour lui-même. Et je ne crois pas qu'avec la crise actuelle les comportements vont changer. Au contraire. Cela risque d'être de pire en pire.

– Parfois, un seul être qui évolue suffit à faire évoluer tous ceux qui vivent autour de lui. Il y a bien, un jour, un poisson qui est sorti de l'eau et qui a rendu possible l'existence de milliers d'espèces terrestres. Nous, entre autres. Maintenant cela semble naturel, un acquis, mais ce fut l'œuvre d'une minorité.

– Quand bien même... Vous aider ? Qu'ai-je à y gagner, petite chatte ?

Je cherche une stratégie : comment convaincre quelqu'un qui n'a pas faim de se donner du mal pour que mangent d'autres que lui ?

Premier levier : la peur.

– Si tu ne nous aides pas à vaincre les rats, un jour ils s'attaqueront à toi, et ils seront si nombreux que tu ne pourras plus en venir à bout.

Hannibal grogne un peu, pas convaincu.

– Je ne crains pas les rats. La seule chose que je redoute ce sont les êtres qui me dérangent quand je veux être tranquille.

Il montre une de ses canines en signe d'exaspération.

Il n'a qu'un geste à faire pour me labourer de ses griffes acérées : je n'aurais pas la moindre chance de survivre.

Nous voyons passer un groupe de chats qui avancent queue dressée.

– Et eux, ils vont où ? questionne le lion.

– C'est Nabuchodonosor et ses partisans qui partent vers l'ouest pour aller pêcher des poissons dans la mer.

– Pourquoi ne viennent-ils pas vous aider à combattre les rats ?

– Ils préfèrent fuir, dis-je. Il y aura toujours ces trois choix : combattre, fuir ou... ne rien faire.

Le lion soupire, puis il me fait signe de le laisser tranquille.

Je suis déçue.

À quoi cela sert d'arriver à instaurer un dialogue si celui-ci ne change rien à la mentalité de la personne avec laquelle vous discutez ?

Au moins j'aurai essayé.

21

La bataille des Champs-Élysées

Le ciel se teinte de reflets orange puis rougeâtres, et enfin mauves. Les nuages s'irisent. La lumière décline. Une étoile scintille.

Pour nous les chats, quand la nuit arrive la journée commence.

C'est le moment d'y aller.

Pythagore réunit une douzaine de chats acquis à sa cause, auxquels je me joins. Nous tournons le dos à la forêt et prenons l'avenue Foch, laissant le bois de Boulogne derrière nous. Au bout de quelques minutes de marche, je me retourne et constate que quelques hésitants ont complété notre colonne. Et bientôt une vingtaine d'autres trottent à nos côtés. C'est évidemment insuffisant pour affronter les hordes de rats de la ville, mais c'est déjà un bon début.

Il faut bien reconnaître que contrairement aux chiens, nous, les chats, nous ne savons pas vivre en meute solidaire. Nous sommes instinctivement individualistes, voire égoïstes. Le fait que nous soyons une vingtaine pour une aventure aussi périlleuse est déjà exceptionnel.

En tête de cortège se trouve Pythagore, avec son étrange attirail accroché à son dos et planté dans son crâne. Esméralda marche à sa droite et moi à sa gauche.

Wolfgang est près de moi, prêt à nous guider lorsque nous serons suffisamment proches du palais de l'Élysée. Nous ne distinguons pour l'instant pas le moindre humain vivant aux alentours.

Quelques chiens qui ne sont pas encore couchés à cette heure tardive grognent mais restent à bonne distance de notre troupe déterminée. Si je pouvais leur parler je leur dirais que nous aurions intérêt à nous allier pour lutter contre les rats, mais quel chien pourrait comprendre une idée aussi innovante ?

Je réfléchis et constate que je suis dans l'erreur totale. Les chiens sont comme tous les animaux, ils font ce qu'ils peuvent, motivés par la peur, par le besoin de manger, l'envie d'être tranquilles.

Et puis il ne faut pas généraliser.

Je suis certaine que même chez les chiens, il y en a des « bien ». Il doit forcément y avoir un ou une « Bastet chien » ou « Pythagore chien ». C'est seulement que je ne les ai pas encore rencontrés.

De même, il faut avouer qu'il y en a des sacrément stupides chez nous, comme ce Nabuchodonosor qui va probablement mener ses compagnons de voyage (plus nombreux que notre troupe) vers l'épuisement et la mort (je ne les vois vraiment pas plonger dans l'eau pour attraper des poissons vivants).

Nous arrivons sur la place de l'Étoile où un bûcher continue de brûler, répandant une petite fumée odorante. Je repense au destin funeste de Félix : ainsi finissent ceux qui ont vécu sans vouloir prendre de risques.

Pythagore, toujours en tête et sûr de lui, mène la petite troupe.

Esméralda est restée à ses côtés et progresse, je dois l'avouer, avec une démarche très gracieuse. Pour ne pas me laisser doubler par cette potentielle voleuse de mâle, je le rattrape progressivement et me place devant lui en dandinant du postérieur.

Il ne peut pas ne pas me voir.

Esméralda comprend ma manœuvre mais, heureusement, ne surenchérit pas.

Lorsque je me retourne un peu plus tard pour parler à Pythagore, je constate que nous sommes maintenant une centaine.

Notre petite cohorte descend les Champs-Élysées, large avenue jonchée de voitures immobilisées. Quelques réverbères clignotent encore, donnant au décor un aspect sinistre. Des bâtiments entiers, aux façades effondrées, dévoilent l'intérieur des appartements humains. L'énergie déployée pour détruire tout ce qui a été construit précédemment surprend plusieurs d'entre nous. Je me souviens de la phrase de Pythagore : « Les humains évoluent par cycle, trois pas en avant, deux pas en arrière, puis à nouveau trois pas en avant. » Cette avenue dévastée montre en tout cas que nous sommes actuellement dans la phase « deux pas en arrière ».

Je ronronne en fréquence moyenne, bientôt imitée par Esméralda, puis par Wolfgang, et enfin par tous les chats de notre troupe.

L'air vibre de nos ondes, et même les insectes et les plantes doivent percevoir que nous formons une nouvelle puissance.

Toujours pas le moindre humain vivant dans notre champ de vision. Pythagore bifurque vers la gauche et après quelques minutes de marche nous arrivons en face du palais de l'Élysée.

Un à un nous franchissons la grille d'entrée. Nous nous rassemblons tous dans la cour du palais présidentiel.

Wolfgang indique un raccourci pour rejoindre l'abri antiatomique. Nous le suivons, descendons un escalier et nous retrouvons devant une masse grouillante et compacte de rats qui se succèdent pour ronger le béton qui s'effrite sous leurs incisives.

Les rongeurs se figent en nous voyant. Puis la panique s'empare de leurs rangs. Certains se placent instinctivement en ligne de défense alors que d'autres filent probablement pour aller chercher des renforts. Nous-mêmes nous disposons en ligne d'attaque.

Comme l'avait annoncé Pythagore, ils ont déjà largement excavé le mur.

– Il ne faut pas nous battre ici car nous serons coincés entre ceux de la porte et ceux qui vont arriver par l'escalier ! crie Pythagore. Il faut remonter et nous battre en surface, là où notre capacité de galoper et de monter dans les arbres nous donnera un avantage !

Il a raison. Je donne les ordres et notre troupe fait demi-tour et remonte dans la rue. Pour y découvrir un foisonnement d'yeux rouges qui scintillent dans la pénombre. Les renforts de rats sont déjà là. Au moins deux mille rongeurs face à une centaine de chats.

Nous nous regroupons et nous mettons en position de combat, gonflant notre fourrure pour paraître plus gros, montrant nos crocs et crachant.

Les rats aussi gonflent leur fourrure et se mettent à produire un bruit étrange avec leur bouche.

– Cela s'appelle la « brycose », m'informe Pythagore. Ils aiguisent leurs incisives en frottant celles du bas contre celles du haut afin de les rendre tranchantes comme des lames de rasoir.

Il me semble discerner, au milieu d'eux, un rat plus volumineux. Il produit un son de brycose plus grave. Ce doit être leur chef. En effet, chaque fois qu'il émet un claquement avec ses incisives, les autres y répondent et bougent de manière synchrone. Dans mon esprit je le baptise « Cambyse », car il me semble l'incarnation moderne de l'ennemi qui souhaite nous détruire.

Je miaule dans les tonalités aiguës.
Il siffle.
Nous nous lançons, lui et moi, des intimidations dans nos langues respectives.
Je note alors que nous communiquons mieux avec une autre espèce quand nous sommes en colère.
Je fais vibrer ma gorge pour produire des sons nouveaux.
Lui aussi.
Ces bruits de bouche servent à nous donner du courage et à nous rassurer. Mais nous sommes à un contre vingt et désormais les rats nous encerclent. Aucune issue pour fuir.
Déjà quelques-uns parmi les nôtres commencent à regretter leur choix. Ils tentent de s'échapper par les arbres.
Wolfgang grogne et je comprends qu'il a très peur.
Mais Esméralda se met en position de combat, prête à bondir.
Chez les rats, pas la moindre défection.
Je me tourne vers Pythagore, qui est quand même le principal responsable de cette situation.
– Il faut que la bataille ait lieu le plus tard possible, déclare-t-il.
Je ne comprends pas la stratégie du siamois.
– Qu'est-ce que ça change ?
Il ferme alors les yeux pour utiliser son Troisième Œil. Puis enfin annonce :
– Je sais, grâce aux caméras vidéo, que nous allons bientôt bénéficier d'une aide précieuse.
Les rats continuent de nous enserrer et je me demande de quoi parle Pythagore. Les petits yeux rouges et les incisives tranchantes se rapprochent. Les milliers de griffes qui grattent le sol se font plus présentes.
Soudain, un rugissement déchire la nuit.
Hannibal.

Ce qui se passe ensuite est très rapide. Le lion se met à galoper crinière au vent. Les rats n'ont pas le temps de trouver une position de défense face à cet adversaire massif. Hannibal, formidable guerrier, plonge sa gueule dans la ligne de boules de fourrure grise. Il en saisit trois ou quatre à la fois, comme un herbivore qui se pencherait pour brouter des fleurs. Les rats glapissent, et après ses crocs, ils font la connaissance de ses griffes. Elles fendent l'air et coupent tout ce qui est à leur portée. Là où les chiens n'ont pu résister, les rats n'ont aucune chance.

– À l'attaque ! je lance alors en direction des miens.

Nous profitons de la diversion offerte par Hannibal pour foncer nous aussi dans le tas, imitant à notre échelle le maître félin. Ce dernier déploie sa puissance face à la multitude de ses adversaires. Quelques rats hardis parviennent à s'accrocher à son dos et à y planter leurs dents, mais de simples secousses suffisent à les faire choir.

Hannibal est un monstre distribuant la mort avec souplesse et élégance. Ses gestes sont lents, précis, désinvoltes, efficaces. Il débarrasse ceux qui le narguent du poids de l'existence.

Il danse.

Même les rats sont impressionnés et certains, hébétés, se laissent tuer sans même se défendre.

Hannibal est couvert du sang de ses victimes. Il écrase ceux qui sont à ses pieds comme il écraserait un parterre de fruits trop mûrs. Il en avale quelques-uns comme des croquettes, pour trouver la force d'en tuer d'autres. Des queues de rats tourbillonnantes dépassent de ses babines rougies comme des tentacules. Les rats restés dans l'abri remontent maintenant en surface pour tenter d'aider leurs congénères, mais ils ne peuvent rien contre un tel adversaire. Pourtant ils ne renoncent pas. Ils s'accrochent à sa crinière. Tentent de grimper sur son dos, mordent l'extrémité de sa queue épaisse.

Hannibal furieux n'est qu'un enfer pour ces rongeurs dérisoires.

La bataille dure un temps qui me semble très long. Je combats au côté d'Esméralda et de Wolfgang. Nous protégeons Pythagore qui surveille régulièrement, grâce à son Troisième Œil branché sur les caméras de vidéosurveillance, les informations concernant d'éventuels renforts de rats.

Le siamois gris aux yeux bleus semble étonnamment tranquille dans ce tumulte, comme s'il se concentrait pour capter tout ce qui l'entoure.

Son détachement face à cette situation est absolument décalé.

Hannibal : la Force.

Pythagore : la Connaissance.

Et moi : la Communication ?

À nous trois nous pouvons vaincre n'importe qui.

Des rats isolés me cherchent querelle. Ils ont tort. Tout être qui veut me nuire court à sa perte à brève ou moyenne échéance. Je ne suis pas un lion mais j'ai des ressources de combattante qui ne font que croître, inspirées par Hannibal. J'ajuste mes frappes, je me bats comme jamais je ne l'ai fait. Je mords, je perce, j'écrase. J'accompagne chacun de mes coups d'un miaulement aigu. Un rat arrive à s'accrocher à mon dos, je me roule par terre, le rattrape et lui croque le museau. Un autre mord ma queue, je l'envoie en direction d'Hannibal qui l'écrase d'un coup de patte appuyé.

Autour de moi, tous les chats sont déchaînés. Les rats morts s'accumulent. Déjà, certains de nos adversaires reculent. Alors leur chef, Cambyse, émet un sifflement, différent des précédents, que tous les rats reprennent en chœur. Les rats survivants cessent aussitôt le combat et s'enfuient en galopant dans la direction inverse.

– Poursuivons-les ! je miaule à tue-tête.

Ma petite troupe m'obéit. Nous massacrons les plus lents à l'arrière et remontons progressivement leur armée en déroute.

Je distingue leur chef au milieu des troupes. Je veux le rattraper, mais il y a trop de monde entre lui et moi. Nous arrivons finalement sur une grande place – dont Pythagore me dira plus tard qu'elle se nomme la place de la Concorde –, et Cambyse n'est plus qu'à quelques mètres de mes griffes.

Je veux cette victoire pour légitimer ma place.

Celle qui vaincra le roi des rats pourra se prétendre reine des chats.

Je galope. Je le veux.

Esméralda, qui a observé la situation, court elle aussi après lui. Il ne manquerait plus qu'elle arrive à l'avoir avant moi !

Alors que je suis sur le point de l'attraper, la troupe de rats bifurque vers un pont. Avant que j'aie pu réagir, les rats survivants se précipitent dans l'eau grise du fleuve.

Je freine. Pas question de me mouiller. C'est la limite de ma pugnacité. C'est aussi la limite de la plupart de mes compagnons. Les quelques chats téméraires qui sautent pour nager à leur poursuite sont facilement mis à mort par nos ennemis amphibies.

Je lâche un soupir de déception, mais je suis soulagée de ne pas avoir perdu cette première bataille. Notre armée de chats a triomphé.

Tout le monde est épuisé.

Hannibal, notre héros, souffre de quelques blessures minimes mais il est entouré de tous les chats, et surtout de toutes les chattes admiratives qui miaulent de plaisir en se frottant contre lui.

Je ronronne et les autres se mettent à ronronner avec moi.

– Nous avons gagné !

Même Hannibal émet une sorte de ronronnement grave qui fait vibrer nos cages thoraciques.

J'aime la victoire.

Une centaine de chats parmi ceux qui étaient indécis et ne nous ont pas suivis arrivent en renfort. Après la bataille…

Je suis tentée de les repousser, mais nos troupes ont besoin d'être les plus nombreuses possible. Me présentant spontanément comme l'autorité de référence, je consens, même s'ils n'ont pas participé à la bataille des Champs-Élysées, à les laisser consommer nos adversaires vaincus. Quant à moi, je n'ai pas l'esprit à manger. Trop d'émotion coupe l'appétit.

Pythagore vient vers moi et m'entraîne un peu à l'écart.

– As-tu des symptômes de la peste ? me demande-t-il. Des vertiges, des bouffées de chaleur, des tremblements ? Nous avons été en contact avec des rats sans savoir si la peste, que la plupart de nos adversaires transportent, est néfaste pour nous.

J'écoute mon corps mais je ne repère aucun signe d'affaiblissement. L'énergie de vie semble circuler dans mon organisme de manière satisfaisante.

– Je me sens parfaitement bien, je réponds.

– Il faut attendre encore, tempère-t-il, mais il existe évidemment un risque non négligeable que nous soyons à notre tour contaminés.

– En tout cas, si je meurs maintenant, ce sera avec l'impression d'avoir vécu un instant extraordinaire.

Guidé par Wolfgang jusqu'à l'abri antiatomique, Hannibal accepte de continuer de creuser le trou commencé par les rats dans le mur proche de la porte blindée.

Le lion laboure de ses griffes le béton déjà bien effrité par les incisives des centaines de rongeurs. Il doit s'y reprendre à plusieurs fois avant que sa patte ne crève finalement la matière grise comme s'il s'agissait de carton-pâte.

L'orifice dévoile une pièce plongée dans l'obscurité. Pas besoin de lumière, notre sens olfactif nous suffit. C'est propre. Pas la moindre odeur de mort, de maladie ou de pourriture. En revanche, il plane une odeur de désinfectant derrière laquelle on devine des relents de nourriture fraîche.

Tout est parfaitement rangé dans des sacs, des caisses, des boîtes, des bouteilles. En dilatant au maximum mes pupilles et en profitant de l'infime lueur des lampes rouges indiquant les emplacements des portes, je distingue des bouteilles de lait, des sacs de farine, des boîtes de pâté. Aussitôt, tous les chats foncent, s'acharnent sur les couvercles, finissent par les faire céder et se régalent.

Pythagore, cependant, ne participe pas à l'allégresse générale.

Nous nous regardons, je miaule.

Il m'a comprise. Alors nous frottons nos joues, nos museaux, nos truffes, et après quelques caresses et ronronnements, il me semble soudain dans de meilleures dispositions à mon égard.

– Pas ici, décrète-t-il.

Nous montons les marches qui mènent dans les étages du palais de l'Élysée. Nous franchissons plusieurs couloirs et larges pièces (comme je l'envie de savoir sauter sur les poignées et utiliser judicieusement son poids pour les actionner). Nous découvrons des espaces remplis de dorures, de tentures, de tableaux, de meubles ouvragés. Le sol est recouvert de tapis chatoyants et moelleux.

Finalement Pythagore me désigne une chambre où trône un lit recouvert d'un tissu doré.

– J'ai repéré cet endroit sur Internet. Je veux te faire l'amour dans le lit à baldaquin du président de la République française, m'annonce-t-il.

Nous jouons un peu sur le matelas et roulons l'un sur l'autre, nous taquinant, nous mordillant comme des chatons. Il m'invite à venir sous le drap qui forme une sorte de hutte. Il tente de m'embrasser comme les humains et met sa langue dans ma bouche. Je surmonte mon dégoût puis finis par trouver cela agréable. Singeant encore les humains, il caresse mes tétons et m'enlace avec ses pattes avant.

Je me laisse faire.

Je lui présente ma croupe, mais au lieu de me prendre en montant sur moi, il me propose de faire l'amour de face. Il n'arrête pas de me caresser et de m'embrasser à la manière des humains.

Seul comportement vraiment chat, il joue avec sa queue, la mêlant à la mienne pour faire une tresse gris, blanc et noir.

Il me lèche et me renifle tout le corps. À chaque contact avec sa bouche, je suis parcourue d'une vague électrique.

Le pire est qu'il prend son temps, transformant ces préliminaires en véritable supplice.

– Viens ! je le supplie.

Mais non, il continue de jouer à me caresser, me lécher, me renifler, me toucher sans entamer l'étreinte. Tout mon corps est à bout de nerfs. Le moindre contact avec sa patte est délicieux.

– Prends-moi là, tout de suite ! je miaule.

Au lieu de m'obéir il semble prendre plaisir à me torturer. Si Félix oubliait les préliminaires et était trop rapide dans l'acte, on peut dire que Pythagore est l'exact opposé. Je suis impatiente.

Tout cela me semble trop progressif.

Mais lui agit par palier.

Il fait lentement s'effondrer un à un mes murs de protection.

Il m'embrasse les paupières, me plaque sur le lit. Je n'en peux plus.

Enfin il entre en moi, et peut-être parce que j'ai trop attendu cet instant ou parce que je suis surprise de cette manière bizarre d'unir nos corps face à face, je sens le plaisir m'envahir très vite.

Ma moelle épinière devient une fontaine de lumière qui monte jusqu'à mon crâne pour exploser en pluie d'étoiles.

Je vibre, tremble, me tétanise.

Je suis encore imprégnée des émotions intenses que je viens de vivre.

Le danger, le combat, Hannibal, la musique de la Callas, la peur et le défoulement que m'a apportés la bataille, la joie d'y avoir survécu, ce lit à baldaquin, ces draps dorés en soie, ces longs préliminaires qui ont mis mes nerfs en ébullition, tout rend cet instant magique. Je sens son sexe dans le mien, et alors qu'il me mord très fort le cou une deuxième vague de jouissance encore plus forte m'envahit. Je n'arrive pas à me retenir et me mets à hurler.

Je n'ai jamais connu une telle sensation.

Extase.

Dans mes yeux tout devient rouge.

J'en oublie qui je suis. J'oublie tout. Je suis en fusion totale avec Pythagore. Je suis Pythagore et il devient moi. Nous ne formons qu'un seul être à huit pattes et deux têtes caché sous un drap.

Il change alors de position et me prend « normalement » en me montant par-derrière. Je ressens un plaisir très différent du premier. Il grogne, me mord plus fermement dans une autre zone du cou, et je miaule encore plus fort. Je prends conscience que Pythagore est le lien entre le monde des humains et le monde des chats, jusque dans sa manière d'aimer physiquement. On s'accouple plusieurs fois, et à chaque fois la montée est plus rapide et m'emporte plus haut dans le ciel.

Le rideau rouge sous mes paupières devient orange, jaune, blanc, puis marron, puis noir.

Et là, j'ai une révélation.

À l'intérieur de moi, tout n'est que grains infimes de matière séparés par du vide. Je suis constituée essentiellement de vide. Et de cette énergie qui relie les grains. C'est cela qui fait que je suis moi, dans cette forme précise, et non un nuage diffus.

Mais ce qui organise la disposition de ces infimes poussières dans l'espace c'est, simplement… eh bien, une idée, l'idée que je me fais de moi-même.

C'est cette pensée qui maintient ma cohérence et me donne cette forme physique visible par les autres. C'est l'idée que j'ai de moi-même qui me permet de ne pas traverser le sol, de ne pas me mélanger aux atomes du reste du monde.

Je suis une idée. Mais j'y crois tellement que je finis par convaincre les autres que j'existe en tant qu'être différencié.

Je me crois une.

Je me crois unique.

Donc je suis unique.

En fait je suis… ce que je crois être.

Oui, la voilà, la révélation de cet instant particulier :

« JE SUIS CE QUE JE CROIS ÊTRE. »

Et je suis prisonnière de l'histoire que je me raconte sur moi-même.

Mais, et c'est là que ça devient troublant, une deuxième idée arrive :

« JE PEUX ÊTRE PLUS. »

Si je remets en question cette croyance, si j'ose imaginer, si j'entrevois la possibilité que je peux être bien plus que « seulement moi », si je crois que je suis deux, une sorte d'union de Pythagore et Bastet, alors je m'agrandis. Et je peux m'agrandir jusqu'à comprendre que mon corps n'est qu'une sorte de point de départ, une individualité limitée capable de s'élargir à l'infini pour tout englober. Je peux être... l'univers dans son ensemble.

Voilà ma troisième idée.

« JE SUIS INFINIE. »

Extase. Cette notion me procure une impression de vertige tellement forte que, à peine l'ai-je laissée surgir, je la repousse et me réfugie dans l'étroite prison rassurante de ma chair. Mon esprit revient dans mon cerveau. Ma pensée se limite à la gestion de mes sens et de mon corps. Je ne suis pas encore prête à devenir « infinie ». Je ne suis qu'une personne, c'est vrai. Une chatte. Une simple chatte qui a eu un instant de prise de conscience bizarre, un instant magique mais éphémère. Je me rappelle que je ne suis que...

– Bastet... Bastet !

Quelqu'un m'appelle. Quelqu'un s'adresse à moi. J'ouvre les yeux.

– J'ai eu peur, j'ai cru que tu étais morte, me dit Pythagore.

– Non... J'ai eu... Enfin j'ai compris quelque chose. Mais cela m'a un peu effrayée. Je ne savais pas que c'était possible. Je ne suis pas encore prête à recevoir une information aussi puissante.

Il me regarde intensément mais sans paraître comprendre à quoi je fais allusion. Épuisés, nous nous allongeons côte à côte, ventre offert, pattes tremblantes.

– Eh bien, toi, la compréhension ça te fait de l'effet ! Tu as compris quoi ?

– Que nous sommes du vide organisé par l'idée que nous nous faisons de nous.

Il inspire profondément.

– Amusant.

– L'idée donne à ce « rien » l'allure d'un corps et la perception d'être un individu. Et nous croyons qu'il « arrive » des choses à cette personne qui n'est en fait… qu'une pensée. Mais il suffit de se percevoir plus grand que l'enveloppe de notre peau pour devenir infinis. En fait, nous ne sommes que ce que nous croyons être.

– Tu m'impressionnes, reconnaît Pythagore.

– D'habitude c'est toi qui m'impressionnes.

– Nous sommes peut-être faits pour nous compléter ?

Dans la chambre voisine, j'entends Wolfgang et Esméralda faire l'amour.

– Nous les avons inspirés, je lui fais remarquer. Ils nous ont suivis.

– L'amour est une maladie contagieuse, dit Pythagore. Plus il y en a qui le font, plus d'autres ont envie de le faire.

Esméralda, à son tour, hurle de plaisir à travers la cloison.

Plus tard, nos deux voisins nous rejoignent. Wolfgang se dirige alors vers une petite armoire : un réfrigérateur. Il en actionne la poignée et nous découvrons plusieurs pots sur les clayettes. Il en choisit un rempli de petits grains noirs.

– C'est quoi ? je lui demande, méfiante.

– Du caviar, répond Pythagore. Ce sont des œufs de poisson.

C'est petit, rond, et noir. Je croyais que les œufs de poisson étaient blancs. Je renifle prudemment : cela sent bon. Je trempe ma patte dans le petit pot et la porte à l'extrémité de ma langue. Je goûte. Les petites boules éclatent sous mes molaires et libèrent un jus délicieusement gras et salé. La sensation gustative provoquée par cet aliment est vraiment nouvelle. C'est même meilleur que les croquettes. J'en reprends. Plus j'en mange, plus j'apprécie ce goût très particulier. Jamais je n'ai avalé quelque chose d'aussi délicieux.

Pythagore aussi a l'air de se régaler de ces œufs noirs, et nous nous goinfrons bientôt tous de cette nourriture humaine de luxe.

Le caviar, j'adore ! Je ne veux plus manger que ça.

Je me lèche les babines.

Je suis fière d'être chatte et d'avoir accompli ce que j'ai accompli.

Je suis fière d'avoir compris ce que j'ai compris : tout est connecté à tout, et les frontières de la matière ne sont que des croyances subjectives.

Alors que le jour se lève, nous nous endormons tous les quatre blottis les uns contre les autres, le goût du caviar persistant dans nos bouches et le souvenir de la fantastique bataille des Champs-Élysées dans nos mémoires.

Je suis heureuse.

J'aime Pythagore.

Je m'aime.

J'aime le caviar.

J'aime l'Univers.

22

Déplacement du camp

Une patte est posée sur mon œil. On me mordille le lobe de l'oreille. Cela ne me donne pas envie de me réveiller. Puis on se colle à mes tétons. Angelo, avec sa maladresse habituelle. J'avais fini par ne plus y penser, à celui-là. Quelqu'un a dû le ramener ici, pour qu'il soit près de moi, pendant que nous dormions.

Je consens à ouvrir les yeux et le replace au mieux pour l'encourager à profiter de mon lait.

Il fait nuit dehors et je m'aperçois que, pour une fois, je ne me suis pas réveillée avec la tombée du soir.

Pythagore est déjà levé. Face à la fenêtre, il fixe les jardins de l'Élysée.

– J'ai une bonne et une mauvaise nouvelle, dit-il sans se retourner. La bonne c'est que comme aucun d'entre nous n'est malade, j'en déduis que nous sommes immunisés contre cette nouvelle peste qui frappe les humains. Nous pouvons donc combattre les rats sans crainte.

– Et la mauvaise ? je demande en me dégageant d'Angelo.

– La batterie de mon smartphone est à plat, du coup je n'ai plus Internet. La dernière fois que j'ai utilisé mon Troisième Œil, les rats survivants de la bataille s'étaient regroupés et avaient commencé à chercher des renforts. Désormais je ne sais plus ce qu'ils font ni quels sont leurs plans, ils vont forcément vouloir prendre leur revanche.

Je m'approche de lui mais je le sens réservé.

Après ce qui s'est passé hier, cela me paraît bizarre de parler à Pythagore.

Je pivote et me regarde dans le grand miroir de la chambre.

Être déesse c'est cela, se rappeler que je suis « tout » et que tout est en moi. Être chatte, c'est être limitée à mon simple organisme.

Je me frotte les yeux et – tant pis, je renonce à vivre en permanence dans l'idée que je suis tout – je poursuis une conversation normale avec le siamois.

– Après cette défaite, les rats n'oseront plus venir dans ce coin.

– Ils oseront, assène-t-il du tac au tac.

– Nous les vaincrons à nouveau. Nous avons Hannibal.

– Ils seront plus nombreux et nous ne bénéficierons plus de l'effet de surprise.

– Nous triompherons quand même.

– Nous ne pouvons plus rester ici, décrète-t-il.

Il semble nerveux. Je comprends qu'il est désormais comme aveugle, privé des précieuses informations fournies par son Troisième Œil, et que sa connexion à Internet est pour lui comme l'herbe à chat pour Félix : une drogue addictive.

Pythagore tourne en rond dans la pièce.

– Il faut qu'on déniche un magasin de téléphonie afin de trouver une batterie, des câbles et du courant, déclare-t-il, fébrile. Ou mieux encore, ce qu'il nous faudrait c'est une batterie rechargeable à l'énergie solaire, ainsi nous ne dépendrons plus des sources électriques municipales qui vont toutes progressivement tomber en panne, si ce n'est déjà le cas.

– Un « magasin de téléphonie » ? Si tu m'expliques de quoi il s'agit, je pense pouvoir trouver ça, dit Esméralda qui vient de se réveiller et cherche déjà à se rendre utile.

Pythagore désigne l'attirail sur son dos.

– Je sais où en trouver. Il y en a plusieurs sur l'avenue des Champs-Élysées, signale le chat présidentiel, réveillé lui aussi.

– Je peux venir avec vous ? je demande.

– Non, pas toi, Bastet, je vais avoir besoin de toi pour autre chose, précise Pythagore.

Il a cessé de tourner en rond dans la pièce et crache des boules de poils toutes les cinq minutes, signe chez lui d'un grand agacement.

Par solidarité, je l'imite.

– Dès que nous aurons récupéré l'accès à Internet, il nous faudra chercher un endroit sûr. Maintenant nous avons de nouvelles responsabilités, rappelle-t-il. Il faut guider tous ces chats qui nous ont suivis. Rester là à savourer notre gloire éphémère, c'est la défaite assurée.

Il semble toujours très inquiet.

– Retournons nous cacher dans la forêt, je propose, en lui tendant un peu de caviar qui reste de la veille.

– Nous nous ferions facilement coincer, encercler et submerger par leur multitude.

– Alors partons hors de la ville en emportant nos réserves ?

– Nous allons plutôt nous installer dans un endroit que nous pourrons défendre facilement contre une attaque massive de rats.

Nous passons la soirée à attendre qu'Esméralda et Wolfgang reviennent de leur expédition. Ils débarquent un peu plus tard en brandissant le matériel dans leur gueule. Tous les quatre, nous œuvrons ensuite à brancher les câbles pour recharger les batteries. Enfin, au bout de longues heures de travail, Pythagore peut savourer la récupération de son Troisième Œil.

Il n'attend pas une seconde pour se plonger dans son Internet.

Nous tournons et virons autour de lui, mais je sais qu'à cet instant il est vraiment loin, ailleurs, au-dessus de nous, dans la dimension qu'offre cet objet magique fabriqué par les humains.

– J'ai trouvé, annonce-t-il enfin.

Esméralda, Wolfgang et moi cessons de nous agiter et nous approchons de lui.

– J'ai cherché un endroit dans Paris où il n'y a ni tunnels, ni souterrains, ni métros ou égouts. C'est un endroit assez étroit qui se nomme l'île aux Cygnes.

– Une île ?

– En effet, une île sur le fleuve.

– Mais nous ne savons pas nager ! je m'écrie, déjà angoissée à l'idée d'être entourée d'eau.

– Nous pourrons y accéder par des ponts, ensuite nous serons dans un endroit plus facile à défendre qu'un simple quartier. Restent deux problèmes. Tout d'abord il va être nécessaire de trouver un moyen de transporter toute la nourriture sur l'île aux Cygnes afin de pouvoir tenir un siège. Ensuite il va nous falloir un humain qui s'y connaisse en démolition de bâtiments pour faire sauter les ponts une fois qu'on y sera installés.

– Après tout ce que nous avons accompli seuls, ne crois-tu pas qu'on puisse réussir sans l'aide d'humains ?

– Pas pour cette étape. Désolé, je m'y connais en réception d'informations numériques mais pas en explosifs.

– Nathalie était active sur un chantier, je l'ai vue détruire des maisons.

– Parfait. C'est exactement ce qu'il nous faut.

– J'ignore où elle se trouve actuellement.

– Je peux retrouver ta servante grâce à ton collier balise, dit Pythagore. Il est branché sur son smartphone qui a lui-même sa propre balise GPS. Il faut juste espérer que son téléphone est encore chargé.

À nouveau il se plonge dans Internet, puis annonce :

– Les chats ont créé une communauté dans la forêt de l'ouest, les humains ont fait pareil dans la forêt de l'est, au cœur du bois de Vincennes. Enfin pas tous les humains, ce sont essentiellement de jeunes enfants dont les parents ont été tués durant la guerre. Nathalie a rejoint cette communauté qui semble disposer de moyens de communication.

– Tu es certain que Nathalie est là-bas ?

– À quel stade de communication étais-tu parvenue avec elle, Bastet ?

– Je commençais à réussir à lui parler, je réponds pour continuer à l'impressionner.

Évidemment, c'est un mensonge.

– Parfait. Avec son aide nous allons créer un sanctuaire sur l'île aux Cygnes.

– On ne peut vraiment pas y arriver sans humains ? insiste Wolfgang.

– Les rats sont beaucoup trop nombreux et se reproduiront toujours plus vite que nous ne pourrons les tuer.

L'idée de retraverser la ville d'ouest en est pour aller chercher ma servante ne me ravit guère. Cependant, je comprends bien que même si ma capacité d'émission et sa capacité de réception sont faibles, c'est quand même moi qui suis la plus apte à mener à bien cette mission délicate.

– Tu m'accompagnes, Pythagore ? Je vais avoir besoin qu'on me guide plus précisément sur les traces de Nathalie.

– Non, je vais organiser la migration de notre armée sur l'île aux Cygnes.

Je suis étonnée qu'il ne soit pas plus « fusionnel », après tout ce que nous avons vécu ensemble, tout ce que nous avons partagé, tout ce que nous nous sommes dit.

– Et comment ferai-je après pour vous rejoindre ?

– Il te suffira de suivre la Seine. Il y a trois îles : une moyenne, l'île Saint-Louis, une grande, l'île de la Cité, et une petite, l'île aux Cygnes. Tu ne peux pas te tromper.

– Je viens avec toi, dit Esméralda. Peut-être qu'à deux nous serons plus fortes.

– Je peux t'accompagner moi aussi, propose Wolfgang. On ne sera pas trop de trois.

– J'irai seule ! Esméralda, si tu veux vraiment m'aider, j'aimerais que tu allaites Angelo en mon absence.

Pythagore s'avance vers moi :

– Très bien, dans ce cas, changement de plan. Esméralda et Wolfgang vont tenir et surveiller l'abri antiatomique avec notre petite armée de chats et c'est moi qui t'accompagnerai jusqu'au bois de Vincennes.

Il aura donc fallu que je menace d'y aller seule pour qu'il me suive… C'est comme s'il avait vraiment oublié nos étreintes.

Pythagore me trouble. J'ai l'impression qu'il a honte d'avoir cédé à mes avances. À moins qu'il n'ait encore peur de tomber amoureux.

Je ne comprendrai jamais les mâles. Et je crois qu'avec celui-là je suis tombée sur un « compliqué ».

23

Périphérique

L'aventure commence dès qu'on quitte le palais.

Mon ancienne vie (avec le coussin rouge, les croquettes, la télévision, mon abreuvoir, Félix...) me semble si loin.

Pythagore et moi sommes désormais immergés dans de nouveaux défis et de nouveaux décors.

Nous évoluons dans un monde plein de dangers, de surprises, riche d'enseignements. Je suis de plus en plus attirée par tout ce qui me surprend et tout ce que j'ignore. J'ai l'impression que cela nourrit mon esprit et lui permet de s'élargir encore plus.

Odeurs. Bruits. Rencontres. Visions. Sensations.

Tout ce qui est nouveau me ravit.

Pour ce voyage vers la forêt de l'est, Pythagore préfère suivre le périphérique, tout simplement parce qu'il n'y a pas de bouches d'égout ni de sorties de métro, ni de tas d'ordures le long de ce large ruban d'asphalte noir qui ceint la ville. Donc, forcément, moins de risques d'être attaqués par des hordes de rats.

Arrivés au niveau de la porte Maillot, nous découvrons des milliers d'épaves de voitures abandonnées.

– Un vent de panique a saisi tous les humains de la ville quand a résonné l'alerte à la peste, m'explique Pythagore. Alors que la plupart se sont cloîtrés chez eux, certains ont voulu tenter de fuir en prenant leur voiture pour rejoindre l'autoroute de l'Ouest, l'A13. Les premiers véhicules ont pu franchir la sortie sans difficulté, mais d'énormes embouteillages ont bientôt obstrué les voies. La course vers la vie s'est avérée une course vers la mort. Certains ont dû tenter de forcer le passage. Ils ont percuté les autres et ont fini par se retrouver coincés.

– Ils devaient avoir leur propre Nabuchodonosor les incitant à aller vers la mer pour être aussi nombreux à avoir choisi l'option de la fuite.

Pythagore poursuit son explication :

– L'autoroute A13 a aussi dû se retrouver complètement obstruée en très peu de temps.

– Et ensuite que s'est-il passé selon toi ?

– Dans cette débandade généralisée, les automobilistes coincés dans leur voiture ont dû essayer de fuir à pied par l'ouest, qui sait si certains y sont parvenus…

Pythagore et moi avançons sur les toits des voitures abandonnées. Cela réduit nos chances de faire une mauvaise rencontre avec les rampants, les humains, chiens ou rats. De ces promontoires, nous distinguons au sol les automobilistes malchanceux gisant sur leur volant, ainsi que les rats qui grouillent autour d'eux.

– Maintenant que les rats ont goûté à la chair humaine, ils n'ont plus peur de rien.

Comme pour souligner ses propos, des détonations retentissent au loin. Une camionnette d'hommes en combinaison orange attaquée par des hordes de rats. Ils se défendent à la mitraillette et au lance-flammes, mais ils sont submergés par le nombre, et progressivement les crépitements cessent pour être remplacés par des sifflements aigus victorieux.

– Il va falloir faire vite, signale Pythagore. Les rats n'ont pas encore goûté suffisamment à la viande de chat pour que nous soyons dans leurs priorités, mais nous sommes probablement les suivants sur leur menu.

Pythagore accélère, et ses bonds sur les toits métalliques résonnent autour de nous. J'essaye de suivre le rythme et manque de déraper plus d'une fois, mais j'ai le temps d'entrevoir en contrebas qu'il y a déjà des rats prêts à me réceptionner.

Il faut rester concentrée et bien regarder où j'atterris à chaque saut.

Des corbeaux tournoient dans le ciel et, à notre hauteur, nous traversons parfois des nuages de moucherons.

– Ne perdons pas de temps, m'intime mon compagnon de voyage.

Pythagore et moi bondissons de toit en toit, côte à côte de manière parfaitement synchrone. Même notre respiration est en phase.

Je me tasse, je m'élance, j'atterris et je repars. À force, mes coussinets chauffent. Cette ligne de voitures est sans fin. Et les rats au sol semblent de plus en plus nombreux à s'intéresser à nous.

Surtout, ne pas glisser.

Au bout d'une heure de progression, Pythagore consent à faire une halte. Nous trouvons refuge à l'intérieur d'un camion.

Là, je le regarde longuement et je ressens à nouveau une pulsion de pure affection à son égard. Comme je n'ose pas lui demander de m'enlacer tendrement (ce dont j'ai le plus envie au monde à cette seconde), je lui demande de me raconter la suite de l'histoire des hommes et des chats.

Il se lèche une patte pour rafraîchir ses coussinets, la passe sur son oreille, estime que nous avons en effet suffisamment de temps devant nous pour ça, puis reprend son récit là où il l'avait arrêté lors de notre dernière leçon.

– À partir des années 1900, les chats ne sont plus assimilés à la sorcellerie mais à la liberté. Le chat noir devient le symbole du mouvement anarchiste. Les militants de ce parti peignent des chats noirs sur leurs drapeaux.

– Ça veut dire quoi « anarchiste » ?

– C'est un mouvement politique qui vise à détruire les gouvernements en place pour vivre sans aucun chef. Ils sont contre la police, contre l'armée, contre les religieux, contre toute forme d'autorité.

– Ils étaient nombreux ?

– Non, mais ils étaient déterminés. Ils ont par exemple assassiné des rois, des ministres et même des présidents.

– Pour manger leur caviar ?

– À force de déstabiliser les gouvernements, un attentat anarchiste à Sarajevo contre un empereur autrichien a entraîné la première grande guerre mondiale.

– Ça veut dire quoi « guerre mondiale » ?

– Ça veut dire que tous les humains vivants sont en guerre.

– Tous les humains sans exception, partout sur la planète ?

– Il y avait des zones de conflit plus chaudes que d'autres.

– Et nous dans tout ça ?

– En 1914, les Anglais créent une brigade de chats chargée de détecter les gaz toxiques avant que les humains n'en pâtissent.

– Les chats devaient donc mourir pour sauver les humains… Ont-ils réussi ?

– La Première Guerre mondiale a fait 20 millions de morts. Elle a duré quatre ans, suivis de vingt ans de paix.

– C'est long.

– C'était le temps nécessaire pour faire apparaître une nouvelle génération d'humains qui ignoraient les ravages de la guerre. La Deuxième Guerre mondiale a été déclenchée par un dictateur allemand du nom de Hitler.

– Lui aussi détestait les chats, je crois me souvenir ?

– En effet, il était phobique des chats. Dans cette guerre, encore plus d'humains étaient impliqués, des millions et des millions. Ils utilisaient des armes encore plus destructrices et il y a donc eu encore plus de morts.

– C'est ta théorie du trois pas en avant, deux pas en arrière ?

– Et après, à nouveau trois pas en avant jusqu'au prochain effondrement. La Deuxième Guerre mondiale a provoqué la mort de 65 millions d'humains. Puis, pendant des années, Russes et Américains se sont regardés en chiens de faïence, mais la bombe atomique leur a donné à réfléchir. Et plutôt que de se faire une guerre frontale, ils ont opté pour une « guerre froide ».

– Ça veut dire quoi, ils se battaient dans la neige ?

– Ils utilisaient des pays tiers pour s'affronter, mais sans se faire la guerre directement. En 1961, l'armée américaine a décidé de fabriquer un chat bionique pour espionner l'ambassade de Russie. Ils ont incrusté des appareils électriques et électroniques à l'intérieur de son corps.

– Un peu comme toi ?

– Si ce n'est qu'à l'époque, l'électronique n'était pas aussi bien miniaturisée. Ils ont opéré ce chat, qui se nommait Kitty, pour lui mettre une grosse batterie dans le ventre, reliée à des micros placés dans les oreilles et une antenne métallique dans la queue. La mission se nommait « opération Chaton acoustique ». Le jour dit, les scientifiques ont placé Kitty en face de l'ambassade. Kitty était dressé pour entrer dans le bâtiment visé, mais il a désobéi et en est ressorti. Ceux qui écoutaient ont entendu un grand bruit sec.

– Le matériel électronique est tombé en panne ?

– Kitty s'est fait écraser par un taxi. Les militaires américains ont malgré tout reproduit l'expérience et une dizaine de chats ont ainsi été opérés pour être transformés en espions électroniques. Aucun n'a réussi sa mission.

– Ils auraient dû prendre des chiens, c'est plus obéissant.

Alors que nous discutons, j'aperçois un humain blessé qui rampe dans notre direction, se hisse jusqu'au pare-brise et prononce des mots incompréhensibles. Il est couvert de boursouflures vertes. Je suis trop prise par le récit de Pythagore pour lui accorder plus d'attention.

– Durant cette guerre froide, en 1963, une chatte fut envoyée dans l'espace. Elle se nommait Félicette. Elle embarqua dans une capsule à bord d'une fusée française qui effectua un vol de dix minutes dont cinq en apesanteur, et fut récupérée vivante. Ce fut la première chatte astronaute.

J'imagine une chatte seule dans un vaisseau spatial, et je me dis que j'aurais bien aimé être à sa place.

– Parmi les chats célèbres, je pourrais aussi citer Mrs Chippy, qui accompagna la première expédition au pôle Nord, et Stubbs, le premier chat élu maire, en 1997, dans la ville américaine de Talkeetna, en Alaska.

Je me sens fière d'être chatte.

– Actuellement, il y a 10 millions de chats en France. 50 millions en Europe. 800 millions dans le monde.

L'humain malade qui tentait d'escalader notre camion renonce et retombe au sol.

– Et combien d'humains ?

– Les humains auraient dû être bientôt 8 milliards.

Donc il y aurait dix fois plus d'humains que de chats.

– Et combien de rats ?

– Ils sont plus difficiles à compter, mais on pense qu'avec la multiplication des grandes villes aux sous-sols truffés d'égouts et de tunnels de métro, ils ont proliféré de manière exponentielle.

– Donne-moi un chiffre, même approximatif

– Sur Internet on estime que les rats sont au moins trois fois plus nombreux que les humains : environ 24 milliards.

– Trente fois plus que nous !

Je ne me rendais pas compte que la situation était à ce point en faveur de ces maudits rongeurs.

– En fait, il y en a probablement beaucoup plus car aucun scientifique humain n'a eu le courage d'aller les dénicher dans les bas-fonds pour les compter. Il s'agit d'une estimation globale. Mais j'ai trouvé une étude encore plus inquiétante. Un scientifique humain s'est aperçu que, du fait de la montée des températures, les rats deviennent de plus en plus grands et de plus en plus gros. La chaleur augmenterait leur fécondité mais aussi le nombre de maladies qu'ils véhiculent sans en être eux-mêmes affectés.

– Quelle taille ?

– Les chercheurs de cette étude ont évoqué la possibilité d'un doublement de volume.

– Alors nous sommes tous condamnés.

– Pour l'instant, la technologie des hommes les protège et nous protège aussi, mais si les scientifiques sont tués pour faire place à des religieux et des politiciens dogmatiques, si les hommes oublient leurs connaissances scientifiques et préfèrent mettre leur énergie à se détruire entre factions rivales plutôt que de s'unir pour lutter contre les rats, alors ces derniers deviendront forcément leurs maîtres. Ce n'est qu'une question de temps.

– Ici ?

– Pas seulement à Paris, mais dans toutes les villes du pays, puis du monde. Il n'y a pas un seul endroit sur la planète où ils ne sont pas présents, pas un seul endroit où, comme ici, ils n'acculent pas les hommes et toutes les autres espèces animales pour imposer leur hégémonie.

À quoi ressemblerait un monde où les rats auraient triomphé ? Les hommes et les chats se cacheraient dans les forêts, la campagne, abandonneraient les grandes cités. Cambyse et ses hordes de guerriers aux incisives tranchantes faisant régner la terreur.

J'ai beau me sentir en phase avec l'Univers, je ne sais pas pourquoi je perçois l'énergie des rats comme une énergie sombre qui ne va pas participer à l'élévation générale des consciences.

Plus que jamais, j'ai l'impression que maintenant que je connais la menace, ma responsabilité est énorme.

– Comment en est-on arrivés là ? je demande au siamois.

– En éliminant beaucoup d'espèces sauvages pour privilégier les espèces domestiques ou celles servant de bétail, les humains ont surtout éliminé les prédateurs naturels des rongeurs : aigle, loup, ours, renard, serpent.

– Ils ont brisé le fragile équilibre qui maintient l'harmonie de la nature. Quelle erreur !

– En installant des égouts, ils leur ont fait cadeau d'un milieu parfait où ils ne sont pas dérangés. Mais il faut aussi reconnaître que les rats sont dotés d'une intelligence et d'une capacité d'adaptation exceptionnelles.

– Ils sont quand même moins forts que nous.

– Nous nous sommes endormis en vivant auprès des hommes. Là où les rats doivent combattre pour se nourrir, nous recevons des croquettes sans le moindre effort. Là où ils sont tous les jours en train de se battre, nous n'affrontons plus aucun adversaire. Quel est le prédateur du chat ?

Je dois bien admettre qu'avant la crise actuelle, je ne connaissais même pas le sentiment de peur envers une autre espèce. Je ne connaissais que le sentiment d'impatience ou d'agacement.

Je n'avais même pas conscience que vivre dans un tel confort avait endormi mes sens.

– Les rats sont peut-être la prochaine espèce dominante. Ils sont intelligents et sociaux. Il ne faut pas les sous-estimer.

– Alors comment les contenir ?

– En nous unissant. Les humains ont besoin de nous comme nous avons besoin des humains. Si nous ne réussissons pas à nous entendre pour combattre l'adversaire commun, nous serons tous vaincus. C'est pour ça que je suis là, avec toi, Bastet. Allez, ne perdons pas plus de temps, nous avons encore beaucoup de chemin à effectuer avant de rejoindre le bois de Vincennes.

Pythagore a vraiment l'air de croire que je suis capable d'émettre vers les humains. Je n'ose plus lui révéler la décevante réalité. En fait, après ma prise de conscience extraordinaire d'hier, j'ai l'impression que je ne suis pas à la hauteur des missions qui me sont confiées. Il me tarde de refaire l'amour avec lui pour me réapproprier son énergie. Lui, par contre, semble avoir d'autres préoccupations.

Nous quittons l'habitacle du camion et reprenons notre galopade sur les toits des voitures. Je suis presque à bout de force lorsque enfin Pythagore nous fait quitter le périphérique pour rejoindre une zone arborée.

Le bois de Vincennes ressemble beaucoup au bois de Boulogne.

Ni chiens, ni chats, ni rats, ni humains à l'horizon.

– Le signal de sa balise GPS indique que ta servante est par là, annonce-t-il en désignant un sentier.

Nous avançons entre les grands arbres, au milieu d'une nature un peu trop silencieuse à mon goût. Même mes poils de moustache ne détectent aucune présence alentour. Soudain, avant que nous ayons pu réagir, nous nous retrouvons propulsés en l'air et prisonniers d'un épais filet de corde.

Un piège.

Trop tard. Nous avons beau nous agiter, nous sommes pris dans les mailles. Une clochette tinte à chaque geste que nous faisons pour nous débattre. J'essaye d'entailler le cordage avec mes dents et la clochette sonne de plus belle.

– Ne bouge plus ! m'intime Pythagore.

Nous restons là, suspendus entre ciel et terre, à attendre. J'ai une patte coincée dans les mailles. Ça fait mal.

Mais je finis par fermer les yeux. Pythagore, lui, semble déjà dormir.

L'inconfort de ma position dans le filet me force à me percevoir comme une entité autonome. Je me lance :

– Avant de mourir, je voudrais te dire que je t'aime.

– Merci.

Il m'agace. Pourquoi ne me répond-il pas qu'il m'aime lui aussi, qu'il m'adore, que je suis tout pour lui ?

– Tu as l'air insensible à tout, Pythagore. Mais pourtant, reconnais que cela a été extraordinaire quand nous avons fusionné nos corps.

– En effet.

Il m'énerve, il m'énerve, il m'énerve.

– Et c'est quoi pour toi, l'amour ? ne puis-je m'empêcher d'insister.

– C'est une… émotion particulière.

– Peux-tu être plus précis ?

– Quelque chose d'intense.

– Que tu as ressenti avec moi ?

– Comment résumer cela ?… Il faudrait trouver une formule qui explique ce ressenti particulier.

Pythagore secoue un peu la tête :

– Pour moi l'amour, c'est quand je suis aussi bien avec l'autre que lorsque je suis tout seul.

Il semble satisfait d'avoir trouvé la formule exacte qui définit selon lui cette notion.

– Eh bien pour moi, par contre, l'amour c'est quand je suis *mieux* avec l'autre que quand je suis toute seule.

Il va pour ouvrir la bouche, puis se ravise. Et se contente de bâiller.

Je me demande vraiment, au final, si sa volonté de ne dépendre de personne n'est pas simplement une forme d'égoïsme. Ne serait-il qu'un ignoble être égocentrique uniquement tourné vers l'énergie de son nombril ? Comme tous les mâles, d'ailleurs. Comment ai-je pu être assez naïve pour penser que celui-ci, parce qu'il était siamois, parce qu'il avait un Troisième Œil, parce qu'il me semblait plus instruit, pouvait être différent ? Pourtant, ma mère m'avait avertie. « Ils sont tous faibles et décevants. Ils sont incapables de vrais sentiments. Ils ne savent pas aimer vraiment. » Comment ai-je pu penser que celui-ci pouvait échapper à la règle ?

Pythagore dodeline de la tête.

– Très bien… je reconnais que je suis mieux avec toi, Bastet, que lorsque je suis tout seul…

Cela semble lui avoir coûté tellement de dire ça que j'en suis toute retournée. Il déglutit, puis ajoute :

– Je suis mieux avec toi, même dans ce piège… Même suspendu au-dessus du sol dans un filet… Même avec nos probabilités de futur assez sombres.

Ah ! les mâles. Je ne m'y ferai jamais. Il a tellement peur d'avouer qu'il a de l'attachement pour moi ! Il a tellement peur d'avouer qu'il a eu, comme moi, une révélation lors de l'union de nos corps.

Finalement, il n'y a que nous, les femelles, qui osons avoir des émotions profondes et les exprimer sans pudeur.

Je n'aimerais pas être un mâle, j'aurais l'impression d'être handicapée des sentiments.

– Hier, j'ai eu une intuition grâce à toi, dis-je. J'ai compris que ce que je pressentais depuis toujours – que je n'étais pas limitée à mon corps – était vrai.

– Je suis désolé, reconnaît-il, je ne suis pas allé aussi loin.

Soudain, je comprends que son accès à Internet et la possibilité de tout voir et tout comprendre à travers son Troisième Œil électronique l'ont rendu sourd à ce sens naturel qu'est l'intuition.

Moi, je n'ai pas besoin de tout son attirail, il me suffit de fermer les yeux, de rêver et de me brancher sur l'énergie de vie qui parcourt l'Univers pour avoir accès à des connaissances précieuses, peut-être plus que les siennes.

– Je suis désolé de ne pas être plus empathique dans cet instant, souffle-t-il mais... cette fois-ci j'ai réellement peur de mourir.

Pas moi.

Qu'est-ce que la mort ? Depuis que j'ai pris conscience que je n'étais faite que de poussières flottant dans du vide, unies simplement par l'idée que je me fais de moi-même, la mort me semble juste une « autre » organisation de ces particules.

Ayant compris cela, pourquoi aurais-je peur de changer d'état ? Mourir, après tout, n'est qu'un changement d'organisation de l'infime quantité de matière qui me compose.

En tout cas, aujourd'hui, je me sens plus philosophe que Pythagore, qui tremble à l'idée d'achever sa longue existence. La destruction de son architecture de particules dans le vide lui semble un drame parce qu'il se croit important. Il se croit différent du reste de l'Univers. Et c'est aussi ce sentiment de différence qui l'a empêché de vivre la fusion de nos corps aussi intensément que moi.

S'il était conscient de tout cela, il saurait aimer vraiment.

Sa vision de lui-même est limitée à son enveloppe charnelle, coupée des autres, alors que moi j'ai compris que j'étais sans limite. Oui : je suis infinie et immortelle. Je me sens bien, même si mon corps risque d'être désorganisé dans sa structure générale. Je n'ai pas la moindre inquiétude, je survivrai autrement.

Je ferme les yeux et mon esprit s'envole loin de ce corps pris dans un filet.

Je rêve que je suis Félicette dans sa fusée et que je vole vers la Lune.

24

Prise au piège

Des voix me réveillent.

Nous sommes encerclés par de jeunes humains équipés d'arcs et de lances. Ils portent tous des masques à gaz. Certains ont des fusils. Ils sont sales, leurs vêtements déchirés.

Nous répondons à leurs coups de bâton en montrant les dents et en crachant, mais les mailles du filet nous empêchent d'être vraiment efficaces.

Celui qui semble être leur chef arbore un collier composé de têtes de rat. Sur ses ordres, un garçon manie une corde pour nous faire descendre. Ils s'y mettent à plusieurs pour nous ligoter, pendus par les pattes, à de longues branches. Ils nous transportent jusqu'à un fossé rempli d'un liquide très odorant. Je reconnais l'odeur de l'huile noire qui m'avait souillée sur le chantier de Nathalie.

– Ils ont dû creuser cette fosse et la remplir de pétrole pour protéger leur camp des attaques de rats, réussit à dire Pythagore depuis son inconfortable position.

Ayant franchi cet obstacle, les humains enlèvent leurs masques à gaz.

Je ne vois autour de moi que des visages hostiles, et certains nous regardent même, me semble-t-il, avec gourmandise.

Nous arrivons dans une clairière au centre de laquelle crépite un grand feu.

Là, même la tête en bas, j'arrive à discerner que des lapins, des chiens et des chats rôtissent dans les flammes au bout de longues perches.

Nous sommes déposés au sol.

– Je crois que notre mission va s'achever avant d'avoir commencé, je déplore.

– Désolé. Sur Internet il n'y avait pas d'informations sur les mœurs de cette communauté.

Ainsi finissent les pionniers.

– Heureuse de t'avoir connu, Pythagore, dis-je alors que je vois un humain tailler une tige qui va, selon toute évidence, servir de tourne-broche pour ma personne.

Moi qui me sentais si supérieure à Félix, je vais terminer comme lui.

– On dirait qu'ils n'ont pas remarqué ma prise USB et mon téléphone installé en harnais, s'étonne le siamois.

– Ils vont l'enlever au moment de la cuisson, ils ne sont pas pressés.

Pythagore ferme encore les yeux, à la recherche d'informations.

– Ta servante n'est pas loin, signale-t-il. Elle doit être dans une de ces tentes. Vas-y, appelle-la !

Je me mets alors à miauler à tue-tête mais ça ne donne aucun résultat. Tentant le tout pour le tout, je commence à ronronner en basse fréquence : *Nathalie ! Viens, j'ai besoin de toi.*

Et puis le miracle se produit.

C'est d'abord son odeur que je distingue, puis sa silhouette qui approche. Je la vois, elle me voit.

Ma servante discute vivement avec ses jeunes congénères en me montrant du doigt et en prononçant mon nom ainsi que celui de mon compagnon d'aventure. L'humain au collier à têtes de rat ne semble pas d'accord. Alors Nathalie disparaît puis revient avec une autre humaine qui lui ressemble beaucoup.

Pythagore, consultant simultanément Internet, me renseigne :

– C'est Stéphanie, sa sœur. C'est elle qui tenait l'orphelinat d'où est parti le petit groupe de jeunes humains pour s'installer ici. Ensuite d'autres orphelins sont venus grossir leurs rangs.

– Pourquoi palabrent-ils ?

– Probablement que seule Stéphanie a assez d'autorité sur eux pour persuader le chef des enfants de nous épargner.

Parlant d'une voix très ferme, Nathalie désigne le Troisième Œil du siamois. Le jeune humain change alors d'attitude, écoute ses explications et consent finalement, au bout de plusieurs minutes, à donner l'ordre de nous détacher.

Une fois à terre et libérée de mes liens, je saute dans les bras de ma servante et lui lèche la joue (je sais que c'est un comportement de chien, mais à cette seconde je suis trop contente qu'elle m'ait sauvé la vie pour faire mon indifférente).

Pythagore reste plus circonspect.

– Maintenant, Bastet, il faut que tu accomplisses le reste de ta mission. Vas-y, informe-la qu'il faut qu'elle nous aide à transformer l'île aux Cygnes en sanctuaire contre les rats.

Je ronronne et en échange ma servante me caresse plus fort. Elle me parle sur un ton bienveillant, en souriant et en répétant mon nom.

Pythagore semble penser qu'elle me comprend.

– Vas-y, répète-t-il. Explique-lui tout.

– Non.

– Pourquoi non ?

– Je t'ai menti : je n'arrive pas encore à lui parler clairement.

– Tu ne sais pas émettre une pensée chat vers l'esprit humain ? Mais ce ronronnement spécial que tu émets depuis tout à l'heure semble la rendre très réceptive !

– J'essaye. Je la calme. Je lui fais parfois comprendre mes besoins, mais cela ne va guère au-delà.

Voilà, c'est dit. Maintenant il sait la vérité. De toute façon cela me soulage d'avoir avoué. Je ne pouvais pas faire illusion indéfiniment.

– Nous avons donc effectué tout ce voyage pour rien, déplore-t-il. Pourquoi ne me l'as-tu pas dit plus tôt ?

– Il doit y avoir un moyen d'émettre vers eux, j'en suis sûre ! Il faut me laisser encore un peu de temps.

Je ronronne sur toutes les fréquences que ma gorge peut explorer.

En vain. Je n'ai en retour que des caresses.

Et la nuit tombe progressivement.

Un peu plus tard, Nathalie va se coucher sous une tente de toile. Je me blottis à ses pieds, ferme les yeux, émets un nouveau ronronnement plus grave pour me calmer. Mais au fond de moi je sais que, par ma faute, nous sommes tous condamnés.

Pourquoi est-ce que je ne réussis pas à me faire comprendre des humains ?

Je m'endors à mon tour. Il n'y a que quand je suis en phase de sommeil que je déculpabilise un peu. Je crois que j'ai encore beaucoup de progrès à accomplir pour me rendre utile à mon entourage.

25

Rencontre dans un nuage

Je rêve.

Je vois encore la fin de l'humanité et le règne sans partage des rats.

Ils sont de plus en plus gros, de plus en plus nombreux, de plus en plus féroces.

Une forme arrive vers moi, c'est Cambyse, le roi des rats, porté par six de ses petits congénères.

Il trône dans un fauteuil comme un humain et arbore un collier de minuscules têtes de chat autour du cou. Tout en se nettoyant les dents avec ses griffes, il me dit : « Moi aussi je suis pour la communication inter-espèces. »

Puis, dans un rictus, il précise : « Je suis prêt à communiquer avec toi, Bastet. Ma première question est la suivante : préfères-tu être mangée tout de suite ou un peu plus tard ? »

Et il éclate d'un rire assez similaire à celui des humains.

Je me réveille en sursaut, me frotte les yeux et me force à me rendormir pour rêver d'autre chose.

Dans mon second rêve, Pythagore me parle : « Si j'ai réussi à réceptionner la pensée humaine c'est parce que j'ai trouvé la bonne émettrice, en l'occurrence Sophie. Il n'y a pas de ponts, mais il existe probablement une passerelle quelque part. Il suffit de trouver celle ou celui parmi les humains qui sera capable de t'écouter. Trouve la bonne personne et cela fonctionnera, Bastet. Tu peux y arriver maintenant que tu sais quoi chercher. »

Je rouvre les yeux. Pythagore dort seul un peu plus loin, mais je suis persuadée que son esprit m'a envoyé cette pensée. Cette fois-ci, j'ai un objectif clair, trouver en rêve l'esprit humain capable de dialoguer avec moi dans cet espace-temps qui échappe aux lois du monde normal.

Je me concentre, ferme les yeux, et dans ce troisième rêve guide mon esprit, petit nuage léger sans limite, pour qu'au lieu de s'élargir il se tasse, décolle de mon crâne et s'envole haut dans le ciel. Il monte au-dessus de la forêt. Il rejoint un vaste nuage d'où il peut distinguer tous les visages des esprits humains.

Je vois celui de Nathalie, mais il a les yeux fermés, comme beaucoup d'autres.

Me voici donc évoluant avec mon esprit sur ces visages humains endormis. Les nez et les lèvres forment des protubérances. Les paupières closes semblent des touffes d'herbes. Soudain un reflet attire mon attention. Ce qui ressemble à des fruits lisses et roses émerge au milieu de longs cils soulignant des paupières qui se mettent à battre.

Les lèvres qui sont placées juste en dessous s'étirent dans un sourire, puis s'ouvrent pour prononcer :

– Bonjour, « esprit chat ».

Je m'approche et réponds instinctivement :

– Bonjour, « esprit humain ».

Pythagore avait raison. La communication avec un esprit humain est possible, il suffit juste de trouver le bon récepteur ! Comment disait-il, déjà ? « Il y a forcément une passerelle quelque part. » Je n'aurais jamais cru pouvoir la trouver par le truchement du monde des rêves.

– Nous pouvons vraiment dialoguer ?

– Bien sûr. Ici nous échappons aux limites physiques du monde de l'éveil. Tu le sais forcément, sinon tu ne serais pas là et tu ne me parlerais pas.

– C'est la première fois que cela m'arrive.

– Pas moi. Je sais parler aux esprits de tous les animaux et aux esprits de toutes les plantes. Dès que j'ai compris que c'était possible, j'ai commencé à l'expérimenter, maintenant je le pratique presque tous les soirs. Si c'est la première fois pour toi, bienvenue dans cette expérience. Tu vas voir, c'est passionnant.

À mieux l'examiner, je remarque que son visage est celui d'une vieille femme, un peu similaire à Sophie, mais plus rond et avec les cheveux courts.

– Comment t'appelles-tu ? demande-t-elle.

– Bastet.

– Très élégant. Cela doit être en référence à la déesse égyptienne.

– Et toi ?

– Je me nomme Patricia.

– Tu n'as pas l'air surprise de me parler, Patricia.

– Je suis une chamane humaine et toi, Bastet, à ta manière, tu es une chamane chatte. Nous sommes des ambassadrices de nos espèces respectives. Nous savons toi et moi voyager hors de nos corps. Nous avons ce talent qui nous rend différentes.

– J'ignorais que cela pouvait être aussi simple.

– Je pense que les chamanes chats existent depuis longtemps, mais contrairement aux humains vous n'en gardez pas la mémoire. Chez nous, quand quelqu'un a des pouvoirs, on raconte son histoire oralement, ou dans des livres, des films… Mais chez vous cela s'oublie car vous n'avez pas de support pour la mémoire. Quand tu mourras, Bastet, la prochaine chatte chamane croira elle aussi qu'elle est unique et qu'elle est la première.

Bon sang, elle a raison.

J'ai depuis ma naissance ce talent particulier, et à ce jour je ne fais que découvrir comment je peux l'utiliser. Mon esprit sait instinctivement communiquer avec tout, mais pas dans le monde normal, il doit rejoindre des univers parallèles comme celui des rêves.

– Patricia, j'aimerais échanger avec toi beaucoup d'autres informations, mais il y a une urgence.

– Je t'écoute, Bastet.

– Où se trouve ton corps physique ?

– Depuis l'alerte à la peste, je vis calfeutrée dans un appartement et je survis grâce aux réserves alimentaires que j'ai pu stocker. Je peux tenir encore quelques jours. Et toi ?

– Je suis dans un campement au bois de Vincennes. Il faudrait que tu me rejoignes et que tu interviennes pour transmettre aux hommes des informations que seuls nous, les chats, possédons.

– Je t'écoute.

– Nous avons créé une armée qui a déjà vaincu les rats dans une bataille sur les Champs-Élysées. Nous avons découvert un trésor, une grande réserve de nourriture dans l'abri antiatomique du palais présidentiel. Maintenant nous voulons bâtir un sanctuaire pour les humains et les chats sur l'île aux Cygnes. Un endroit où les rats ne pourront pas nous déranger et où vous serez sûrs de ne pas risquer d'attraper la peste.

– Attends, attends, raconte-moi tout dans le détail et explique-moi ce que tu attends exactement de mon intervention.

Alors je lui narre mes aventures récentes. Patricia est très intéressée. Notre dialogue est naturel, instinctif, d'esprit ouvert à esprit ouvert. Ce que j'ai toujours espéré échanger avec Nathalie dans la vie réelle, je l'obtiens avec cette chamane en rêve.

Une fois mon récit terminé, je lui demande :

– Tu as déjà eu un chat ?

– Non, quand j'étais petite j'avais un chien que j'adorais, répond-elle.

– Jamais de chats ?

– J'ai toujours trouvé qu'ils étaient trop… hautains.

– Nous, « hautains » ? Au regard de la soumission des chiens on doit vous sembler plus indépendants, et cela vous frustre.

– Désolée, je n'ai jamais compris pourquoi les chats n'étaient pas plus aimables envers les humains.

– « Aimables » ? Imagine que des êtres censés te servir te séquestrent dans un appartement. Imagine que ces mêmes êtres censés t'obéir s'autorisent à te castrer, seulement pour ne pas être dérangés par tes odeurs ou tes cris. Imagine qu'ensuite on t'empêche d'exprimer tout ce qui est ta nature profonde. Quand tu as la bonté d'offrir une souris morte tu n'es même pas remercié. Imagine qu'on te nourrisse avec des croquettes dont tu ignores la composition.

– Ce sont des déchets broyés et mélangés. Des os de vache, des yeux de porc, des cartilages de mouton, du soja, de la farine et même parfois un peu de sciure, reconnaît-elle.

– En plus ! Imagine, Patricia, qu'après t'avoir privé du plaisir de manger de la vraie nourriture et d'avoir une sexualité, on t'impose un maître, un nom, une place. Et vous nous trouvez « hautains » ! Moi je trouve que nous ne sommes pas tellement rancuniers envers ces êtres censés nous servir.

– Qu'est-ce qui vous dit que les humains sont censés vous servir ?

– Eh bien ce sont nos… serviteurs.

– Non.

– Pardon ?

– La plupart des humains se considèrent eux-mêmes comme vos maîtres et vos maîtresses.

Ai-je bien entendu ?

– Mais ils…

– Je pense qu'aucune espèce animale n'a d'ordre à donner à une autre espèce. La terre appartient de manière équitable à toutes les formes de vie, animale ou végétale, qui la recouvrent. Et aucune espèce n'a objectivement le droit de se déclarer « au-dessus des autres ». Ni les humains ni les chats.

– Reconnais quand même, Patricia, que les humains sont moins subtils que les chats. Ils perçoivent si peu de choses. Ils ont tous leurs sens atrophiés. Ils n'y voient pas la nuit.

– C'est vrai. Ils ne perçoivent qu'un spectre réduit de couleurs. Ils n'entendent pas les ultrasons. Ils n'arrivent pas à détecter les champs magnétiques ou les déplacements d'énergie.

– Voilà. C'est exactement ça.

– Cela ne veut pas dire que nous sommes inférieurs, cela signifie juste que nous sommes différents. En fait, dans mon esprit, toutes les espèces animales sont complémentaires, d'où mon émerveillement permanent devant l'extraordinaire biodiversité de cette planète. Ces milliers d'espèces différentes d'insectes, de mammifères, d'oiseaux, de poissons, de plantes sont pour moi ce qui est le plus important à préserver.

– Si nous ne réagissons pas ensemble, humains et chats, la biodiversité va se réduire. Les rats vont détruire les espèces qui pourraient leur sembler concurrentes. Alors s'il te plaît, maintenant que nous avons réussi à communiquer, toi et moi, Patricia, explique la situation actuelle à tes congénères afin que nous réussissions ensemble à sauver ce qui peut être sauvé.

Patricia accepte et me promet d'agir dès son réveil.

Je poursuis le reste de ma nuit avec le délicieux sentiment du devoir accompli.

Enfin.

26

Diplomatie dans la forêt

Quand j'ouvre les yeux, Pythagore est face à moi. Il m'observe avec attention.

– J'ai réussi ! J'ai trouvé la passerelle et j'ai dialogué avec une humaine. Je lui ai tout raconté.

Il ne semble pas impressionné, et il se lèche la patte.

– Je sais, dit-il. Ils en parlent tous ici.

– Ah, Patricia est venue ?

– En effet.

– Et elle a transmis mes directives ?

– Presque.

– « Presque » ?

– Ta Patricia a peut-être un esprit capable de communiquer avec celui des animaux mais malheureusement elle a un léger handicap pour communiquer avec celui de ses congénères.

Il me guide vers un point d'où je peux apercevoir Patricia. C'est bien elle. Elle porte un vêtement très coloré avec des plumes. Son corps est couvert de bijoux clinquants. Cependant, quand elle ouvre la bouche, aucun son n'en sort.

– Elle est muette, m'explique Pythagore.

– Je ne comprends pas, dis-je. Dans le monde des esprits elle est…

– Elle a développé un talent de communication dans le monde des esprits précisément parce qu'elle ne peut pas communiquer dans celui des humains. On appelle cela « compenser ». Dans leur monde, elle avait une fonction de…

– Chamane.

– Je dirais plutôt « sorcière ». Je suis allé voir sur Internet ce qu'on dit sur elle. De ce que j'ai compris, c'est une sorte de folle New Age qui vit seule dans une maison isolée. Elle est sourde-muette. Les gens viennent la voir pour qu'elle lise leur avenir dans les lignes de leur main. Elle communique avec eux par écrit. Mais on dit aussi qu'elle aurait fait plusieurs séjours dans des centres psychiatriques et aurait déjà eu plusieurs plaintes pour escroquerie déposées contre elle.

– Alors, elle serait folle ?

– En tout cas, il est difficile de la prendre au sérieux.

Moi qui pensais avoir enfin réussi, j'ai communiqué avec une humaine qui ne peut pas communiquer avec ses congénères !

– Et donc c'est un échec ?

Pythagore ne partage pas ma déception.

– Pas vraiment. Patricia connaît le langage des signes. Elle parle avec les mains et une fille le traduit en paroles humaines. Cela va plus vite que l'écriture. Son discours est suffisamment cohérent pour avoir capté l'attention des autres.

– Bon sang, avec tous ces intermédiaires, cela ne va pas être facile de faire passer notre message !

– C'est déjà un miracle que tu aies réussi cette prouesse, reconnaît Pythagore en me faisant un clin d'œil (encore un de ses trucs d'humain).

Il n'a cligné que d'un œil et c'est assez impressionnant. J'essaye de faire pareil mais n'y arrive pas. Je continue d'observer Patricia qui parle avec ses étranges mouvements de mains.

Les jeunes sauvages finissent par se réunir pour discuter en assemblée. Le chef avec son collier de têtes de rat est virulent, il pointe du doigt Nathalie et sa sœur qui répondent sur un ton plus violent encore. Patricia et sa traductrice poursuivent leur dialogue par gestes. Le chef humain me montre du doigt en arborant un rictus hostile.

Finalement, sur un signal, plusieurs humains lèvent la main.

– Qu'est-ce qu'ils font ? je demande à Pythagore.

– Un vote. Pour connaître l'opinion de la majorité sur ce qu'il convient de faire maintenant.

– Et que dit la majorité, alors ?

– Je ne sais pas. Ils semblent encore partagés. J'ai l'impression qu'il y en a autant qui sont prêts à aller sur l'île aux Cygnes que le contraire.

Tout à coup, une cloche résonne. Alerte générale. Pythagore analyse la situation et m'explique que les rats ont fini par être si nombreux qu'ils ont pu se permettre de sacrifier une centaine des leurs pour franchir les fossés remplis de pétrole censés isoler le campement.

Des rats kamikazes !

Passé le premier réflexe de panique, les jeunes humains se reprennent et s'organisent. Ils remettent leurs masques à gaz et leurs combinaisons de protection. Arcs, fusils, grenades, tout est bon pour repousser la colonne des assaillants grouillants, véritable fleuve de fourrure brune.

Le nombre des rats envahisseurs ne semble pas décroître.

Cette attaque sonne le départ précipité de ce refuge qui était le bois de Vincennes. Il est désormais impensable de rester ici.

Un groupe de jeunes humains s'affairent à rassembler des valises et des sacs.

– Tu crois qu'ils ont compris qu'il faut aller sur l'île aux Cygnes ? je demande à mon compagnon d'aventure.

– De toute façon, je ne vois pas où ils pourraient aller sinon.

Plusieurs jeunes humains partent vers une clairière et dégagent des camions, des voitures, des motos et des vélos qui étaient camouflés derrière du feuillage. La plupart de ces véhicules sont en mauvais état et paraissent avoir été customisés avec des pointes ou des lames sur les pare-chocs. Ce doit être des carcasses récupérées sur le périphérique, qu'ils ont réparées et améliorées.

Pythagore et moi sommes installés dans une camionnette avec Nathalie, sa sœur et Patricia. Le chauffeur est très jeune.

Toutes les voitures, les camions, les caravanes progressent en file sur un sentier.

Un pont est rabattu sur le fossé de pétrole et notre procession emprunte ce passage unique.

Nathalie prononce mon nom et celui de Patricia. Je tourne la tête vers elle. Je crois qu'elle a compris ce que j'ai accompli dans le nuage des esprits. Son ton semble admiratif. Alors je prends conscience que j'ai peut-être réalisé quelque chose d'historique.

Mais pour l'instant, il y a des choses plus urgentes à régler : notre camionnette a un problème de moteur et cale. Le jeune chauffeur tente de remettre le contact, en vain. L'engin n'avance pas.

Les rats nous talonnent et l'un d'entre eux réussit à passer par un gros trou dans le plancher. Je saute dessus et le tue. Malheureusement, le trou est tellement gros que je passe à travers ! Et c'est ce moment que choisit la camionnette pour démarrer. Je vois avec effarement le véhicule s'éloigner et un bon millier de rats galoper dans ma direction.

Je cours, poursuivie par cette meute.

Soudain le temps s'arrête et tout se fige autour de moi.

Mon esprit sort de mon crâne et observe la situation.

À nouveau cette Bastet, là en bas, qui est l'enveloppe charnelle de mon esprit, me semble en péril : mon esprit ne ferait-il pas mieux de l'abandonner ?

27

Sur les bords du fleuve

Qui suis-je ?

Ne suis-je qu'une chatte actuellement en grand danger ?

La prise de conscience du pouvoir de ma pensée tend à me faire fuir de mon corps pour me diluer dans l'Univers.

Est-ce bien ? Est-ce mal ?

Plus j'y pense, plus je comprends que ce serait une erreur.

Si je ne suis plus « confinée », mon esprit risque d'avoir beaucoup de difficulté à agir sur la matière.

Les rats gagnent du terrain mais la camionnette a ralenti pour faire demi-tour, et la portière arrière s'est ouverte en arrivant à ma hauteur.

– Monte ! hurle Pythagore.

La main de Nathalie me soulève, et la portière claque avant que le moindre rat n'ait pu tenter de sauter dans l'habitacle. Mon esprit revient d'un coup dans mon corps. Le véhicule accélère et se dégage sans mal de ses poursuivants.

– Merci de ne pas m'avoir abandonnée.

– J'ai encore besoin de toi et je crois que ta servante tient aussi beaucoup à te garder vivante auprès d'elle.

En effet, cette dernière me caresse et répète mon nom avec affection. Je ronronne presque sans y faire attention.

Après toutes ces émotions, se sentir aimée est un soulagement, même si ce n'est pas de la bonne manière ni par les bonnes personnes.

Je me regarde dans le reflet du rétroviseur et constate encore une fois que mon enveloppe charnelle est plutôt attrayante. Je comprends qu'ils aient fait marche arrière pour me récupérer. Je suis vraiment très belle.

Qu'a dit Pythagore ?

« J'ai encore besoin de toi. »

Je crois que l'Univers a un projet qui me concerne et chaque jour ce projet se révèle plus clairement. Certains êtres sont là pour me le rappeler lorsque je l'oublie.

Notre convoi comprend une vingtaine de véhicules dans lesquels s'entassent une centaine de jeunes humains et du matériel : tentes, armes et outils.

Nous évitons le périphérique et prenons les quais qui longent la Seine. À l'avant, un camion tout-terrain dont le pare-chocs est surmonté d'une grosse pièce de métal triangulaire (Pythagore me dira plus tard qu'il s'agit d'un soc de charrue) ouvre la voie, dégageant les voitures et les gravats pour les faire basculer dans l'eau noire du fleuve.

Je n'aime pas fermer la marche dans une procession. J'ai toujours peur qu'en cas de problème, ceux à l'avant continuent malgré tout d'avancer sans s'apercevoir que je ne suis plus là.

Notre chauffeur doit avoir la même inquiétude car il double toute la file pour se placer juste derrière le camion de tête, qui est bientôt obligé de stopper à cause du surnombre de carcasses qui obstruent la voie. Notre camionnette s'immobilise et je n'aime pas ça. Pythagore actionne le bouton d'ouverture de la vitre, pour mieux examiner la situation.

Alors que nous sommes forcés d'attendre que l'obstacle soit dégagé, il me semble que les rats autour de nous se font de plus en plus nombreux.

– Une histoire médiévale met en scène des rats, me raconte le siamois, *Le Joueur de flûte de Hamelin*. Elle est inspirée d'une histoire vraie survenue en 1284 dans cette ville de Hamelin, en Allemagne. Dans la légende, cette cité fut brusquement envahie par des milliers de rats qui ravagèrent tout. La population dépérissait et commençait à manquer de nourriture. Les habitants ne trouvaient aucune parade pour lutter contre ces envahisseurs. Un jour, un homme se présenta et proposa de sauver la ville en échange de mille écus d'or. Le maire accepta et l'étranger prit sa flûte, se mit à jouer un air envoûtant, charma les rats qui le suivirent et les amena jusqu'à la rivière où tous se noyèrent. Cependant, bien que la ville ait été sauvée, le maire refusa de lui payer la somme promise et les habitants de Hamelin, oubliant le service rendu, chassèrent le joueur de flûte avec des pierres en se moquant de lui et en minimisant la menace qu'avaient constituée les rats. Le musicien promit de se venger. Il revint quelques jours plus tard et, profitant de la nuit, il joua de la flûte et attira cette fois tous les enfants de la ville qu'il conduisit à la rivière, où ils se noyèrent à la suite des rats.

Je dois avouer qu'après ce qui est arrivé à mes chatons, cette histoire me ravit. Cela me semble une manière intéressante de se venger des ingrats.

– Ces contes que les humains se transmettent leur permettent de garder en mémoire les épisodes du passé où ils ont dû affronter des catastrophes.

– J'aime bien quand tu me racontes des histoires, Pythagore.

– J'aime bien en raconter, avoue-t-il. Peut-être suis-je né pour raconter celles des humains aux chats…

– En commençant par moi ?

– Toi, tu as cet avantage : tu sais écouter et tu sais apprécier. Tous les chats ne sont pas comme toi.

Je repense en effet à Félix qui était blasé, ne s'intéressait à rien, n'avait aucune ambition, et du coup, n'attendant que peu de choses de la vie, n'en a reçu que peu.

Finalement, pour dégager le bouchon, les jeunes humains dégainent des tubes que Pythagore nomme « bazookas ». Le passage est libéré dans une explosion et le convoi reprend son chemin.

Nous rejoignons quelque temps plus tard le reste de nos congénères restés dans le palais de l'Élysée.

Angelo, cette fois-ci, me fait la fête. Je remercie Esméralda de l'avoir gardé. Je remarque que le nombre de chats présents a doublé et je reconnais même Nabuchodonosor dans la foule. Il a dû avoir vent de notre victoire et a préféré faire demi-tour pour nous rejoindre.

Quand les humains du convoi découvrent ce qu'il y a derrière les murs de béton et la porte d'acier de l'abri antiatomique présidentiel, ils n'en reviennent pas.

Ils ouvrent les boîtes de conserve et débouchent les bouteilles dont le contenu nous était jusque-là inaccessible. Ils récupèrent des caisses d'aliments, des armes, des combinaisons et des masques de protection (de meilleure qualité que ceux qu'ils utilisaient), font le plein de munitions, de médicaments et de matériel de chirurgie avec lequel ils commencent à soigner les blessés.

Au bout de deux ou trois heures, tout ce que contenait l'abri est entassé dans les camions et les voitures. Le convoi se reforme et nous reprenons la route pour rejoindre l'île aux Cygnes. Angelo, Wolfgang et Esméralda viennent avec nous dans la camionnette. Les autres chats et le lion suivent en trottant.

J'avertis Hannibal que, pour l'instant, il vaut mieux éviter de dévorer les enfants humains car ils sont nos alliés contre les rats.

J'estime que nous sommes désormais près de trois cents chats en plus de la centaine d'humains. Une belle petite troupe.

Pythagore utilise son Troisième Œil pour guetter, par le truchement des caméras vidéo municipales, les regroupements de rats. Par chance, ces derniers n'ont pas encore eu le temps de reconstituer une armée suffisante pour oser nous attaquer.

Notre procession rejoint bientôt les quais du fleuve. Le camion brise-glace ouvre la voie dans la ferraille et les débris de ciment et de béton.

Pythagore observe lui aussi le décor extérieur.

– Nous avons bien fait de partir, dit-il.

– Ils étaient sur le point de nous attaquer ?

– Ils sont de plus en plus nombreux à se regrouper aux alentours. Un rat plus gros que les autres se tient sur ses pattes arrière pour galvaniser la foule de rats, il me semble l'avoir vu durant la bataille des Champs-Élysées.

– Le roi des rats ? Je l'ai baptisé Cambyse, et j'ai bien failli l'avoir.

– Il tente de rallier encore plus de rats à sa cause. Désormais, des hordes de rongeurs convergent vers la capitale depuis les banlieues. Ils sont déjà cent fois plus nombreux que nous.

– Combien de temps nous reste-t-il selon toi ?

– Avançons et nous verrons bien.

Il a bien dit « cent fois plus nombreux que nous » ?

28

Pythagore

Le vent souffle fort mais notre procession avance bien malgré les bourrasques. Le fleuve noir a pris des tonalités grises et les vagues viennent se fracasser sur les berges, nous arrosant parfois au passage.

Nous progressons, bruyants mais suffisamment nombreux et armés pour que nul pour l'instant n'ose tenter de nous stopper.

Sur notre gauche, la tour Eiffel fait tournoyer son faisceau de lumière.

– Au début j'ai pensé que nous aurions dû nous installer là-haut, au sommet de cette tour de métal, dit Pythagore, mais vu notre nombre, cela m'a semblé difficile à mettre en place.

– Et puis si les rats nous attaquent, nous ne pourrons pas sauter d'aussi haut, je lui fais remarquer.

En y réfléchissant, je me dis que j'ai la vie idéale : chaque jour apporte son lot de surprises.

Il est déjà mort celui pour qui demain est un autre hier.

Il est déjà mort celui qui sait le matin ce qui va lui arriver l'après-midi.

Il est déjà mort celui qui n'aspire qu'à l'immobilisme et à la sécurité.

J'ai fait le choix d'exposer mon corps aux épreuves, mais c'est mon esprit qui s'améliore. Façonné par l'inattendu et les déconvenues, il se connaît mieux, il sait ce qu'il veut et ce qu'il peut, il est cohérent et je sais le diriger comme une prolongation de mon corps.

Pythagore avait raison, mon âme a dû choisir cette vie pour faire des expériences : les épreuves servent à m'instruire et à m'élever.

Ma vie n'a pas besoin d'être facile ni parfaite pour être merveilleuse. C'est juste ma manière de la percevoir qui lui donne du sens.

Je ne me sens en compétition avec personne.

J'ai ma propre trajectoire unique et inimitable.

Je…

Zut, je deviens une chatte philosophe. C'est la mauvaise influence de Pythagore. Il faudrait peut-être que je commence par résoudre les problèmes immédiats avant de me poser trop de questions existentielles.

J'observe mieux le décor.

Quelques rats pointent parfois le museau, nous surveillent, mais ils n'osent pas approcher. Pour l'instant.

Il va falloir faire vite.

Enfin Pythagore nous signale que l'île aux Cygnes est en vue. Du peu que j'en distingue, c'est une langue de verdure au milieu du fleuve. Nous rejoignons le pont de Bir-Hakeim d'où part un escalier qui descend jusqu'à l'île proprement dite. Les jeunes humains forment alors une chaîne pour vider les véhicules et transporter les caisses de nourriture, les outils et les armes.

Esméralda s'étend sous un banc. À peine s'est-elle couchée qu'Angelo vient la téter. Celui-là, il n'arrête pas de manger ! Mais je n'ai plus le sentiment qu'elle me vole mon fils. Après tout, est-ce parce qu'on a accouché d'un être qu'il vous appartient ? Au vu de mes aventures récentes, je crois que le sentiment qui génère tous les conflits est l'envie de posséder. Posséder son conjoint, posséder le territoire, posséder nos serviteurs humains, posséder la nourriture, posséder ses propres enfants. Personne n'appartient à personne. Les êtres ne sont pas des objets. Après tout, si Angelo a envie d'avoir deux mères, c'est son choix. En plus cela m'arrange, cela me permet d'avoir des instants à moi sans être tout le temps sollicitée pour fournir du lait. Je vois dans l'abandon de l'envie de posséder un premier intérêt : un peu de répit pour mes tétons.

Je pars visiter l'île aux Cygnes.

À sa pointe orientale se trouve la statue d'un homme brandissant une épée sur un cheval au galop.

– Cette statue s'appelle *La France renaissante*, commente Pythagore, me rejoignant.

– Il y a déjà eu des guerres, précisément ici, sur cette île aux Cygnes ? je demande.

– Non, c'est une île artificielle qui a été créée en 1820. Elle est bien trop étroite pour avoir jamais fait l'objet de la moindre convoitise. Neuf cents mètres de long, sur onze mètres de large. Jamais personne n'y a habité. Elle sert de soutien aux trois ponts qui la traversent.

Nous trottons sur la longue allée qui traverse l'île de part en part. À la pointe occidentale se trouve une autre statue encore plus majestueuse.

– C'est une copie réduite de la statue de la Liberté qui se trouve à New York, m'informe Pythagore. Mais si la vraie fait quarante-six mètres de haut, celle-ci n'en fait que onze.

– Cela représente quoi ?

– C'est une femme géante. Dans sa main droite elle porte le flambeau de la liberté qui éclaire le monde, et dans sa main gauche les tables de la Loi qui servent de règles aux comportements en groupe.

– C'est une déesse ?

– Non, toutes les statues ne sont pas forcément des déesses. Celle-ci est une simple femelle censée symboliser l'humanité libre.

Notre île a donc un côté mâle et un côté femelle.

Tout autour de nous les jeunes humains s'affairent à installer le campement. Nathalie est nerveuse. Elle commence à s'activer sur le clavier de son smartphone (heureusement équipé d'un système de batterie solaire). Pythagore ferme les yeux et je comprends qu'il plonge dans son Internet.

– Elle fait l'inventaire des réserves de matériel sur les chantiers avoisinants, chuchote-t-il.

– Quel genre de matériel ?

– Parpaings, ciment, camions-citernes, pelles, râteaux, et surtout… explosifs.

Puis ma servante range son smartphone, appelle quelques jeunes individus et leur parle un moment, avant qu'ils ne détalent pour aller accomplir leur mission, qui consiste probablement à récupérer ce matériel dans les environs.

Tout a l'air de se mettre en place.

Pourvu que Patricia ait pu transmettre à ses congénères mon message et mes indications. Je vois justement la chamane assise dans un coin. Elle mange, l'air préoccupée. En fait, elle n'arrête pas d'ingurgiter des aliments et j'ai l'impression qu'elle apaise son corps en le remplissant.

Pendant ce temps les jeunes humains commencent à édifier des murets de protection avec des caisses. Le vent continue de souffler fort et les vagues du fleuve sombre viennent s'écraser sur la berge. Pythagore guette les quais pour tenter d'y percevoir d'éventuels assaillants. Je perçois son inquiétude.

– Raconte-moi la suite de l'histoire des hommes et des chats, dis-je.

– Désolé, je n'en ai plus envie. Maintenant c'est toi qui vas me raconter tes histoires. Comment es-tu arrivée à émettre vers cette Patricia ?

– En fait, j'ai toujours pensé que tous les êtres vivants équipés d'un système nerveux avaient un esprit et que cet esprit pouvait s'affranchir de son enveloppe corporelle. J'ai toujours eu l'intuition que notre esprit était comme de l'air, ou plutôt comme un nuage, ou même encore mieux : un nuage capable de tout traverser et de s'étendre à l'infini.

– D'où t'est venu ce concept ?

– D'un rêve. Un rêve où je voyais mon esprit précisément comme une vapeur qui grandissait hors de mon crâne et devenait de plus en plus large. Une fois cette vapeur au-dessus de moi, je me suis vue de haut. Je voyais ce chat en bas, et qui était censé être moi, mais j'étais davantage. Mon esprit était bien plus grand que mon enveloppe charnelle.

Pythagore m'observe différemment.

– C'est étrange ce que tu racontes, car l'une des expériences accomplies par Sophie sur des animaux conforte ce que tu dis. Elle me l'a racontée, puis elle me l'a montrée. Cette expérience a été effectuée sur un animal particulier, pas un chat mais un ver. Le ver planaire. Il a une tête, des yeux, une bouche, un cerveau et un système nerveux. Sophie en avait pris plusieurs et les avait disposés dans des labyrinthes où se trouvaient par endroits des récompenses, à savoir de la nourriture, et par endroits des punitions, des décharges électriques. Ils rencontraient la nourriture ou les décharges selon leurs pérégrinations dans le labyrinthe.

– Comme un parcours de vie ?

– Exactement. Elle les a laissés un long moment puis elle les a récupérés et… elle leur a coupé la tête. Le ver planaire a une particularité, c'est que sa chair repousse.

– Même la tête ?

– Oui, même la tête. Les vers ont été décapités puis au bout d'un moment leur tête s'est reconstituée. Sophie a alors replacé dans les labyrinthes ces vers avec leur nouvelle tête, donc leur nouveau cerveau. Ils allaient directement là où il y avait de la nourriture et évitaient systématiquement les endroits où ils allaient recevoir des décharges électriques.

Je n'ose en croire mes oreilles.

– Cela confirme mon hypothèse : l'esprit n'est pas qu'à l'intérieur du crâne, je murmure.

Pythagore me fixe de son regard profond.

– Quand j'explore Internet, j'ai aussi cette impression que je suis un esprit circulant dans un monde immatériel infini. C'est en partie pour cela que j'y prends autant de plaisir.

– Toi, tu as Internet pour sortir de ton corps, moi j'ai les rêves. Où il n'y a plus la barrière des espèces, juste des esprits qui rencontrent d'autres esprits.

Pythagore me fixe toujours de ses immenses yeux bleus qui ressortent au milieu de son pelage gris et noir. Je crois qu'à cet instant je l'impressionne autant qu'il m'a impressionnée avec ses récits sur l'histoire.

– Et qu'as-tu vu dans ton « monde des rêves où tous les esprits sont égaux et peuvent communiquer » ?

– J'ai entrevu l'esprit de Nathalie, mais il était fermé. Je crois que je ne pourrai jamais communiquer avec elle.

– Même si tu avais pu lui parler, elle n'aurait pu communiquer, reconnaît-il. Pour elle tu n'es qu'une sorte de peluche qui miaule.

Il a raison.

– Je pensais qu'elle m'avait choisie parce qu'elle avait pressenti qui j'étais vraiment. Et le fait qu'elle m'ait nommée Bastet et que tu m'aies expliqué la signification de ce nom ne faisait que m'encourager dans cette voie.

– Mais tu as trouvé la bonne passerelle – ta « Chamane-Sorcière ».

– Patricia est mon alter ego dans le monde des humains. Elle aussi a intégré que nous ne sommes pas que des esprits enfermés dans un support de chair. Elle aussi a souhaité communiquer avec les animaux, avec les plantes, elle aussi est une pionnière.

Et alors que je dis cela, une idée étrange me traverse l'esprit : est-ce qu'en réalité je ne communique pas mieux avec Patricia d'esprit à esprit en rêve qu'avec Pythagore avec lequel je parle la même langue ?

Cela serait le paradoxe suprême : mieux communiquer sans la parole, même avec des êtres d'une espèce différente !

Pythagore s'approche de moi et me frotte le cou avec son museau. Je crois qu'il a perçu ma pensée et qu'il cherche un autre moyen de se relier à moi, par le contact de notre fourrure.

Nous nous éloignons du groupe.

Pythagore me fait signe de le suivre vers la haute statue de la Liberté. Je monte avec lui sur l'arbre voisin et, de là, nous utilisons la branche la plus proche pour sauter sur le socle de pierre et nous nous retrouvons au pied de la femme de bronze. L'imitation des plis de tissu de sa toge donne prise à nos griffes et nous permet de rejoindre le sommet de sa tête.

Nous nous y installons et observons les alentours.

– Ça, c'est la Maison de la radio, c'est de là que les humains envoient des ondes de communication, télévision, radio.

– Internet ?

– Probablement. Je n'en suis pas sûr. En tout cas, ici je capte bien.

J'inspire l'air profondément.

– Regarde là-haut.
– Les étoiles ?
– Et les planètes. J'ai eu une fois cette idée que... nous, les chats, ne sommes pas originaires de la Terre. Ailleurs, j'ignore où, il y a peut-être une autre planète où sont apparus nos ancêtres. Ils auraient lancé une fusée avec des astronautes chats qui ont atterri ici, il y a très longtemps.
– En fusée comme Félicette ? Pourquoi serions-nous venus ici précisément ?
– Nous sommes peut-être venus pour coloniser cette planète encore primitive habitée par des êtres grossiers au niveau de conscience balbutiant.
– Alors pourquoi avons-nous oublié d'où nous venons ?
– Parce que nous avons développé les outils de l'esprit mais pas ceux de la mémoire. Nous ne savons ni écrire ni lire, du coup nous n'avons pas de moyens solides pour fixer les informations. Nous n'avons pas de mémoire sur le long terme. Peut-être que les premiers pionniers ont narré notre histoire à leurs enfants, qui l'ont eux-mêmes répétée aux leurs. À force d'être racontée, elle a dû être un peu déformée et sans doute remise en question, avant de devenir un simple conte, une légende. Puis oubliée par tous. Comme tout ce qui n'est pas noté sur un support immuable.

L'idée m'intrigue et les mouvements de l'extrémité de ma queue trahissent mon excitation.

– L'histoire n'a pas dû totalement se perdre puisque Bastet et les dieux et déesses à tête ou corps de chat d'Inde, de Chine, et de Scandinavie ont été vénérés.
– Certains humains se souvenaient mieux que nous de la réalité de nos origines. Parce que l'écriture et les livres donnent aux humains le moyen de garder une trace concrète de tout ce qui est arrivé dans le passé. C'est leur grand avantage et

c'est notre grande lacune. La mémoire écrite est la clef de l'immortalité des civilisations. Sans livres, toutes les vérités peuvent être remises en cause, tout ce qui a été accompli est progressivement oublié.

Je me lèche. Pythagore remue les oreilles.

– J'essaye d'imaginer une planète avec des chats qui posséderaient une technologie très avancée. Ils auraient peut-être des véhicules plus petits et plus rapides conduits par des chats. Des avions qui voleraient encore plus haut.

– En forme d'oiseau souple aussi, je me permets de préciser.

– J'imagine ces chats avec des vêtements.

– En cuir de rat ?

– Peut-être même des chats bipèdes.

À chaque fois qu'il ajoute une idée, j'ai envie de la compléter.

– Des chats en train de manger du foie gras de... souris, propose-t-il.

– C'est quoi du foie gras ?

– Un mets très prisé par les humains, comme le caviar.

– Je veux goûter à ton foie gras de souris.

Il continue à réfléchir, les yeux fixés vers les étoiles. Le vent nous rabat les moustaches sur les joues.

– Des chats qui auraient... des petits humains comme animaux de compagnie ? je propose pour surenchérir.

– Non, les humains il n'y en a que sur Terre.

– En es-tu sûr, Pythagore ? Moi je vois bien de grands chats en tenue de ville caresser des petits humains nus frétillants de joie. Je vois ces chats leur préparer leurs croquettes, nettoyer leur litière.

Pythagore et moi entrons dans une surenchère d'hypothèses sur une éventuelle civilisation de chats, mais je crains que notre imagination ne soit limitée par ce que nous avons déjà observé chez nos serviteurs humains. Puis nous finissons par nous endormir, blottis l'un contre l'autre.

Je dors.

Je rêve.

Mon esprit quitte mon corps et, fin nuage de pensée chat, il rejoint le grand nuage de la pensée de tous les êtres vivants conscients.

À nouveau je distingue des visages humains endormis, les yeux fermés, et je retrouve le visage de Patricia, les paupières ouvertes, l'esprit réceptif comme la fois précédente.

– Bonjour, Bastet.

– Je ne savais pas, Patricia, que tu étais...

– Avant, j'étais professeur d'histoire à l'université. Je me trouvais un peu grosse, alors j'ai pris un médicament pour maigrir. Mais ce médicament a eu des effets secondaires néfastes. Au début j'avais des migraines, puis ça a été les vertiges et des difficultés à m'exprimer. Quand j'ai fait le lien avec le médicament, il était trop tard. J'ai intenté un procès à la firme pharmaceutique, que j'ai gagné : le médicament a été interdit mais le mal était fait. À chaque jour qui passait, je perdais un peu plus l'émission et la réception. La capacité de parler et d'entendre. Je me suis retrouvée progressivement enfermée dans ma tête, seule avec moi-même. C'est une sensation étrange. Dépourvue de deux de mes sens principaux, j'en ai développé deux autres pour compenser, m'échapper et rester en contact avec le monde extérieur. On dit qu'être aveugle est le pire des handicaps, mais pour moi c'est la surdité. Quand on est sourd on ne perçoit plus le volume de l'espace où l'on se trouve car les oreilles permettent aussi de donner cette information, le savais-tu ?

– C'est parce que tu étais « enfermée dans ta tête » que tu es devenue chamane ?

– C'est parce que j'étais enfermée, comme tu dis, que j'ai cherché une porte de sortie et puis... il n'y a pas beaucoup de métiers « normaux » pour les sourds-muets. Mon esprit a cherché un moyen de subsister. Dans la vie, je crois que tout s'équilibre, tout handicap est contrebalancé par l'émergence d'un talent particulier.

– En tout cas, bravo ! Tu as réussi à transmettre mon message aux autres, dis-je. Félicitations.

– Bravo à toi, Bastet. C'est grâce à ton plan que nous sommes ici.

– Pour tout t'avouer ce n'est pas mon plan, c'est celui de mon compagnon, Pythagore. C'est lui qui sait tout, c'est lui qui organise tout, c'est lui qui a trouvé l'île aux Cygnes. C'est lui qui a le Troisième Œil. Je ne suis que sa... disciple.

– Pythagore ? Sais-tu que ce nom est celui d'un humain très célèbre de l'Antiquité grecque ? Il était très intelligent et très sage. Quand j'étais professeur, je m'étais spécialisée dans cette période de l'histoire et je me suis passionnée pour le personnage qui porte le même nom que ton ami. À mon avis c'est l'humain le plus prodigieux que la terre ait jamais porté.

Décidément, Patricia est surprenante.

– Veux-tu connaître sa vie de manière plus précise ?

– Bien sûr.

– Sa mère pensait être stérile, elle est donc allée consulter la Pythie de Delphes et cette dernière lui a prédit la naissance d'un enfant qui aurait toutes les qualités. Alors elle l'a nommé « Pythagore », ce qui signifie « annoncé par la pythie ». Il est né en 570 avant Jésus-Christ sur l'île grecque de Samos et ses parents étaient bijoutiers.

« Tout jeune, déjà, Pythagore était très beau, très sportif. Et à dix-sept ans il était non seulement un virtuose de la harpe et de la flûte, mais il remporta toutes les compétitions de pugilat, la boxe de l'époque, aux Jeux olympiques. Un jour son père lui demanda de se rendre en Égypte pour livrer aux prêtres du temple de Memphis les bagues ciselées que ces derniers avaient commandées.

– Des prêtres égyptiens qui vénéraient Bastet ?

– Probablement. Toujours est-il qu'il profita de son séjour à Memphis pour s'initier aux mystères de la religion égyptienne.

– Il a dû avoir un chat.

– Alors qu'il recevait l'enseignement des prêtres égyptiens, le pays fut attaqué par l'armée perse du roi…

– Cambyse II ?

– Tu connais déjà cette histoire ?

– Cela fait partie de la culture générale de tout chat…

– Le jeune Pythagore assista impuissant au saccage des temples, au supplice public de l'ancien pharaon, et à la mise à mort des prêtres et des aristocrates.

– Et de leurs chats ?

– En effet, les chats furent aussi massacrés. Pythagore n'eut que le temps de fuir en Judée, l'actuel Israël. Là, il fut accueilli par des prêtres hébreux et initié à la religion juive.

– C'était un grand voyageur.

– Oui, ce qui était assez rare à l'époque, car les voyages étaient très dangereux. Mais la Judée fut à son tour envahie par les guerriers du royaume de Babylone, l'actuel Irak, qui le firent prisonnier et le ramenèrent chez eux comme esclave.

– Il n'avait pas de chance.

– Si, parce que dans sa geôle il rencontra des prêtres du culte d'Orphée, capturés en Thrace, et des prêtres chaldéens. Il fut donc initié à ces religions puis, grâce à l'aide des prêtres, il arriva à s'évader et partit vers l'est, vers l'Inde.

– C'était loin ?

– Très loin. Là, il compléta à nouveau son initiation par l'hindouisme. Une fois formé, il rentra à Delphes où il eut une histoire d'amour avec la nouvelle Pythie et reçut l'enseignement des prêtresses du temple. Puis il fit étape sur son île natale de Samos, mais comme la Grèce était sous la coupe d'un tyran, il préféra continuer sa route vers l'ouest et s'installa à Crotone, dans le sud de l'Italie. Il convainquit les habitants de cette ville de le laisser créer une école. En échange, il proposa de se charger de la gestion politique et économique de la ville. Dans cette école on enseignait aussi bien le sport que la médecine, la géométrie que la poésie, l'astronomie que la géographie, la politique que la musique, et même le végétarisme.

– Je sais que c'est lui qui a inventé les mots « philosophie » et « mathématiques ».

– En effet. Tu as bien retenu ta leçon.

Je laisse Patricia, complètement habitée par la vie de ce personnage, reprendre son récit.

– La sélection des nouveaux élèves était très stricte. Elle ne se faisait que sur l'intelligence et la bravoure. Chaque nouvel élève devait tout abandonner pour entrer dans cet institut. L'école pythagoricienne fut pourtant la première à admettre en son sein des femmes, des étrangers et des esclaves. Ce qui, à l'époque, était inconcevable.

– Combien y avait-il d'élèves ?

– Entre deux et trois cents, pas plus. En dehors des cours, il y avait aussi des ateliers de recherche et d'analyses. Pythagore a passé sa vie à tenter d'établir une passerelle entre la spiritualité et la science. C'est dans les nombres qu'il lui a semblé trouver une voie. La première année, ses élèves apprenaient le pouvoir du chiffre 1 avec l'unité de l'Univers. La deuxième année, ils étaient initiés aux mystères du chiffre 2 avec la dualité homme/femme, jour/nuit, chaud/froid. La troisième année, Pythagore enseignait le pouvoir du chiffre 3. Avec le triptyque : corpsintelligence-esprit. La quatrième année, le pouvoir du chiffre 4 avec les quatre éléments : air, eau, terre, feu.

C'est étrange, tout résonne comme une évidence dans mon esprit. J'ai l'impression que je savais déjà cela depuis longtemps.

– Pythagore considérait qu'il y a deux manières de voir l'Univers : la simple matière qu'on peut toucher et les nombres. Il pensait que la matière est le résultat d'infimes particules dans le vide reliées par les lois mathématiques.

Bon sang. Voilà qui corrobore ce que j'ai toujours pressenti.

– Il découvrit des règles fondamentales qui régissent les mesures, comme le théorème de Pythagore, qui plus tard servira de règle de mesure à tous les architectes, mais aussi le nombre d'or, qui régit l'harmonie des formes. Sa devise était : « Tout est nombre. » Enfin, il établit la première gamme musicale, par le biais d'une corde sur une tablette graduée.

– Un seul humain aurait accompli autant de découvertes dans autant de domaines ?

– En 450, un noble de la ville de Crotone, Cylon, déçu d'avoir échoué aux examens d'entrée de l'école pythagoricienne, convainquit la population de se soulever contre cet établissement. Il accusa les pythagoriciens d'être élitistes et de ne pas diffuser leur savoir à tout le monde. Il prétendit qu'un trésor se trouvait caché à l'intérieur. Les habitants attaquèrent l'école, l'incendièrent, tuèrent les élèves et les professeurs qui tentaient en vain de défendre leur maître.

– L'action d'un seul homme jaloux a suffi à faire s'effondrer tout son système ?

– Pythagore fut assassiné. Il avait quatre-vingt-cinq ans. Tous ses écrits furent brûlés mais sa pensée a continué à vivre à travers ses disciples qui, eux, de mémoire, ont témoigné de ses découvertes et de son enseignement. Parmi les plus célèbres héritiers de la philosophie de Pythagore, on trouve les Grecs Socrate et Platon, ou encore l'architecte romain Vitruve.

– Tu crois que mon Pythagore chat pourrait être la réincarnation du Pythagore humain ?

– Ta question est d'autant plus troublante que Pythagore (peut-être du fait de son séjour en Inde) croyait à la réincarnation et qu'il prétendait avoir la mémoire de toutes ses vies passées, qu'elles soient humaines ou animales. En outre, il possédait plusieurs chats qu'il adorait.

– *Mon* Pythagore prétend en tout cas avoir lui-même choisi son nom.

– J'ai un jour songé que ma passion pour ce philosophe grec pouvait être due au fait que je serais la réincarnation d'un de ses élèves tués avec lui dans l'incendie de l'école. Ce combat entre les barbares non éduqués et les hommes instruits est sans âge.

– Pythagore, mon compagnon chat, pense la même chose. Il prétend que ceux qui ne comprennent pas veulent toujours, par jalousie, tuer ceux qui comprennent.

– Je pense qu'il faut instruire tout le monde, mais pour parvenir à cela, il faut déjà dans un premier temps *préparer* les esprits. S'ils ne sont pas prêts, ils comprennent tout de travers, utilisent les outils pour détruire au lieu de construire, transforment les informations réelles en mensonges afin de mieux asservir leurs contemporains. « Science sans conscience n'est que ruine de l'âme », déclarait Rabelais, un grand humaniste français de la Renaissance.

J'ai l'impression que ce que nous vivons actuellement sur l'île aux Cygnes entre en résonance avec beaucoup de crises du passé. Je comprends que ce combat auquel je participe n'est pas qu'une guerre de territoire ou de subsistance. C'est la guerre de la civilisation contre la barbarie. Il y eut le combat de Cambyse II contre les prêtres de Bastet, celui de Cylon contre les élèves de

Pythagore, les terroristes fanatiques contre les écoles laïques. Et maintenant les rats.

– Je redoute la prochaine bataille, dis-je.

– Moi aussi. Si notre civilisation s'effondre, il faudra attendre longtemps avant qu'elle puisse se reconstruire.

– J'ai encore une requête un peu particulière à te soumettre, Patricia. Au moment de la bataille, pourrais-tu demander aux jeunes humains de diffuser un morceau de musique particulier ?

Puis nous décidons de réintégrer nos corps respectifs pour nous préparer à nous réveiller dans le monde de la matière.

Le nuage argenté de mon esprit retrouve sa forme de sphère et revient se lover dans l'étroit habitacle de mon crâne.

29

L'île aux Cygnes

Je soulève mes paupières et bats des cils.

Le jour s'estompe en nuages mauves, la nuit étend son obscurité révélant les étoiles.

Pythagore se réveille à son tour. Nous descendons de la statue et partons rejoindre les humains à leur campement.

Des individus ayant appris notre existence sont venus spontanément se rallier à notre cause. Des humains désespérés, arrivés au bout de leurs réserves, de tous âges et de tous sexes, mais aussi des chats solitaires affamés, finalement résolus à accepter la vie en collectivité pour survivre.

Les jeunes humains que Nathalie a envoyés en mission reviennent avec des camions-citernes et des poids lourds remplis de matériel de chantier. Sur ses recommandations, tous se mettent en urgence à placer des explosifs sous le pont de Bir-Hakeim et sous le pont du RER qui passe au-dessus de l'île, puis sous le pont de Grenelle (les trois jonctions avec les berges), avant de garer les camions au centre, près de l'escalier du pont de Grenelle.

Ma servante commande les opérations. À son signal une déflagration se produit et le premier tronçon de pont reliant à Passy s'effondre. Quelques humains applaudissent, des chats miaulent. Puis c'est le tour du métro aérien. Les deux bras du pont de Bir-Hakeim ne tardent pas à subir le même sort.

Désormais, il n'y a plus aucun moyen de rejoindre les berges à sec. Nous voici coupés de tout, cernés par l'eau sombre du fleuve.

Le lion Hannibal rugit. Il exprime tout haut ce que nous ressentons tous : nous sommes protégés, mais aussi prisonniers.

Seul Pythagore ne semble pas inquiet.

Il ferme les yeux et utilise son Troisième Œil pour puiser des informations bien au-delà de ce que peuvent percevoir mes yeux et mes moustaches.

– Les rats se regroupent, annonce-t-il. Ils peuvent attaquer à n'importe quel moment. Tout le monde doit rejoindre son poste de défense.

Je ferme les yeux à mon tour.

Sans rêver, je visualise le nuage de mon esprit, il s'élargit et je sens la vie qui palpite partout autour de moi.

Je perçois des humains apeurés, cachés dans les maisons sur les quais en face, qui nous observent derrière leurs fenêtres. Je perçois des pigeons qui volent, curieux de toute cette agitation autour de l'île aux Cygnes.

Je capte enfin l'énergie des rats qui nous guettent depuis les berges. Je peux même entendre leurs griffes gratter le sol.

Les mouettes et les corbeaux se massent sur les branches les plus élevées des arbres de l'île, mais restent silencieux.

J'entends un grincement monter. Les rats aiguisent leurs incisives pour nous intimider.

Je rejoins ma servante Nathalie qui me caresse et me murmure quelque chose dans son langage. Elle répète mon nom.

Je me mets à ronronner.

Je change de longueur d'onde pour signifier que je n'ai pas peur et qu'elle n'a rien à craindre non plus.

Nathalie pleure. Je lèche ses larmes (j'adore de plus en plus leur goût salé) et me serre contre elle. Les êtres avec lesquels nous avons une affinité naturelle nous donnent envie de nous surpasser, et puis il y a d'autres êtres qui nous ralentissent, nous pompent notre énergie en nous faisant croire qu'ils sont importants pour nous (comme son mâle Thomas).

Angelo, Pythagore, Nathalie et depuis peu Patricia sont les êtres dont j'ai besoin. Peut-être qu'un jour Wolfgang, Esméralda ou Hannibal rentreront dans ce cercle, mais pour l'instant je le préfère restreint, il ne faut pas que je me disperse.

Autour de nous les jeunes humains utilisent le matériel rapporté des chantiers pour construire des tours de garde et des cabanes. Des sentinelles armées de jumelles, de lance-flammes ou de mitraillettes y prennent place.

Je perçois leurs émotions.

Une fébrilité accompagnée d'une inquiétude palpable.

Je sens ma respiration qui s'amplifie.

Je sens mon cœur qui accélère.

Je sens la mort qui approche.

30

Des griffes et des dents

L'attente est insupportable.

Angelo, Esméralda et Wolfgang me rejoignent près des braises d'un feu de camp.

Wolfgang miaule :

– Tous ces événements m'ont donné à réfléchir. Mon serviteur, le président de la République, s'est enfui en m'abandonnant. J'ai vu les humains s'entretuer et j'en suis arrivé à la conclusion suivante : je n'aime plus les humains.

Le chat présidentiel a prononcé cela sur un ton neutre.

– Moi aussi j'ai été abandonnée par ma servante, rappelle Esméralda, mais je ne lui en veux pas car les circonstances étaient exceptionnelles.

– Moi, j'ai retrouvé ma servante. Peut-être que vous aussi, un jour, vous retrouverez les vôtres, dis-je.

– Plus je réfléchis, plus j'estime que si les rats gagnent contre nous après avoir gagné contre les humains, c'est qu'ils sont meilleurs que nous et méritent de gouverner le monde, poursuit Wolfgang.

Angelo tourne autour de nous, prêt à jouer.

– Nous ne pouvons pas juger une espèce entière en période de crise, dis-je. Moi je n'ai pas peur du futur. J'ai eu une belle vie, c'est normal que je connaisse quelques « difficultés passagères ». Je pense que si les êtres s'agitent et communiquent, c'est pour lutter contre ce véritable ennemi qu'est le désœuvrement.

– Ah bon ? Parce que tu penses que sinon chaque espèce, chaque individu resterait à sa place ? demande Wolfgang.

D'ici il me semble repérer furtivement quelques rats derrière les voitures abandonnées sur les berges. Ils doivent être très frustrés de ne pas pouvoir nous surprendre par les sous-sols ou les ponts. Ils vont devoir nager.

Je me souviens comment l'élément eau avait permis à leur roi et à une grande partie de leurs troupes de fuir sans que nous puissions les poursuivre.

J'espère que Nathalie a tenu compte de cela dans son plan de défense.

Sous l'effet de l'anxiété, les chats se sont gavés et nous avons déjà épuisé les réserves de caviar et de croquettes. Nous en sommes venus à manger des aliments étranges aux textures et aux couleurs peu naturelles, des aliments d'humains. Tout n'est pas bon mais il y a de bonnes surprises, comme ce que Pythagore nomme la mayonnaise, dont je raffole au point de m'en mettre toujours plein les moustaches.

Angelo n'ayant pas trouvé de partenaire de jeu disponible, il s'amuse avec un escargot qui, pour sa part, n'a pas l'air d'apprécier du tout. J'envie par moments l'insouciance de mon fils, comme j'aimerais parfois ignorer tout ce que m'a appris Pythagore sur l'histoire de notre espèce tantôt adulée, tantôt persécutée par les hommes.

Et puis, alors que le ciel commence à virer de l'orangé au pourpre, l'alerte est lancée par un chat :

« Ils attaquent ! » miaule-t-il à la ronde.

Aussitôt les camions klaxonnent pour relayer l'alerte. Ce vacarme couvre aisément le son des claquements d'incisives de nos adversaires.

Hannibal pousse un rugissement.

Je cours me jucher au sommet de la statue de la Liberté car de là je bénéficie d'une vue panoramique.

Nos ennemis s'élancent en bloc dans l'eau. Il y en a des dizaines, des centaines, des milliers, des dizaines de milliers, peut-être même des centaines de milliers !

La surface de la Seine qui, quelques secondes auparavant, était bercée de vagues grises est désormais recouverte d'une sorte de tapis uniforme de fourrure marron.

De notre côté, nous les attendons de pied ferme, et sommes désormais près de six cents chats et deux cents jeunes humains.

Pythagore ne semble toujours pas inquiet, encore branché sur Internet d'où il surveille grâce à son Troisième Œil la progression de nos adversaires par le truchement des caméras de vidéosurveillance.

Nathalie donne des ordres en hurlant. Les jeunes humains s'activent autour des camions-citernes. Ils déploient de gros tuyaux qu'ils laissent retomber dans le fleuve. Ils activent des manettes.

Une odeur connue me chatouille les narines.

Tous les chats se mettent en position de combat face aux premières vagues de rats qui vont bientôt atteindre les berges de l'île aux Cygnes.

Vu leur grand nombre, les rats se sont autorisés à attaquer par tous les flancs de l'île simultanément.

Je redescends de la statue de la Liberté. Angelo, qui a perçu le danger, a perdu le goût de jouer et est totalement paniqué. Il tremble de tous ses membres. Je lui ordonne de se réfugier derrière Hannibal et de prendre garde à ne pas se mettre dans ses pattes. Puis je rejoins l'endroit où j'estime que la vague de rats va arriver en premier.

Soudain, le chant de la Callas résonne dans l'air, puissant et majestueux.

Patricia est donc parvenue à convaincre les jeunes humains de diffuser le morceau – probablement récupéré sur Internet – et de le diffuser par tous les haut-parleurs des véhicules.

Alors que la musique monte, les assaillants approchent.

Depuis la berge, les rats qui n'ont pas encore plongé augmentent encore leur brycose pour encourager leurs premières lignes de front. Certains arrivent même à répondre à cet appel tout en nageant.

Même si je ne parle pas le langage des rats, je perçois leur pensée et celle-ci se résume à un mot : « Tuer. »

Je ne peux réprimer un frisson.

Le chant de la Callas est mon point d'ancrage énergétique. J'y puise de la force.

Mes mâchoires se crispent. C'est la civilisation des incisives contre la civilisation des canines.

Je dégaine mes griffes de leur fourreau.

Les rats dans le fleuve sont tellement agglutinés qu'ils forment une masse brune ondulante.

Soudain, un groupe de rats particulièrement véloces entreprend de se servir de ce tapis mouvant pour galoper sur les corps de leurs congénères. Une horde de rongeurs fonce sur nous.

Nathalie siffle entre ses doigts. Une dizaine de jeunes humains armés d'arcs plongent l'extrémité de leur flèche dans un brasero puis tirent simultanément et dans toutes les directions leurs projectiles enflammés.

Les alentours de l'île aux Cygnes s'embrasent d'un coup.

Le fleuve s'illumine dans la nuit.

Cette odeur particulière était donc bien celle du pétrole.

Nathalie s'est de son côté emparée d'un lance-flammes et tire sur les assaillants les plus proches.

Un grand mur de feu jaillit sur le fleuve. Chez les rats, c'est la panique. Certains essayent de revenir en arrière, la plupart foncent en avant où ils sont accueillis par des chats furieux ou des rafales de fusil-mitrailleur.

L'air s'emplit d'une odeur d'essence et de poils calcinés.

Cependant, même si les rats sont affaiblis, leur nombre est tel que des milliers d'entre eux parviennent malgré tout à rejoindre notre île.

Au sein de cette masse foulant la rive, je distingue une énorme silhouette.

Cambyse !

Une partie de sa fourrure est encore fumante, mais il semble vaillant.

Esméralda l'a elle aussi repéré, mais je fonce avant qu'elle ait le temps de se mettre en mouvement. Il ne manquerait plus qu'elle me vole mon trophée ! Mon désintérêt pour la possession a quand même des limites.

En vingt secondes, je suis face à cet ennemi. Son poil brûlé sent le poivre. Ses moustaches ont frisé. Ses yeux noirs sont injectés de sang. Nous nous élançons l'un contre l'autre.

Corps à corps. Nous nous battons avec nos pattes, nos griffes, nos dents. Nous roulons dans les hautes herbes de la berge, il plante ses longues incisives dans mon épaule. Douleur.

Voilà l'inconvénient du corps sur l'esprit, il envoie des signaux de souffrance. Je serre les dents pour ne pas miauler. En retour je mords moi aussi dans son dos, et le sang gicle dans ma gorge. Je perçois son goût. Ce n'est pas mauvais. Je serre à fond mes mâchoires.

Sa longue queue me fouette douloureusement les oreilles. J'ai les pavillons auditifs très sensibles, du coup je lâche prise et il en profite pour retourner la situation à son avantage. Cette fois-ci je suis dominée.

Esméralda arrive à la rescousse. Pour l'impressionner elle se dresse sur ses pattes arrière en position bipède. Profitant de sa hauteur, elle tombe sur lui et le mord de toutes ses canines dans le gras de sa patte arrière droite.

Il couine et me relâche.

Nous sommes de vraies furies.

Le chant de la Callas qui continue de monter dans les aigus emplit l'air en même temps que la fumée du fleuve incendié.

Le roi des rats, blessé, hésite à repartir à la charge contre nous deux.

Je vois la rage dans son esprit.

Pourquoi toute cette violence, depuis si longtemps ?

Je suis sûre que l'on peut échapper à la nécessité du rapport de force.

Je tente de lui parler :

Cambyse, je ne t'en veux pas, renonçons à semer la mort autour de nous. Essayons de trouver un terrain d'entente qui nous permette de coexister.

Je ne crois pas qu'il réceptionne mon message. Il serre les mâchoires, crache, et déjà plusieurs de ses congénères arrivent et l'aident à s'enfuir.

Je ne pense même pas à le poursuivre. Il fonce vers le fleuve, court sur le plancher formé par ses guerriers brûlés, pour la plupart. Le feu courant en surface n'est pas encore éteint mais cela ne l'arrête pas. Le roi des rats s'enfonce dans les flammes, se faufile et disparaît.

De toute manière je sais que si je tentais de le suivre, ce plancher flottant céderait sous mon poids.

Esméralda me rejoint.

– Bon, on ne peut pas gagner à chaque fois, reconnaît-elle.

Elle lèche une de mes blessures.

Comme c'est agaçant d'avoir une rivale aussi sympathique ! Je me laisse faire, après tout elle a sauvé mon fils, elle l'a protégé, elle l'a nourri, elle m'a accompagnée dans mes batailles, elle m'a tirée d'une situation délicate lors de mon duel avec Cambyse et elle ne me juge même pas quand j'échoue. Ce n'est peut-être pas une mauvaise personne. En tout cas je pense pouvoir lui pardonner ses premières maladresses à mon égard.

Autour de nous les combats continuent de faire rage entre les milliers de rats qui ont réussi à monter sur les contreforts de l'île aux Cygnes et les centaines de chats et de jeunes humains unis.

Il est temps de reprendre part à la bataille.

Esméralda et moi nous précipitons dans la mêlée et combattons de toutes nos dents et de toutes nos griffes. Je repère de loin Nathalie qui, ayant épuisé toute la réserve de son lance-flammes, utilise maintenant un sabre.

Près d'elle, certains humains combattent parfois à la seule force de leurs talons. Hannibal est toujours au milieu des rats, formidable machine à tuer.

Je fais ma part. La rage de défendre notre île sanctuaire a chassé toute fatigue.

Le jour se lève. Je ne sais pas combien de temps a duré la lutte.

Le chant de la Callas qui tournait en boucle s'est arrêté.

Autour de nous plus rien ne remue.

Je respire encore bruyamment, mon cœur bat toujours fort et je sens les piqûres de mes blessures.

Je suis complètement hébétée.

J'ai perdu toute notion du temps.

La bataille de l'île aux Cygnes a duré beaucoup plus longtemps que celle des Champs-Élysées. Le nombre de victimes aussi doit être bien plus important.

Je retrouve progressivement mon calme, et Pythagore vient me rejoindre.

– Il y aura forcément des rats avec lesquels le dialogue pourra être possible un jour, mais ces individus seront plus difficiles à trouver. La plupart vivent encore dans le culte de la violence. Pour eux les faibles doivent être systématiquement éliminés. La violence est un mode de communication qui impressionne les esprits faibles. Les rats achèvent leurs propres malades, leurs propres blessés, leurs propres vieillards.

Je me concentre puis articule :

– N'est-ce pas toi qui m'as enseigné qu'il n'y a pas de mauvaise espèce, seulement des individus ignorants ou apeurés ?

– Mais les parents peuvent éduquer leur progéniture avec différentes valeurs. Chez les fourmis on inculque aux petits des valeurs d'entraide, chez les rats c'est plutôt la compétition et l'exclusion de tous ceux qui sont différents qui sont mises en avant.

– Il n'y a donc aucun espoir d'entente avec les rats ?

– Nous pourrons peut-être un jour nous entendre avec eux (comme nous avons réussi à nous entendre avec les humains), mais cela ne se fera qu'avec ceux qui auront renoncé à vouloir soumettre ceux qui ne leur ressemblent pas. On ne peut pas être pacifique avec des envahisseurs brutaux.

Je regarde Pythagore. Je n'ai pas encore d'opinion claire sur un sujet aussi important. Mais déjà le fait de me poser ces questions me donne l'impression que mon esprit prend du recul et se replace dans une perspective plus large du temps et de l'espace. J'ai eu peur que les rats ne deviennent les maîtres du monde et maintenant je réfléchis à la question de leur intégration dans une entente entre tous les animaux.

Peut-être suis-je naïve ?

Quand les humains régnaient, les choses étaient plus simples. Maintenant qu'ils se sont eux-mêmes mis en situation d'échec, je pense que n'importe quel autre animal peut proposer sa vision d'un futur idéal.

Alors que le silence se prolonge, à peine troublé par le ressac du fleuve charriant les cadavres de rats calcinés, je me lève sur les pattes arrière, je tends mon cou vers le ciel et je pousse une sorte d'immense miaulement qui puise sa source au plus profond de moi. Je le prolonge en vibrato à la manière de la Callas. Bientôt tous les chats reprennent la note et se mettent à miauler en chœur, un peu comme dans mon rêve.

Et puis les jeunes humains qui ont combattu avec nous essayent eux aussi de chanter sur la même note. Même Nathalie entonne une sorte de miaulement. Étrange progrès dans ma quête du dialogue : je ne suis pas parvenue à parler aux humains mais je suis arrivée à les faire miauler !

Enfin Hannibal s'y met, mais il reste sur une tonalité beaucoup plus grave, comblant toute la zone de basses fréquences. Angelo est de la partie lui aussi, avec sa petite voix aiguë.

Tous ensemble, nous formons une sphère sonore qui traduit notre joie d'avoir vaincu des ennemis beaucoup plus nombreux et plus féroces.

Pythagore me regarde et j'ai l'impression que, pendant ce bref instant, cet être soi-disant insensible, qui se méfie tant de ses propres émotions, ressent encore plus d'estime pour moi.

À nouveau me reviennent les mots de son enseignement.

31

Sagesse pythagoricienne

« Quoi qu'il m'arrive, c'est pour mon bien.

Cet espace-temps est la dimension que mon esprit a choisi pour s'incarner.

Mes amours et mes amis me permettent de connaître ma capacité d'aimer.

Mes ennemis et les obstacles qui se dressent sur mon chemin servent à vérifier ma capacité de résistance et de combat.

Mes problèmes me permettent de mieux me connaître.

J'ai choisi ma planète.

J'ai choisi mon pays.

J'ai choisi mon époque.

J'ai choisi mes parents.

J'ai choisi mon corps.

Dès le moment où je prends conscience que ce qui m'entoure est issu de mon propre désir, je ne peux plus me plaindre, je ne peux plus avoir de sentiment d'injustice.

Je ne peux plus me sentir incompris.

Je ne peux qu'essayer de percevoir pourquoi mon âme a besoin de ces épreuves précises pour avancer.

Toutes les nuits, durant mon sommeil, c'est ce message qui m'est rappelé sous forme de rêves au cas où j'en viendrais à l'oublier.

Tout ce qui m'entoure est là pour m'instruire.

Tout ce qui m'arrive est là pour me faire évoluer. »

32

Deux pas en arrière, trois pas en avant

J'essaye de me tenir sur deux pattes comme Esméralda. Je me dresse, trouve mes appuis, fais quelques pas pour trouver un meilleur équilibre. La bipédie prolongée ne me semble pas aussi difficile que je l'estimais au premier abord.

Pythagore me regarde.

– Il ne sert à rien de détruire l'ancien système si on n'a pas un monde meilleur à proposer pour le remplacer. Nous ne devons pas quitter cet endroit tant que nous n'avons pas inventé un nouveau monde, affirme-t-il. L'île aux Cygnes doit devenir le laboratoire protégé où nous allons mettre au point une nouvelle proposition de « vivre-ensemble ».

Des chiens aboient au loin sur la berge.

Je déduis que Patricia a dû utiliser ses pouvoirs de chamane pour trouver un individu-passerelle qui aura guidé les siens jusqu'ici. Après les chiens viennent les pigeons, les moineaux, les chauves-souris qui s'installent dans les rares arbres de l'île. Ils manifestent leur soutien par des piaillements et des sifflements.

Je continue de me maintenir en position verticale. Pythagore se dresse lui aussi sur ses pattes arrière.

– Cela ne pourra pas se faire d'un coup. Tout s'accomplira par paliers. Mais il ne faut pas aller trop vite sinon notre œuvre risque de s'effondrer.

Il se frotte le crâne puis miaule :

– Il nous faudrait un lieu de diffusion du savoir.

– Comme l'école pythagoricienne de Crotone ?

– Comment sais-tu ça, Bastet ?

À force de me dresser sur mes pattes arrière, je commence à ressentir des courbatures. Je m'assois, et mon compagnon vient s'installer à mes côtés.

– Moi aussi je sais me renseigner à ma manière. Mais continue, dis-je, pas mécontente de l'avoir pris de court. Comment vois-tu le fonctionnement de ton « école » ?

– Eh bien, ici, entre nous, nous allons créer une petite société sur de nouvelles bases. Et quand cela sera parfaitement au point nous veillerons à former des chats, et peut-être aussi des chiens, pour exporter notre connaissance en dehors de cette île.

– Le roi des rats, Cambyse, a survécu et il va forcément tenter de nous attaquer de nouveau.

– Il va lui falloir du temps pour réunir une armée aussi importante que celle qu'il a sacrifiée dans la dernière bataille. Et il y aura forcément des déserteurs et des opposants. Personne n'aime suivre des perdants.

– Que va-t-il se passer chez eux ?

– A priori, les mâles les plus costauds vont défier le roi des rats, parce qu'ils vont considérer qu'il n'a pas été assez efficace. Ils vont le remplacer par un nouveau chef qui sera encore plus déterminé à nous détruire car désormais nous représentons la preuve qu'on peut leur résister.

– Alors cela va recommencer ?

– Leur culture de la force et du nombre ne leur permet pas d'envisager pour l'instant d'autre alternative que notre défaite. Mais pendant qu'ils recruteront leurs futurs soldats, nous allons affermir l'alliance entre les espèces, chats, lions, jeunes humains, chiens, pigeons, corbeaux, chauves-souris et peut-être aussi les chevaux, les bœufs, les cochons… Tous ceux qui craignent les rats viendront nous rejoindre. Il faut seulement tenir, ici, le plus longtemps possible, et nous éduquer, pour que ceux qui savent transmettent aux ignorants.

– Notre école pythagoricienne va être cantonnée sur l'île aux Cygnes, car l'essentiel de la ville est encore sous la domination des rats. Avons-nous assez de nourriture pour tenir ? je demande, pragmatique.

– Évidemment il va nous falloir amorcer une activité agricole sur l'île aux Cygnes, mais avec tous ces cadavres de rats à moitié cuits, nous avons déjà une source de protéines, voire de fertilisant, pour quelque temps.

C'est à ce moment qu'Angelo vient pour me téter, mais je n'ai pas la tête à m'occuper de lui. Je le confie à Esméralda et fais signe à Pythagore que je souhaite poursuivre cette conversation dans un lieu plus tranquille.

Nous montons à nouveau au sommet de la statue de la Liberté. De là-haut, le spectacle sur nos ennemis vaincus est encore plus impressionnant. Le tapis fumant des corps a quelque chose de troublant. Ainsi la guerre mène à cela : la vie qui cesse d'un coup pour tous les êtres y ayant participé.

– L'empereur philosophe, Marc Aurèle, qui se prétendait disciple de la pensée de Pythagore, disait à propos des barbares qui s'apprêtaient à envahir l'Empire romain : « Éduque-les ou prépare-toi à les subir. »

J'observe les cadavres de rats flottant sur la Seine et me demande si tout cela n'est vraiment qu'un problème de mauvaise éducation.

– L'épidémie de peste finira forcément par s'arrêter. C'est sur la culture que va se jouer notre avenir commun. Il est venu le temps où les derniers humains sages doivent offrir leurs connaissances les plus avancées aux autres espèces animales.

Je reste dubitative.

– Notre communauté est actuellement formée de 480 chats (nous avons quand même perdu 120 des nôtres dans la bataille) et de 180 humains (ils ont connu moins de pertes car ils ont combattu en restant à distance par peur d'être contaminés par la peste). Je vois mal comment les humains pourraient instruire les chats dans la mesure où il n'y a que toi, Pythagore, qui puisses recevoir leurs connaissances grâce à ton Troisième Œil.

– Je commencerai par former une dizaine de chats, puis les initiés instruiront à leur tour une dizaine d'autres élèves chacun, et ainsi de suite, et nous toucherons des audiences de plus en plus larges.

– Ce sera toujours dans un sens : des humains vers les chats ?

– Avec Patricia, tu pourras créer un échange dans le sens inverse, mais je ne suis pas sûr qu'il soit nécessaire.

Évidemment, il minimise mon talent et surévalue le sien. C'est bien le mode de pensée des mâles.

– Ensuite l'enjeu déterminant sera la mémoire. Recevoir et émettre ne suffit pas car ces modes de communication sont éphémères, il est donc indispensable de se souvenir. Nous devons fixer les connaissances acquises afin de ne pas dépendre des technologies. Internet nécessite des antennes, des câbles et de l'électricité. Or tout cela relève des hommes, qui eux-mêmes ont éliminé beaucoup de leurs propres scientifiques. Internet va forcément cesser de fonctionner dans les jours, les semaines ou les mois qui viennent. Quand les systèmes d'alimentation électrique ne fonctionneront plus, Internet s'éteindra et toutes les informations qui sont à l'intérieur disparaîtront d'un coup.

L'idée me fait frissonner de la nuque à la queue.

– Cinq mille ans de connaissances effacés comme de la poussière balayée par le vent…

– Il n'y a qu'une solution.
– Laquelle ?
– Le livre. L'objet de mémoire par excellence. Le seul qui résiste au temps.

Pourquoi accorde-t-il autant d'importance à cela ? J'ai vu l'objet livre mais pour moi ce ne sont que des pages remplies de petits dessins et d'écriture humaine et je ne saisis pas pourquoi Pythagore le place en si haute estime.

– Mais nous ne savons même pas lire !
– Un jour, nous devrons forcément apprendre à lire, sinon tout ce que nous avons bâti, tout ce que nous aurons vécu n'aura servi à rien.
– Tu crois, Pythagore, qu'un jour les humains vont disparaître comme les dinosaures ?

Je me lèche la patte et me frotte les oreilles plusieurs fois.

– Qu'est-ce qui te préoccupe, Bastet ?
– Les humains nous garantissent confort et approvisionnement en nourriture, grâce à une notion typiquement humaine que tu avais nommée…
– « Le travail » ?
– Disons que jusque-là les humains travaillaient pour nous. Leurs agriculteurs et leurs éleveurs se débrouillaient pour fournir la viande et les céréales qui composent nos croquettes. Or, si les humains disparaissent et si nous apprenons à faire comme eux… la technologie, la science, les machines, l'agriculture, l'élevage, l'écriture, les livres…
– Oui, eh bien, qu'est-ce qui te gêne ?
– Cela signifie que nous devrions… à notre tour (le mot m'écorche la bouche)… « travailler » ?

Pythagore émet une sorte de hoquet suivi d'un ahanement. Je crois qu'en évoquant ce problème qui me semble crucial je viens de provoquer quelque chose de nouveau chez lui… le rire !

Il produit des bruits de gorge de plus en plus bizarres et se met la patte sur les yeux comme s'il ne voulait pas voir cet état dans lequel il vient de basculer. Il est secoué de spasmes. Un instant j'ai même peur qu'il ne s'étouffe, mais il continue de produire ses éructations étranges, alors je poursuis, imperturbable :

– Je ne me vois pas me lever tôt pour partir dans des tunnels avec plein d'autres de mes congénères pour fabriquer des objets. Je ne me vois pas écrire des livres. Je ne me vois pas cultiver des champs, je ne me vois pas… suer ! Et pour tout dire, je trouve que c'est indigne de notre condition de chat de nous abaisser à nous comporter comme nos serviteurs en travaillant.

Pythagore a réussi à retrouver une respiration normale.

– Alors que proposes-tu, Bastet ?

– Au cas où les hommes survivraient à la peste (et je crois que tu m'as dit qu'à chaque fois cela en tue beaucoup mais pas suffisamment pour annihiler l'espèce), il faudrait rétablir le système tel qu'il était.

Pythagore secoue la tête, dubitatif. Alors j'insiste.

– Tu m'as dit qu'ils étaient 8 milliards et que nous étions 800 millions, c'est bien ça ? En considérant qu'après cette crise leur nombre va se réduire, disons… de moitié ?

– Plutôt de trois quarts, mais continue.

– Ils resteront quand même plus nombreux que nous. Laissons donc encore les hommes pourvoir les postes de travail, gérer les champs et les villes, et parallèlement occupons-nous, nous les chats, de créer une sorte de courant spirituel qui les fasse progresser.

Cette idée ne le séduit pas. Mais je persiste :

– Regarde ces jeunes humains qui ont combattu les rats à nos côtés, ils ont payé les erreurs des générations qui les ont précédés et en connaissent désormais le prix. Ils ont vu qu'ensemble nous pouvions vaincre. Nous les avons déjà changés et eux vont changer leurs propres congénères. D'ici, de notre école, partiront les bases d'un monde fondé sur l'entente entre les humains et les autres espèces.

– C'est toi, Bastet, qui me dis que tu veux encore leur faire confiance ? s'étonne-t-il.

Pythagore réfléchit en se passant une patte derrière l'oreille. Je me sens obligée de préciser ma pensée :

– Nous les aiderons. Toi tu surveilleras leurs agissements sur Internet. Moi et Patricia nous les influencerons dans le monde des rêves.

Je repère d'ailleurs de loin Nathalie qui discute avec la chamane. Cette dernière lui apprend le langage des signes.

– Et s'ils refont les mêmes erreurs ?

Je me tais, laissant sa question en suspens dans l'air humide.

Les humains se sont mis à danser autour d'un grand feu sur un air beaucoup plus joyeux que celui de la Callas.

– C'est quoi cette musique ? je questionne Pythagore.

– « Le Printemps » de Vivaldi. Après l'épreuve de l'hiver vient forcément le retour des beaux jours, car le monde fonctionne par cycle. Voilà ce qu'exprime ce concerto. Tout fonctionne par cycle, il ne faut pas s'inquiéter, juste attendre qu'après les…

– … deux pas en arrière, on fasse les trois pas en avant.

Nous observons les humains danser. Ils virevoltent avec beaucoup de grâce.

Pythagore me fixe droit dans les yeux.

– Tu crois que les humains nous aiment ? me demande-t-il.

Je suis surpris qu'il me pose une telle question à un tel moment.

– À leur manière, oui. En tout cas ils pensent nous aimer, je réponds.

– Et toi, est-ce que tu m'aimes, Bastet ?

Commencerait-il enfin à se laisser aller à être « dépendant » de ma personne ?

– Moi, je suis surtout fatiguée. Je vais avoir besoin d'être un peu seule, pour me « réunir ».

Le siamois ne comprend pas mais sait qu'il ne faut pas insister pour le moment.

Alors je m'installe un peu plus confortablement sur la tête de la statue de la Liberté. Je vois la tour Eiffel dont le faisceau tournoie encore, illuminant la cité des hommes.

Je vois tout en bas Angelo téter Esméralda.

Je vois Nathalie et les siens qui dansent autour du feu.

Mon esprit revient doucement pour se calfeutrer à l'intérieur de mon crâne. Je me sens bien, vraiment bien, en harmonie avec toutes les énergies qui m'entourent. Il me semble avoir trouvé ma place dans l'Univers. Je n'ai plus peur du futur.

Je n'ai plus de sensation de manque de quoi que ce soit.

Qu'est-ce qui me ferait vraiment plaisir désormais ?

Simplement continuer à vivre ainsi, en étant tous les jours surprise par de nouvelles découvertes.

Je m'ébroue. Le courant a fini de charrier tous les cadavres, et s'il n'y avait dans ma mémoire le souvenir encore net de la bataille, c'est vrai, peut-être que je pourrais commencer à douter que cela est vraiment arrivé. Ce fleuve est comme le temps qui passe et qui emporte tout : les corps des vaincus, comme les espoirs des vainqueurs, tout cela va forcément disparaître un jour, oublié.

Pythagore a évoqué une solution pour résister au passage du temps.

Un « livre » ?...

Mais comment ma pensée pourrait-elle se matérialiser dans les pages d'un ouvrage de papier ?

Je réfléchis et je crois voir pointer un début de réponse. Pour que mon esprit « prenne matière », il va me falloir dicter en rêve à Patricia tout ce qui s'est passé.

Je lui raconterai l'histoire exactement comme je l'ai vue et comme je l'ai vécue, comme je l'ai perçue et ce que j'en ai déduit.

Je lui décrirai tout en détail au présent.

À elle, ensuite, de transformer mes souvenirs en mots pour que d'autres puissent un jour savoir ce qui s'est réellement passé.

Tous ne le croiront pas, évidemment, mais il se trouvera forcément parmi les lecteurs quelques-uns pour comprendre, et parmi ceux-là il y en aura peut-être qui auront envie de raconter mon histoire à leurs enfants.

Ainsi, grâce à ce livre, ma pensée résistera au temps et je n'aurai pas vécu pour rien.

POSTFACE

P-S 1 : Aucun animal n'a été maltraité ou blessé durant l'écriture de ce roman (même pour les scènes de combats, de poursuites, de cascades).

P-S 2 : Je soutiens l'association PETA (People for the Ethical Treatment of Animals) qui vise à améliorer le statut des animaux dans notre société.

P-S 3 : Je voudrais rendre hommage au romancier Claude Klotz (aussi connu sous le pseudonyme de Patrick Cauvin, génial auteur, entre autres, d'*E=mc², mon amour*). C'est en l'interviewant chez lui à l'époque où j'étais journaliste, avec son chat omniprésent, que je me suis dit : « Je crois que c'est cela la vie dont je rêve, travailler chez soi tranquille avec son chat qui vous observe et vous inspire. »

P-S 4 : Je tiens à remercier mon voisin toulousain, le vétérinaire Jean-Yves Gauchet, à qui l'on doit l'invention de la ronronthérapie. Cette science a pour objet d'étude les effets bénéfiques des ondes émises à basse fréquence (entre 20 et 50 hertz) par le ronronnement des chats. Celles-ci agissent non seulement sur les tympans mais aussi sur les corpuscules de Pacini, des terminaisons nerveuses situées au ras de la peau, et ont un véritable effet calmant. Le ronronnemenr du chat entraîne par ailleurs la production de sérotonine, un neurotransmetteur impliqué dans la qualité de notre sommeil et de notre humeur, réduisant ainsi le stress et accélérant en outre la cicatrisation osseuse.

P-S 5 : Le site Wamiz (http://wamiz.com) m'a été très utile, il offre des témoignages intéressants et décrit des comportements de chats assez atypiques.

P-S 6 : Simple question finale : et vous, que feriez-vous si vous étiez sous la domination d'un être cinq fois plus grand, avec lequel vous ne pouvez pas communiquer, qui vous coince dans des pièces aux poignées de porte inatteignables, et dont vous dépendez pour être nourri d'aliments dont vous ne connaissez même pas la composition ? (Remarquez, à bien y réfléchir, c'est aussi le statut des enfants, mais pour eux cela ne dure qu'un temps, n'est-ce pas ?)

MUSIQUES ÉCOUTÉES DURANT L'ÉCRITURE DU ROMAN

Sonates de Beethoven, interprétées au piano par HJ Lim.

« Casta Diva », la célèbre aria de l'opéra *Norma* composé par Vincenzo Bellini.

« San Jacinto », extrait de l'album *Peter Gabriel*, de l'artiste du même nom.

Les Quatre Saisons de Vivaldi, interprétées par Joe Satriani (version hard rock à la guitare électrique).

Détendez-vous avec Rouky, une heure de ronronnement continu enregistré par Jean-Yves Gauchet pour sa revue *Effervescience* (à écouter de préférence avec Vivaldi).

DU MÊME AUTEUR
AUX ÉDITIONS ALBIN MICHEL

Cycle des Fourmis :

LES FOURMIS, 1991

LE JOUR DES FOURMIS, 1992

LA RÉVOLUTION DES FOURMIS, 1996

Cycle Aventuriers de la science :

LE PÈRE DE NOS PÈRES, 1998

L'ULTIME SECRET, 2001

LE RIRE DU CYCLOPE, 2010

PENTALOGIE DU CIEL :

Cycle des Anges :

LES THANATONAUTES, 1994

L'EMPIRE DES ANGES, 2000

Cycles des Dieux :

NOUS, LES DIEUX, 2004

LE SOUFFLE DES DIEUX, 2005

LE MYSTÈRE DES DIEUX, 2007

Cycle Troisième Humanité :

TROISIÈME HUMANITÉ, 2012
LES MICRO-HUMAINS, 2013
LA VOIX DE LA TERRE, 2014

Nouvelles :

L'ARBRE DES POSSIBLES, 2002
PARADIS SUR MESURE, 2008

Autres livres :

LE LIVRE DU VOYAGE, 1997
NOS AMIS LES HUMAINS (THÉÂTRE), 2003
LE PAPILLON DES ÉTOILES, 2006
NOUVELLE ENCYCLOPÉDIE DU SAVOIR RELATIF ET ABSOLU, 2008
LE MIROIR DE CASSANDRE, 2009
LE SIXIÈME SOMMEIL, 2015

Sites Internet : www.bernardwerber.com
www.esraonline.com
www.arbredespossibles.com
Facebook : bernard werber officiel.

Composition Nord Compo
Impression Marquis Imprimeur inc. en décembre 2016
Éditions Albin Michel
22, rue Huyghens 75014 Paris

ISBN : 978-2-226-39205-3
N° d'édition : 22372/01 N° d'impression : 2021605
Dépôt légal : octobre 2016
Imprimé au Canada